尚 攀 著

明明如月

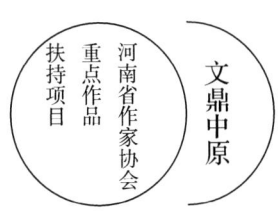

文鼎中原

河南省作家协会
重点作品
扶持项目

郑州大学出版社
河南文艺出版社

图书在版编目（CIP）数据

明明如月 / 尚攀著. —— 郑州：郑州大学出版社：河南文艺出版社，2021.1(2022.3 重印)
（文鼎中原）
ISBN 978-7-5645-7553-3

Ⅰ.①明… Ⅱ.①尚… Ⅲ.①长篇小说 – 中国 – 当代 Ⅳ.①I247.5

中国版本图书馆 CIP 数据核字（2020）第 231109 号

明明如月
MINGMING RU YUE

策　　划	孙保营　马　达	封面设计	小　花
责任编辑	孙精精　暴晓楠	版式设计	小　花
责任校对	刘晓晓　陈　炜	责任印制	凌　青　李瑞卿
丛书统筹	李勇军		

出　　版	郑州大学出版社　河南文艺出版社
发　　行	郑州大学出版社
地　　址	郑州市大学路 40 号（450052）
出 版 人	孙保营
网　　址	http://www.zzup.cn
发行电话	0371-66966070
经　　销	全国新华书店
印　　刷	河南新华印刷集团有限公司
开　　本	890 mm×1 240 mm　1 / 32
印　　张	10.375
字　　数	205 千字
版　　次	2021 年 1 月第 1 版
印　　次	2022 年 3 月第 2 次印刷
书　　号	ISBN 978-7-5645-7553-3　定　价　35.00 元

本书如有印装质量问题，请与本社联系调换。

编委会

主　　任　邵　丽

副 主 任　何　弘　乔　叶

委　　员　刘先琴　冯　杰　墨　白　鱼　禾
　　　　　　　杨晓敏　廖华歌　韩　达　南飞雁
　　　　　　　单占生　李静宜　王安琪　姬　盼

1

我二十二岁时，正在愿城念大学四年级。年前，我坐大巴从愿城回到苏庄。苏庄是万古镇的一个小村子，离愿城三百里。我坐上午十一点半的大巴，几个小时左右就能到。早些年，若想从愿城直接去镇上，必须先到县城，然后转车到镇上。后来，镇上有个白姓司机，买了一辆大巴，专跑镇上到愿城的长途，虽说一天只有来回两趟，但还是为十里八乡的人省去不少周折。老白为人热情，乐于助人，生意做得极好，只三四年时间，便又添了一辆大巴，这一来，我们乘车时间上又宽裕不少。

苏庄很小，从这头走到那头，不过十几分钟的脚程，走在街上，总能遇到熟人和土狗。村子旁有一条清澈的河，叫苏河，里面有一尺多长的鲤鱼和泥鳅，还溺死过水性不错的少年。这里的人们既朴实又刻薄，大多数没上过学读过书，但话里往往藏着机锋，有大智慧。

愿城的雾霾严重，吸口气嗓子眼儿发痒，能见度也不足二十米。大巴在市区走走停停，又上了一些人。中途有小孩儿哭闹，吵得整辆车都不得安宁。我前边坐了个四十多岁的女人，可能是车子走走停停，碰上不守规矩的电动车，刹车又踩得急，上车没几分钟就开始晕车，她向售票员要了两个塑料袋，又将车窗开了一条缝，冷风钻进来，又钻进我脖子里，打到我脸上，身上的热乎劲儿一下就散了。大巴在市区晃悠了一个小时，又在高速上晃悠了四个小时，这才姗姗到了镇里。好在在车上睡着了，时间倒也不难熬。

早过了饭点儿，我下了车，先买了烧饼夹豆腐串，这是童年的味道，每次回来必吃的。我和妈妈去愿城前，整日啥事儿不想，就想吃烧饼夹豆腐串，以至于后来我对馒头、烧饼、面包一类的面食夹点儿肉或菜情有独钟，比如饼卷菜、白吉馍、汉堡、比萨。

镇上虽脏乱，但空气比愿城好很多，至少嗓子眼儿不痒，只是更冷些。从镇上到苏庄还有三四里的路程，十字街有去县城的中巴，只一块钱，就能搭个顺风车。车上人不多，算上司机和售票员也只五个人。我上了车等着，烧饼夹豆腐串吃完时人就多了起来。大家都是一个镇上的，难免会碰上几个熟人，有的就算不认识，也是脸熟，所以人一多，声音也跟着多了起来。每个人都没闲着，有些人寒暄，有些人吃东西，有些人抽烟，烟灰攒到了半根小拇指那么长，烟雾混着别的味道在车厢里弥漫，呛得女人怀里的儿子直咳嗽，女人扯着嗓子抱怨了几句，老头儿就猛吸了一口把烟扔到窗外了。车子在嘈杂声中动了起来,路两边是碗口粗细的杨树,光秃秃的,还有广阔的麦田,才露出了苗头。我想起妈妈常哼唱的一句《朝阳沟》戏词:五谷杂粮难分辨,麦苗韭菜分不清。司机还没来得及狠踩油门儿,我就该下车了。

穿过一片小树林,再穿过一条胡同,上了坡就是姥姥家。一路遇上三个面熟又陌生的人,迎面走来全是笑脸,说,来啦?

我忙挤出一丝笑,回说,来啦来啦。

姥姥家的房子位置很好。姥爷念过几年书,还会打算盘,是当时少有的才华横溢的人。姥爷还是小队会计,手里头有点儿小权力。分院子时,专挑了村中心地势较高的位置,说是风水好。后来改革开放了,人人都做起了生意,那些无奈分到马路边院子的人倒得了地利,一个个直奔小康去了。姥爷有点儿时运不济,刚改革开放,还没来得及施展才华,就病死了。那时,姥姥才三十八岁。所以说,世事无常啊。

房子还是老样子,只是斑驳的地方糊了层水泥,结实是结实了,却少了几分味道。院子的堂屋是姥姥结婚时盖的,有些年头了,是质量上乘的青砖绿瓦和当时流行的小窗口设计。如今站在屋里抬头看屋顶,能瞧见好几处光亮,下雨时却不漏雨,不漏雨就想不起收拾它,人总有这种惰性。东屋是间红砖平房,窗户也大些。院子里还有棵合抱粗的桐树,前年听妈妈说,三舅盖新房砍去做了木材,也算是物尽其用了。

　　上了坡，刚一抬头，就瞧见姥姥家南边一墙之隔新起的房子。印象中，那里是一片荒了的院子，向来杂草丛生，无人打理，只用砖垒起了半米高的围墙。围墙破败，塌出好几处缺口。我幼时虽常在姥姥家住，但十岁就去了愿城，故对苏庄的事知之甚少，听妈妈说过好几次，还是没弄清是谁家的地。房子还很新，却不少人情味儿，想来是家幸福的人。

　　姥姥家的铁门有些年头了，上面锈迹斑斑的，灰青色的漆皮已剥落得差不多了。铁门上新添了不知用什么画出的字迹，内容和去年有所不同，意思却相近。字很幼稚，一看就是小学生写的：苏家涛是别孙，生的孩子没屁眼儿。可能小学里还学不到鳖孙的"鳖"，就将之写成了"别"。铁门的一侧又掏出一扇小门，小门虚掩着，我一手拖着拉杆箱，一手轻轻推了推，小门发出悠长的吱吱声，伸出去很远。

　　姥姥虽已年近七十，但耳朵好得很。我进了院子，刚拐过墙角，她就从堂屋出来了。她扎着蓝色的头巾，戴着银灰色的半截棉手套，棉袄和棉裤都很厚，看起来有点儿臃肿。她的脸很红，脸颊上生了冻疮。

　　我叫了一声姥姥，又说，脸咋冻了？

　　姥姥说，可不是，年年都冻。

　　我拖着拉杆箱，一边和姥姥说话一边进了堂屋。

　　这屋子已有四五十年的光景了，除了新添的冰箱、电视、几个小凳子,都还是记忆中的样子。味道没变,家具的摆放没变,屋顶还是黑乎乎的,落了一层厚厚的尘土,墙角处结了些网,网上也落了尘土。地面和屋顶一样,也是黑乎乎的,还油腻腻的。

小姨也在,正坐在小凳子上逗刚过了一岁生日的雁秋玩儿。她这儿子来得不易,做了两次试管婴儿,遭了不少罪,花了十几万才生下来,平日里格外地惯着。小姨和妈妈关系有点特别,说是姐妹,更像是母女。小姨从小在我家住,妈妈对她该吵吵,该打打,权当个女儿养着。后来,我和妈妈搬去愿城,小姨才又跟着姥姥过。初中毕业后,小姨不想念高中,妈妈就给她在愿城找了所中专,她就又在我家住下了。妈妈生过两次大病,她都在床前照顾着。

小姨说,肯定没吃饭吧。

我说,吃了,刚下了车吃的。要论烧饼夹豆腐串,全天下,就十字街的这家好吃。

小姨说,那是,那两口儿卖烧饼有二十年了吧?

我说,有了,小时候就常去买,二十多年了。

妈妈坐在床边嗑瓜子,看起来心情不错,虽说生了场大病,但自从病后回到苏庄以来,她的心情一直不错,似乎连生死也看淡了。妈妈说,那时候去买他家的烧饼,别人去都是一块钱四个,我去了还多送一个。

我说,现在一块钱一个,真是什么都涨价了。

小姨说,几点坐上车的?

雁秋挣扎着从小姨大腿上下来了,并拽着小姨往门口走去,小姨只好也站起身来,到了门口时,她一把抱起了雁秋。

我走过去抓起雁秋的小手,有点凉凉的。我说,十一点半。你想去哪儿啊?手怎么这么凉?

小姨握了握雁秋的手说,咋这么慢,五个多小时呢?咱们去烤火吧?

我说,今天雾大,开得慢,愿城你还不知道,堵得很,光出市区就一个多小时。

小姨说,看看谁来了,还认识不认识了?叫哥哥。

雁秋面无表情地看着我,看了一会儿,对我咯咯咯地笑了起来。

我说,来抱抱吧。

雁秋倒是不认生,竟向我伸出了双手。我架着雁秋的胳肢窝,将他举得高高的,雁秋咯咯咯笑得更欢了。

姥姥往烧水壶里添了水,将之搁在了门口的煤球炉上,随后她又从床尾的箱子里拿出了一个蓝色的暖水袋。

妈妈说,愿城冷不冷?

我说,没有家里冷。

妈妈握了握我的手说,这么凉,你穿得太少了。

我说,我年轻嘛。

妈妈说,喝点儿水,晚上想吃啥?

我说,想喝姥姥熬的糊涂(玉米糊糊)。

姥姥说，估计在愿城喝不着。

我说，学校餐厅倒是有，我喝过一次，但不好喝。

小姨说，我一会儿去春江那儿提俩菜。

妈妈说，让青云去。

我说，一会儿我去，我回来得急，东西也多，就没带啥，一会儿去镇上看看吧。

妈妈说，你一会儿去镇上给姥姥买点儿白糖，买点儿鸡蛋糕，再买点儿香蕉和苹果。香蕉要熟点儿的，苹果要花花牛的，姥姥咬得动。

我说，我知道。

姥姥说，买啥呀，不用买，家里都还有。姥姥一边说一边将蓝色暖水袋的盖子拧开，然后起身走到了煤球炉旁边。她提起烧水壶往暖水袋里灌了些水，又拧上盖子，来回晃了晃，确定不漏水了，这才走过来递给我说，家里冷得很，暖暖手。

妈妈说，给雁秋买两罐奶粉，要好的，再买两包法式小面包，雁秋爱吃。

我说，我知道。

小姨说，不用了姐，家里还多着呢，吃不完都浪费了。

这时，雁秋摔了一跤，小姨忙起身，两步过去抱起他，拍了拍他身上的土。

姥姥又给我手中的保温杯添了水，我的身体很快就回暖了。

我坐在床边，一边嗑瓜子，一边和妈妈、小姨、姥姥拉家常，聊了邻里街坊的逸闻趣事、鸡毛蒜皮，又聊了我的学业和今后的打算。我说这些不用她们操心了，但其实心里一点谱也没有。后来，小姨突然话锋一转，问我有没有女朋友，大家便又开始关心起我的终身大事。姥姥和小姨观点一致，说我也不小了，在家的话，像我这么大的，孩子都会跑了。妈妈的意思也差不多，说快毕业了，是时候考虑婚姻大事了。

我止住了话题说，我去镇上吧。

小姨说，时间还早，急什么。

姥姥说，再歇会儿，喝点儿水，吃了晚饭再去。

妈妈看了眼座钟说，等会儿去也行。

我说，再等会儿，你们非得让我相亲去不成。

2

苏庄完全变了样,像姥姥家那样的老房子几乎瞧不见了,全成了一层、两层、三层的新房子,远远看去,仿佛若有光。房子设计奇特,中式的屋顶,欧式的门窗,门口放两尊石狮子,绝对的中西合璧。村子里几条宽点儿的路也修了,全铺成了水泥路,还在两条东西、南北走向的大路两边架起了路灯。

我骑着电动车晃晃悠悠地前行,冷风迎面吹来,扎得脸有点儿疼。村子里的小路上偶尔走过一个、两个或三个人,我骑车路过他们时,他们都直勾勾地盯着我。村子里来了不常见的人时,他们总这样行注目礼。被人盯着看很不爽,所以,遇到人时,我就加速。拐了两个弯儿,到了大路上,就没人盯着我看了,我就又开始晃晃悠悠地前行。

寒假前,我本打算一个人留在愿城过年——这倒是第一次。随着年岁的增长,逐渐对过年这件事失去了兴趣,又是在城里念书的人,回到家里免不了成为众矢之的,少不了亲戚的各类盘问，头疼得厉害。但妈妈说，过年是件大事，大事就得有大事的样子，就得一家人聚在一起吃饺子、嗑瓜子、看春晚，歌词里不也唱"有钱没钱，回家过年"嘛。

我本来说好和马拉合租房子，和既明一起过年，还找了一份书店管理员的工作。书店是私人开的，环境好，也不忙，从大一开始，我就一直在这里做兼职。书店管理员的工作，除了能赚点儿生活费，还能让我从容地准备毕业论文。不过在同学中间，像我这般还悠然地找图书管理员工作的人，倒是不多见。我发现大四一过半，人就不同了，平日里再没心没肺的同学，也开始急着给自己找前途了，一次打印几十份简历，不管专业对不对口，看见招聘就投，万一瞎猫碰上死耗子呢。当然，既明除外，自从赚了第一笔稿费，他就决定做一个自由撰稿人了。

我说，已找了工作，还得准备论文。

妈妈说，工作啥时候都可以找，论文在家也能准备。

妈妈让我务必回去过年。我是妈妈唯一的儿子。我爸爸畏罪潜逃后没多久，妈妈就改嫁了，嫁给了一个大她十二岁的公务员。公务员离异多年，条件一般。房虽不大，车虽不好，好歹都有。显然，他并没有把手里的那点儿小权力拿到生活里。后来，我猜测，这可能是妈妈嫁给公务员的一个重要原因。

妈妈说，不图富贵，只求安稳。

我明白，她这一嫁，不光为自己，更为我。

公务员有个女儿，也是个公务员，对我和妈妈爱搭不理的。公务员对妈妈相当好，好的表现主要体现在我身上。公务员总想跟我说点儿什么，比如我喜欢的体育、电影，或是故作轻松地跟我说几句俏皮话。但我对他就像他女儿对妈妈一样，爱搭不理的。公务员倒是不介意，但凡能给的都尽量给了。他可能是太想对妈妈好，就想再给我点儿父爱。我觉得，父爱这东西需要配对儿成功才有效果，而我和公务员显然是不配的。对于公务员的好，我不是很领情，妈妈给的，我拿着，公务员给的，我不要。

　　上了高中，我就开始住校，能不回去就不回去了。后来长大了些，我由衷觉得公务员是个好男人，至少他对妈妈是好的。我爸爸畏罪潜逃，是妈妈的不幸，遇到公务员，是她的幸运。但我还不大去公务员的家住，我一直觉得，那是妈妈的家，不是我的家。

　　寒暑假一到，学校的宿舍一封，我就没办法了，还是得回去住，但会尽量少让自己在那里待着。高一暑假时，有一天我在街上溜达，偶然看到一家台球厅招兼职服务员，就过去应聘了。面试的主管叫阿力，刚睡醒，染烫的头发长出了鸟巢的样子，可能是常熬夜的缘故，他的眼圈像是着了一层墨。

　　阿力有点儿不耐烦，皱着眉头，右手伸进已经卷起黑边的白衬衣里挠了挠平坦的肚子说，下午来上班吧。

　　我没想到这么容易，点了点头说，晚上可以住这儿吗？

阿力说，可以，休息室有沙发。

阿力说完走向吧台，拿起蓝色的透明杯子，在饮水机下接了一大杯水，一口气饮了下去。

当天下午，我就穿上了黑色小马甲，腰里别着对讲机上岗了。晚上，我躺在闪着油光的黑色布艺沙发上，虽说有点儿恶心，脑袋下面也全是被烟头烫破的洞，有点儿扎脖子，但睡眠质量还不错，至少空调开放。从那以后，每到寒暑假，我就给自己找点儿事儿做，好在愿城是个大地方，总有些事够我小忙小碌的。

三年前，妈妈查出了宫颈癌，还算早，又及时做了手术，算是捡了一条命回来。

那时，妈妈的体检报告刚出来，不是很理想，医生说已经感染了HPV（人类乳头瘤病毒），还不能确定是否发生癌变，需要住院做进一步检查，但为解后顾之忧，一场手术是逃不掉了。妈妈听医生说有癌变的可能，又要做手术，一下就慌了。医生安慰她说，一切都还不确定。医生还说，女性的生殖系统是相对独立的，即便是发生癌变，也不是什么严重的事儿，大不了切除子宫和卵巢，宫颈癌是目前唯一可以治愈的癌症。也不知道妈妈听了会不会心情好一点。

医院的人真多，病房早已没了床位，连过道里的床位也满了。等了两天，妈妈总算住上了电梯口的病床。妈妈换上了病服，手腕上戴了医疗识别带，上面除了姓名、性别、年龄之外，还赫然印着"宫颈癌"三个字，使人陌生，又使人头皮发麻。不过好在"宫颈癌"后面还跟着一个问号,一个世上最好的问号。

紧挨着妈妈的一个中年女病人搬走了,听说是第二天的手术,就移到了病房。没几分钟,空床位就被人补上了,是个二十七八岁的泼辣女人,身材高壮,皮肤略黑。她为人热情,一来就和妈妈套近乎,说是输卵管不通,要做手术,以后还得做试管婴儿,之后又问妈妈得了什么病。这倒使妈妈放松了一些。

妈妈在电梯口的病床上睡了一周,我和小姨一直守着,公务员工作忙,只抽空来看看,但钱是他花的。我每天都能听见绝望的哭声,特别是夜里,总是睡着睡着就被哭声惊醒。夜里安静,哭声既低沉又清晰,我躺在妈妈床边的地板上,感觉到她时不时翻一下身,她定是也听到了哭声。电梯过道的窗户很大,枕两个枕头就可以看到窗外,晚上没月亮的时候,我就侧身盯着电梯的指示灯,不管多晚,总有人进进出出。

从电梯口搬到病房,就意味着要做手术了。手术前的准备工作也很烦琐,术前谈话、签字、心脏检查、肝脏检查、药物过敏检查、器材选用、灌肠……让妈妈大哭一场的是术前谈话。医生把我和妈妈、小姨、公务员叫过去,除了说明手术中有可能发生的风险,还说极有可能发生癌变,若有癌变,不仅要切除子宫,还要切除卵巢及其附件,为了保险起见,还要住院化疗。这可着实把妈妈吓到了。

公务员安慰说,这是例行公事,没事的。

同样的话，我和小姨也说了几遍。

妈妈是读过些书的人，哪儿能不明白，那些说在前头的手术风险是例行公事，后面的癌变可是实实在在要人命的。看着妈妈绝望地哭，我也哭。公务员说别哭，可就是忍不住哭。哭过以后，不知是为了让我们安心，还是别的什么，妈妈倒是坦然了很多。

手术室外面的大厅很大，四面的墙根儿都简单摆放了一排连体的塑料座椅，使人想到火车站的候车厅。大厅里挤满了人，几乎全是病人家属，一个个面如死灰，有种恨不得躺在手术台上的人是自己的感觉。我和小姨、公务员站在大厅的人群中，看不到自己的表情。妈妈笑着对我们挥了挥手，扭过头，转了个弯，就不见了。我蹲坐在墙角抽泣起来。

哭过以后，才想起还有正事。手术进行到一半，从手术室里传出从妈妈身体里取出的肉，需要家属交到二楼的化验室，以确定是否癌变，确定之后，医生才能根据结果进行下一步手术。

我拿着透明的密封塑料袋，里面装着妈妈的肉，比三块钱的香肠还要大些，沉甸甸的，看着像脂肪，血迹印在塑料袋上画出一个鲜红的小圆圈。我一步两个台阶飞奔二楼，事后才想起来手术室里的妈妈就那么无所事事地躺着，没有知觉。医生有可能借这个空当聊聊下班后的打算，或是讲个笑话。化验结果很理想，没有发生癌变，医生只是切除了妈妈的子宫。

手术后，医生说很成功，还端着托盘让我们看妈妈的子宫，我站在小姨和公务员身后，觉得必须看它一眼，我不露痕迹地瞄了瞄，那可是我的第一个家。

出了手术室，妈妈被推进了监护病房。那天晚上，公务员也住在了医院，就睡在妈妈的病床上，我和小姨依然在床边和走廊里打地铺。我躺在走廊里，辗转了一个小时也没睡着，便起身往妈妈的监护病房走去。监护病房的门关着，家属是不能出入的，好在门上有个小窗口，透过玻璃可以看到躺在病床上的妈妈。妈妈闭着双眼，微张着嘴，盖着医院特有的白色被子，渗出丝丝痛苦。我不禁感慨，到了这个地方，一切都由不得自己了，连命也由不得自己了。

妈妈在监护病房躺了二十四小时，麻醉药的劲儿过了，一切指标正常，便移回了普通病房。妈妈经过一场劫难，保住了性命，再次回到病房，心境是大不同的，和周围的人自然也熟络起来。和妈妈顶头住的女人比妈妈年长两岁，是和妈妈一样的病，要更严重些，连卵巢及其附件也切除了，由于化疗的缘故，本就不长的头发看上去更为稀疏了。可能是同病相怜，妈妈和她说起话来特别亲切。病房的床位十分紧张，妈妈只住了一周，便出院了。

妈妈出院没多久，公务员就出事了，从北京出差回来时遭了车祸，连同司机和俩同事，四个人全把命搭在高速公路上了。妈妈从医院出来后，就回苏庄了。苏庄是她出生的地方，她回去有点儿叶落归根的意思。

3

　　回家就回家吧。无奈，只好放了马拉、既明和书店的鸽子。

　　天已擦黑，可能是一整天不见太阳的缘故，又起了雾，小镇看上去昏昏沉沉的。临街商铺的门口还能瞧见几个人，大多是店主，有的已开始吃晚饭，有的在看着孩子写作业，还有女店主坐在门口织毛衣或嗑瓜子。街边卖卤肉、炸鱼、烧饼的小摊儿倒有些零零散散的客人。摊主裹着厚厚的棉衣，戴着棉帽，双手抄在袖子里，坐在冷风中稳如泰山，见有人驻足停留，就站起来招呼说，看看吧，要点儿啥？天冷，顾客也利索，要么是问了价直接提东西结账走人，要么是匆匆扫一眼，不满意就价也懒得问了。都是一个镇上的，熟客也多，有的是一个村子的，交情还不浅。

　　上来先热情寒暄两句，摊主说，吃了吗？

　　熟客说，没吃呢。

　　摊主从旁边的木桩上扯下个袋子说，要多少？

熟客用手一比画说，就这一块儿吧。

摊主手起刀落，往电子秤上一搁说，四十三。

熟客早已备好了钱，往往是五十或一百的，生怕钱不够，碍于交情让对方吃了亏。

摊主见了钱，客气说，算了吧，下次再给。

熟客忙说，那不行，一码归一码。

摊主说，那给四十吧。

熟客说，行不行啊？

摊主说，行。

镇上的超市有些年头了。我和妈妈去愿城的时候，尚不知超市为何物，现如今镇上的超市，无论规模、服务，还是管理模式，都已和愿城的几无区别了。但镇子毕竟是小地方，超市的工作人员和来来往往的都是周边村子的人，见得多了，打起交道来，自然多了几分人情，凡事也都多了几分余地。

我掀开超市厚厚的墨绿色门帘，一股带着灰尘气味儿的暖流扑面而来，我不禁拉开了羽绒服的拉链。抬头望去，好一番热闹景象。虽说离过年尚有些时日，但年味儿已十足了。刚刚瞧见镇上一片昏沉冷清，还以为是冬天，又到了饭点儿，人们都缩在家里看电视，到了这儿才发现，人是闲不住的。若不是顾客和工作人员都操着一口地道的本地口音，我还以为是到了学校附近的丹尼斯。

我向来不喜人多，更不想在此多逗留，便直接问了工作人员要买东西的位置,然后快步走了过去。给雁秋买的奶粉和法式小面包都在货架上搁着,临走时再拿不迟。给姥姥买的白糖、鸡蛋糕和水果得排队称重。排队的人不少,想来得等不少时间,便又给姥姥挑了绿豆糕和枣糕。记得小时候和姥姥到镇上听戏,姥姥总给我买这两样点心。正准备去排队时,忽然又想起家里的瓜子也快吃完了,便又扯下一个袋子向旁边的瓜子走去。注意力只集中在瓜子的味道和价格上,右手去拿铲子时,不料却捉到了另一只手。慌乱之中忙道歉,一抬眼,嘴里只吐出一个"对"字,便卡住了。因为那只手的主人是我多年未见的陈明月。

在热闹超市的过道里,我看着她,她看着我,她随意地扎着头发,穿着白色羽绒服和深蓝色牛仔裤,脚上是一双红白配色的运动鞋。这画面像电影里恋人的久别重逢,有一点浪漫色彩。我对明月扬了扬嘴角,微微点了点头。她对我的出现,并未觉得奇怪,想来是早就见过我妈妈了,她带着对邻里街坊的礼貌对我很浅地笑了笑。我得承认,明月很好看,她眼神清澈,面容纯真,和她短暂对望时如沐春风,使我想起一见钟情之类的话,我心里小鹿乱撞了几下。

明月虽不奇怪我出现在苏庄,但对许久未见之人的突然出现,还是有点儿惊讶。我看着明月,心里盘算着年头,我们竟已十二年未见了,不禁感慨时光易逝。

明月说,青云哥,你怎么来了?

我说,刚放了寒假,回来住几天。

明月说，咱们多少年没见了？

我说，得有十多年了吧？

明月掰着手指数了数说，可不是嘛，十二年了。

我说，是啊，时间过得真快。

明月说，住多久？啥时候走？不常回来，就多住几天。

我知道这是老家人对不常回来的人惯用的打招呼方式，便说，嗯，多住几天，过了年再走。

明月瞟了一眼我的右手说，你也买瓜子啊？

我这才发现手里还拿着小铲子，便说，嗯，家里冷，闲着也没事，围着煤火嗑瓜子打发时间。

明月说，你买了这么多东西，我帮你拿吧。

我忙说，没事没事，你赶快装瓜子吧。你一个人来的？

明月说，不然呢，买个瓜子还组团来呀？

我笑笑，不说话。

明月说，我喜欢吃这个焦糖味儿的。

我说，我也喜欢。

我和明月都装了焦糖味儿和原味儿的瓜子，然后去排队称了重。之后，她帮我分担了几个手中的袋子。我又去拿了两罐奶粉和两包法式小面包，便和明月排队结账去了。我和明月将手里的大袋小袋放在收银台上。

收银员说，一起的吗？

我上前一步说，一起的。

明月从我左边挤过半个身位，将自己的瓜子挑出来说，不是一起的。

我又将明月的瓜子挪过来说,一起的,一起的。

收银员见后面还排着许多人,没工夫听我们客气,直接扫了我手机上的二维码。

明月不好意思地说,我一会儿把钱给你。

我笑说,不用不用,你一会儿还得给我当苦力呢。

我和明月拎着袋子出了超市,天色已完全黑了。

我说,你怎么来的?

明月说,搭车来的。

我说,我送你回去吧。

明月忙说,没事没事,我还搭车回去就行,你快回家吧。

我说,那你下了车还要走一会儿呢,天也黑了,反正顺路,我也没什么事儿。

明月犹豫了一下说,那好吧,谢谢你的顺风车啦。

我跨上电动车,尽量往前坐着。明月微微一踮脚,面朝一侧坐在了我身后。路上静得很,只偶尔驶过一辆晃着大灯的汽车。我对女人没经验,电动车开动之后,寒风一吹,竟茫然不知所措起来。我虽是学汉语言文学专业的,往日里也看了不少浪漫的爱情故事,但此时书里的那些话竟一句也想不起来了。倒是明月话如泉涌,跟我讲着家里过年如何好玩有趣,到了元宵节,村里还会放电影、搭戏台唱戏,这使我想起了不少童年往事。最先跳出来的就是我和明月搬着小凳子看露天电影的画面，是部香港的僵尸片，名字记不住了，只记得很搞笑，我和明月笑得肚子疼，连妈妈买的瓜子也忘了吃。我想，明月跟我说这些时，可能忘了我也是在村子里待过几年的。虽说我对这些许久未再经历，但也并不陌生。

我骑得很慢，一是因为冷，二是想尽量拉长明月坐在我身后的时间。

路过春江饭店时，忽然想起还要买几个小菜，便停了车对明月说，我去买俩小菜。

明月说，我在这儿等你吧。

我说，外面冷，要冻感冒的。

明月说，没事儿，你快去，我帮你看着东西。

我说，好吧，那你等我一会儿。

春江饭店是附近几个村子开的第一家饭店，老板春江是苏庄人，圆脸大眼，人很老实，身体有点儿发福，脸上总挂着笑。他家的菜味道好，分量足，价钱也公道，口碑甚好。平日里除了三五个朋友过来点几个菜喝两杯，也承办一些红白喜事。后来，运来见春江赚了钱，也学着开了家饭店，和春江饭店一样，走物美价廉的路线。春江饭店在南地，运来饭店在北地，虽有些竞争，但各自赚着南来北往的钱，倒也是一番和气生财的景象。

可能是地理上的优势，离南地更近些，也可能是先入为主了，对春江饭店有了日积月累的安全感，懒得尝试别家了，所以平日里，我的三个舅舅招待客人，总是去春江那里点菜。所以一说要几个小菜，首先就想到春江饭店。

来到春江饭店时，店里一个客人也没有，只有春江正坐在门口的桌子前剥蒜。其实，真正在店里吃的人寥寥无几，大多是像我这样打包带回家去。所以，饭店看似冷清，实则生意不错。

春江见有人来了，忙起身笑脸相迎说，来啦，看看要点儿啥？

我说，我看看菜单。

春江说，你是不是青云啊？

我说，是啊，您认识我？

春江说，我说看着面熟，我和你妈是同学，我可不光认识你，你小时候我还抱过你呢。

我没说话，只笑了笑。

春江说，啥时候来的？

我说，今天刚来。要一份儿素拼，一份儿烧腐竹，一份儿鸡块，一份儿酥肉。

春江说，不常回来，就过了年再走。他又走到后厨的窗口喊道，烧腐竹、鸡块、酥肉。喊完了就去到柜台里打包素拼，打包好了又套上一层袋子搁在了我旁边的一张桌子上。

我没说话。

春江说，你坐你坐，等一会儿。

我说，没事没事，站着就行。

春江又坐下来继续剥蒜。他一边剥蒜一边和我寒暄,什么上学啦还是工作啦,学的啥专业啦,啥时候毕业啦,订婚没啦……

我站在门口,一边应对着春江,一边透过油腻的玻璃门,借着店里映到路上的光,远远地看着站在路对面的明月,只有一个模糊的轮廓。菜很快就做好了,结账时春江推让了几句,最后免了零头。我道了谢,然后一步一回头地告辞了,春江继续剥蒜。

我带着明月继续缓缓前行,快到陈庄村村头路口时,明月说,就送到这儿吧。

我下意识地停了车。我和明月又寒暄了几句,找不着话了,她就说家里不比城市,比较冷,让我快回家。

我点了点头说,那你小心点儿。

明月说,只这几步路,没事儿的。

我说,我加你微信吧。

明月掏出手机说,好。

我说,一会儿到家了,我把手机号发给你。

明月说,好。

临走时她又喊了我一声青云哥,这一声哥,跨过十二个年头钻进我的耳朵,我心里的小鹿又乱撞了几下。

我看着明月走了几步,期待她能回头看我一眼,但她没有,我手腕一拧,便回家去了。

吃过晚饭,小姨夫过来把小姨和雁秋接走了。我和妈妈、姥姥在村子里溜达了一会儿,走到村子广场时遇到了几个熟人,站着说了会儿话,之后便回家睡觉了。

姥姥披着棉袄,坐在被窝里看电视。妈妈在另一头,也披着棉袄坐在被窝里。我坐在自己的小床边泡脚,屁股能感觉到被窝里暖水袋散出的暖意。

我说,今天在镇上碰到明月了。

妈妈说,是吗?

我说,嗯,在超市碰到的,我还请她吃了瓜子。

妈妈笑了笑,没说话。

我说,她结婚了吗?

妈妈说,前些天在镇上遇到明月妈,闲聊时听她说已经说了婆家了,好像过了年就办事儿。

我说,明月才多大呀,好像比我还小一岁呢。

妈妈说,是啊。

我说,老家人结婚真早。

妈妈说,咱东边儿的,民生,和你一样大,孩子都三岁了。

我笑了笑,不说话。

村庄冬天的夜总是那样的长。屋子里黑得伸手不见五指,能听见老鼠作祟的声音。我躺在姥姥为我收拾的小床上辗转难眠,明月一直在我脑子里跳来跳去,早上醒来时,已辨不清明月的笑脸是我醒时的想象,还是我梦时的情景。

4

  我和明月是青梅竹马，两小无猜。

  我虽然也姓苏，但我并不是苏庄人，我是邻村陈庄村的。虽说俩村子挨着，几乎融为一体，但陈庄村的"苏"和苏庄的"苏"可不是一个"苏"。苏庄的"苏"是地地道道的本地人，有苏庄的时候就有苏家人。陈庄村的"苏"是后来的，是倒插门儿。在陈庄村，凡是姓苏的，都是一个祖宗。据说，清道光年间，有个二十来岁的书生逃难到了陈庄村，为了讨口饭吃，便就地找了间荒废的牛棚办起了学堂。有些人家为了营生，无暇照看年幼的孩子，就拿些吃食将孩子送了去，不为教孩子识字，只图个省心。书生不仅会教孩子识字，还会讲故事，而且讲得极好，孩子们都乐意听。不仅孩子们乐意听，不远处槐树下纳鞋底的女人们也乐意听。槐树下有个十六岁的姑娘，听了半年故事，就想一辈子都听这人讲故事，便芳心暗许。再后来，书生和姑娘结了婚，就在陈庄村落户了，这就是陈庄村最早的苏家。

我家和明月家是邻居，只一墙之隔。我妈妈是上过高中的人，喜爱读书，但我爷爷没上过学，我爸爸小学也没上完，家里哪有书，连张纸也没有。明月家有书，而且还不少，什么《林海雪原》啦，《平凡的世界》啦，《钢铁是怎样炼成的》啦，反正好多书。所以，妈妈没事儿老去明月家借书看。一来二去地，自然就熟络起来了，我妈妈和明月妈妈常一边在院子里洗衣服一边隔着墙头拉家常。我出生后的第二年，明月也从她妈妈的肚子里钻了出来。就因为这个，明月叫我一声哥。

上次见明月还是十二年前的夏天。夏天一过，我们就要上小学四年级了。明月虽比我小一岁，但我们是同时上的学。她学习成绩比我好，私底下常让我抄作业，考试时也会给我递小纸条。

那天我和明月，还有几个小伙伴在村里十字路口的树荫下玩自创的追逐游戏，几个人各有角色，一个个装作超级英雄的样子说些拯救世界的大事情。我和明月是邻居，平日里又常在一起写作业，关系好得很。我乐意带着她，她也乐意跟着我，所以，每次玩追逐游戏时，我们总是一派。那天不知怎的，一个小伙伴突然超级大反派附身，要消灭我和明月。我拿着竹竿学着武侠片里的动作比画了几下，然后就带着明月逃跑，我们一跑，大反派就带着几个小喽啰追。他们手里拿着竹竿，嘴里喊着"抓住他们"，一点儿也不留情。我和明月就拼命地往东跑。

小镇在村子西边，妈妈常骑自行车带着我去镇上买东西，我对村子西边还算熟悉。我素来胆小，一个人跑着玩的时候，总是习惯往西走，我也想去东边看看，但一直没敢。那天，我带着明月逃跑，后有"追兵"，不知怎么就生出几分胆量，竟往东边跑去。若将十字路口作为村子中心，我倒是也往东边去过，但从未越过第二条胡同，我觉得这条胡同就是危险的边缘，跨过去，就再也回不来了。我飞奔着闯过第二条胡同，明月紧随着，可能是明月跑得有点儿慢，也可能是我本能地想找点儿东西抓着，我就牵起了明月的手。跑了一会儿，我回头看了看，见没有"追兵"跟上来，便慢了下来。我们已跑出了村子，路两边是一望无际的田地，和我坐在妈妈自行车上看到的一样，但仍觉得新鲜。干枯的麦茬，像我后脑勺新剃过的头发，翠绿的玉米苗已经钻了出来，但还盖不过麦茬干枯的黄色。

我和明月一路牵着手往前走，汗珠从我的眼角滑过，留下几道线，风夹着尘土一吹，线就变黑了。不知不觉，竟到了苏河边，苏河的水还算清澈，浅水处能看见小鱼儿和河底的石头。我们蹲下身子洗了手洗了脸，又捧着水喝了几口。我们在河边坐下，没有脱凉鞋，直接将脚没进了水里。

事隔十二年，我再次想起那天的情景，明月脸上的笑容宛如夏日的清风，她来来回回地荡着小腿，在河面上激起了一些小浪花，好看极了。

我扭着脑袋看着明月说，长大了，你给我当老婆好不好？

明月说，好。

我说，那我们说定了，拉钩。

明月说，嗯，拉钩。

我和明月钩着小指，异口同声说，拉钩上吊，一百年不许变。然后我们的大拇指相互一按，这便私订了终身。

后来，我时常想起那日的情景，那时我情窦未开，明月也情窦未开，否则我无论如何也说不出那番直爽天真的话来，明月也不会这般轻易就答应给我当老婆。

那天下午，我和明月走了好久，说了好多话，回到家时，天边已有火烧云。我歪着身体扭着脖子对着院子里的水龙头猛灌凉水。

妈妈说，喝生水肚子要长虫子的。突然，她脸色一变，又说，你腿上怎么了？

我低头一看，膝盖以下竟全是小红点儿，密密麻麻的，这使我想起了高炉烧饼上的芝麻。我摸了摸，仔细一瞧，才发现那些小红点并没有冒出来，而是在皮肤里面。

妈妈说，疼吗？

我说，不疼。

妈妈说，痒吗？

我说，不痒。

随即，妈妈骑自行车带我去了镇上的医院。

镇上医院的医生是熟人，正好在医院门口碰上了。医生从和同事的谈笑风生中分出一点儿精神，瞧了瞧我腿上的小红点儿，说是紫癜，毛细血管破裂才会出现小红点儿，只是不知道是什么原因，若是过敏性的，便无大碍，如果是血小板减少性的，那就有点儿严重了。医生又说，目前镇上的医疗条件有限，做不了检查，要到县城去才行。第二天，我和妈妈一大早就去了县城，没做停留，然后去了愿城。

之所以去愿城，是因为我爸爸在愿城。爸爸从小就四处混生活，野心勃勃，胸怀天下。他三十二岁时已经混出了名堂，是十里八乡的名人。所谓名人，无非是挣了点儿钱被别人知道了。每次回家，谁见了都会忍不住羡慕两句，哇！那个人就是谁谁谁啊！他也比较会来事儿，不管认识不认识，看见笑脸就递烟，一下递两根儿，都是很贵的烟。

爸爸三十六岁时，为他的野心付出了代价，他贷了好多款，还不上，欠了一屁股债，就潜逃了。

检查之后，确定了我的紫癜是由于过敏引起的，这才松了口气。我又查了过敏原，医生在我的两条小臂上分别滴了二十滴药水，又用针在滴药水的地方扎了洞，疼得我嘶嘶作声。四十种过敏原里，竟有五种过敏：韭菜、虾、玉米面、花粉和室内尘土。别的倒还好说，唯有玉米面让我觉得不可思议，因为我从小就喝糊涂，可以说是喝糊涂长大的，真是想不通。

我住了一个月的院，医生是从下面地市过来进修的，格外负责，紫癜很快便消除了。在我每天吃的药里，有一种叫

"强的松"的药,吃了以后胃口大好,我的饭量从一碗涨到了一锅,撑得难受,可还是觉得饿。我长胖了许多,腮帮鼓鼓的,像含了两颗糖果,人站在我对面,看不见我的耳朵。住了几天院后,爸爸的朋友们陆续过来看我,还送了我一些营养品、书和文具,我都很喜欢。出院后,爸爸带我和妈妈去了公园和动物园,还拍了许多照片。公园的人可真多,广场上还有很多和我年龄相仿的小朋友穿着溜冰鞋飞驰而过,羡煞我也。

爸爸说,想要吗?

我说,想要。

爸爸说,那就买一双。

那时候真觉得城市太好了。

我也是到了愿城以后才知道,爸爸过得其实并不如他看起来那么光鲜。他租住在一条小街上的一座小院子里,院子很脏,也很乱,几乎家家门口都堆着一些可扔又舍不得扔的东西。院子里全是低矮的红色小平房,爸爸一立脚,就能够着屋檐。屋顶铺了塑料纸,塑料纸上压着木板,木板上又压着砖头,显然是屋子漏水。爸爸的房子的门有些活动了,他性格比较火暴,有时开门,我觉得他能把整个门框卸下来。这一来,锁也就是装装样子罢了。不开灯的话,屋里黑得很,妈妈第一次到爸爸的房子时,看见房子又小又矮,屋里也是黑咕隆咚,不见阳光,地上还放着两个塑料盆接漏下来的雨水,眼泪一下就出来了。

妈妈说，不像个人住的地方。

爸爸说，但在这里有钱赚。

妈妈说，那也不值。

爸爸笑笑。

院子里有棵大槐树，枝叶繁茂，形成了一大片阴凉。从医院出来后，我喜欢搬出爸爸的钢丝床，躺在上面看爸爸的朋友送的那些书。少年版的《史记》和《资治通鉴》、《鲁滨孙漂流记》、《西游记》、《三国演义》，我就是躺在这棵槐树下看完的。

有一天傍晚，我们一家三口吃了饭去附近的公园散步。还没到公园，就碰上一个发广告传单的小伙子。爸爸没拿正眼瞧他，只接过传单，继续往前走，走了几步，抬手一看，原来是卖房子的。在公园散步的时候，爸爸没怎么说话，我则在前面跑得欢快。

回去时，爸爸说，买房子吧，买了房子就能把户口迁过来了。

妈妈说，太贵了。

爸爸说，贷款。存折上的钱，再向朋友借点儿，首付就够了。

妈妈说，那咱手里就没钱了，青云上学怎么办？

爸爸说，上学才花多少钱，再说了，还挣呢。

妈妈没说话。

爸爸雷厉风行，果然贷款买了一套房子。爸爸说，不管怎样，总算是在愿城安了家了，以后咱们也是城里人了。

接下来是装修。为了省钱，装修极其简单，墙和顶是粉刷好的，无须多管，厨房和洗手间也都贴了瓷砖装了水管，只要铺了地板砖便能入住。也是为了省钱，妈妈将二舅叫了过来，二舅又带了两个人，说是不要工钱，管吃就行。妈妈每天有酒有肉地招待着，二舅临走时，妈妈又象征性地给了每人两百块钱的路费。

爸爸潜逃后，房子很快被收了去。

我和妈妈也没想到，我这一病，竟使我们留在了愿城，我再回去已是多年以后的事情了。我和明月断了联系，但我也没有太想她，甚至没多久我就把她忘了。因为那个时候我太忙了，我对城里的东西太感兴趣，看到什么都想瞧瞧摸摸。我还忙着学习溜冰，我学得很快，只摔了两次便能玩出一些花样了。除了这些，妈妈还每天逼着我背英语课文和做数学题，因为她怕我一个农村的孩子到了城里的学校跟不上。所以，我完全顾不上儿女情长。有些晚上，我会梦见明月，梦见我们在村子里、在学校、在苏河边玩耍的画面。在梦里，明月始终都是那天下午的样子，她从来不说话，只是笑，我就睡得舍不得醒来。

那天是我最后一次见明月，那天她说长大了要嫁给我，再见时，她已长大了，而且肤白貌美，身材好，一张嘴全是乡村的质朴和善良。可我于她而言，再也不是那个青梅竹马两小无猜的少年，十几年的时光已将所有的天真烂漫的感情稀释殆尽，只剩一张记忆中模糊的脸。一想到此，我的心里就不免有些怅然。

5

接下来的几天,我没有再遇见明月,但我脑子里总是时不时跳出她的样子。

我的三个舅舅外出打工了,妗妗们在家守着孩子,我去镇上买了些吃食,一一看望了。我的三个妗妗脸上堆着笑忙前忙后,又是嘘寒问暖,又是递茶倒水,把家里压箱底儿的好吃的全招呼出来了。舅舅们的孩子长期疏于一个有力量的男人管理,一个个性子野得很,那些压箱底儿的好吃的几乎全部进了他们的口。妗妗们所说也大致相同,无非是什么时候来的、住多久、有没有女朋友、差不多该结婚了、家里人像你这么大的孩子都会跑了……末了,还非留我吃饭,我以姥姥做好了饭在家等着为由婉拒了。随后,我又花了一天时间去了两个姨家,好在都不远,走着路,身上刚有点儿热乎就到了。我和二姨、小姨平日里接触多,更亲近些,倒没有过分客气。

从小姨家回来后,我就没什么事儿了。天一直阴着,看不见太阳，我躲在屋里围着煤火看了两天书，顺便构思毕业论文，一直在沈从文、张爱玲和钱锺书之间徘徊，拿不定主意。又过了一天，我决定把张爱玲作为毕业论文的选题时，太阳终于出来了。太阳一出来，村子里人也多了起来，我坐在院子里能清楚听到后街的说话声，家长里短的，偶尔蹦出几句颇具文学性的话来，使人叫绝。我和妈妈、姥姥把平日用的被褥全拿了出来晒。将被褥搭在晾衣绳上后，妈妈便出门"打渣儿"去了。"打渣儿"就是将木头疙瘩放进粉碎机里打成渣。姥姥收拾了锅碗瓢盆，将剩饭剩菜喂了鸭子，也出门"穿刷儿"去了。所谓"穿刷儿"，就是将一小撮钢丝剪成十几厘米的小段，然后将它们穿在一个五孔的圆形铁片上。这只是半成品，还得将它们拉到工厂里再进行加工，成品以后，就是一个圆形的刷子，主要用来刷生锈的金属。"穿刷儿"是村里一户人家从外地揽来的活计，穿一个一毛钱，他们又雇村里的人过来穿，穿一个六分钱。不过，像这种效率低下报酬低廉的活计，也只有村里上了年岁但还有一定劳动力的老人才会干，他们一天穿上四五箱，一箱一百个，就可以挣上二三十块钱，这总比在家闲着没事要好得多，用他们的话来说，能挣一点儿是一点儿。

我在院子里搬了把竹椅，铺上棉垫子，腿上搭了毛毯，坐着看张爱玲。太阳将书上的字照得耀眼，也将我的头发晒得暖暖的。突然听到有人喊"青云哥"，刚一抬头，竟看见明月站在南边的屋顶，正笑嘻嘻地看着我。

我说，你怎么在这里？

明月说，我到同学家打麻将。

我说，那你在屋顶干吗？

明月说，晒太阳呀。

我说，不用陪你同学打麻将？

明月说，用不着我陪，有人抢着玩儿呢。

我笑说，那丢下朋友，自己跑出来晒太阳，也不大合适。

明月说，有人在抽烟，满屋都是烟味儿，呛得很，我才不陪他们吸二手烟呢。

我笑了笑，没说话。

明月说，你会打麻将吗？

我说，会一点，家里的打法规矩多，不太习惯。

明月说，那愿城是什么打法？

我说，愿城的打法相对简单些，不带风，不能吃，可以碰，不能点炮，只能自摸，对了，还有一张混子。

明月笑了笑，又瞟了一眼我手里的书说，你在看什么？

我说，张爱玲。

明月说，好看吗？

我说，我挺喜欢的。

明月说，能给我看看吗？

我站起身走到墙边，将书扔了上去。

明月说，高中毕业后就没有看过书了。

我说，我也是为了写论文才看的。

明月拿起书签说，《倾城之恋》，这个是你正在看的吗？

我点点头，嗯了一声。

明月说，我也看看。

我本以为明月会随便翻一下，然后还给我，谁知她竟真坐在屋顶看了起来。这是我没想到的。我坐在院子里看《红玫瑰与白玫瑰》，明月坐在南边的屋顶看《倾城之恋》。

冬日里再好的太阳，也会很快冷下去；气温冷下去，天色也暗了下去。

明月站起身说，我能拿回去看吗？

我说，当然可以。

明月说，那我晚上再看，我会很快还给你的。

我说，没事，你慢慢看。

明月说，你现在大几？

我说，大四，到七月份就毕业了。

明月说，上大学有意思吗？

我说，还好吧。你怎么不上大学？记得你小时候学习成绩很好的。

明月说，小时候成绩是不错，一上初中就不行了，勉强上了高中，高中成绩更是一塌糊涂，混到毕业，索性就不上了。想想真后悔，当时应该上大学的，哪怕是大专也要去上。

我说，那你高中毕业后在做什么？

明月说，毕业后，我去了县里亲戚家的厂子帮忙，做会计，觉得没意思，十一的时候就给辞了。

我说，现在在家休息？

明月说，嗯，在家闲着。

我说，接下来有什么打算？

明月说，不知道，过了年再说吧。

我说，嗯，不急，先好好过年。

明月说，张爱玲笔下的上海还真让人向往，你去过上海吗？

我说，没有。

明月说，你都去过哪些地方？

我说，我去过的地方也不多，只和同学去过开封、洛阳、杭州，还去过一次北京。

明月说，已经很多了，我只在很小的时候去过一次北京，去看了故宫。

我点了点头，没说话。

明月说，你去过海边吗？

我说，初中时去过一次，海是什么样子已记不大清了。

明月说，愿城好玩吗？

我说，不好玩。

明月说，那是你在那里生活惯了，觉得什么都不新鲜了。

我说，确实不好玩，生活节奏快，到处在建楼修路，交通拥堵，空气质量差，简直一无是处。

明月说，那你说，是愿城好，还是苏庄好？

我说，各有各的好吧。

明月说，那让你在这两个地方选择一个生活，你选哪里？

我说，愿城。

明月说，还是的呀。

我没说话。

明月说，有机会，真想去愿城看一看。

那天晚上，我躺在床上，翻来覆去睡不着，脑子里使劲儿回想白天明月站在屋顶的情景。也许她一会儿会发来信息，我手里攥着手机，一直到过了十一点，手机也没振一下。我想给明月发信息，又想着她应该睡下了，就算没睡下，大半夜的，也不太合适。我就这么躺在被窝里，编辑短信、删除短信、再编辑短信，不知不觉，又是半个小时过去了。我的脑子停不下来，又想起白天时明月说想去愿城看一看，就想着兴许能陪她走一趟，一想到和明月走在愿城的公园、商场、小吃街、电影院的画面，心里就乱乱的，就更睡不着了。在愿城，我有熬夜的习惯，常失眠，本想着到了家，一日三餐能按时按点儿，也能早睡早起，确实早早就躺下了，可还是睡不着。以前是脑袋里没什么事儿，所以熬夜失眠，现在脑袋里装了事儿，失眠却更显严重了。

夜越来越深，寒气也越来越重，气温一点点冷了下去，明月还是没有发来信息，我的心也一点点冷了下去。快到十二点时，手机突然振了一下，是明月，我的心又热乎起来。

明月说，睡了吗？

我说，还没呢，你怎么也没睡？

明月说，在看书，看了一多半了，明天尽快看完还给你。

我说，这么快，其实你不用这么着急还的，我暂时还用不到。

明月说，你不是在写论文吗，写得怎么样了？

我说，现在只是有个框架，道路漫且长远。

明月说，什么时候交？

我说，毕业前。

明月说，那还早着呢。

我说，你觉得怎么样？

明月说，什么？

我说，张爱玲呀。

明月说，还不错啊，挺好看的，看完了想去上海和香港。

我说，现在的城市都一个样，虽然我也没去过上海和香港，但想着该是没那种味道了。

明月说，那也想去看看。

我说，嗯。

明月说，好久没这么晚睡了。

我说，我平时都睡这么晚。

明月说，那你都干吗？

我说，看书啊，看电影啊，看电视剧啊，玩游戏啊，和同学聊天啊，太多的事可做了，反正就是不睡觉。

明月说，熬夜对身体不好的，还是早点睡比较好。

我说，那倒是，以前也改过，但在大学宿舍那个环境，十二点之前，根本就不好意思睡。

明月说，为什么？

我说，因为大家都不睡啊。

明月发了个捂着嘴笑的表情。

我说，你困吗？

明月说，还好，今天不知怎么了，一点儿也不瞌睡，平时的话，早就睡着了。

我说，看书看的？

明月说，有可能，你困的话就睡吧。

我说，其实我也还好，平时在学校熬夜习惯了，本想回到家能调整一下，但还是睡不着。

明月说，在家太无聊吧？

我说，确实有一点。

明月说，可能是没人玩儿的缘故。

我说，有点饿了。

明月说，去吃点东西吧。

我说，太晚了，不吃了，外面也太冷，实在不想动。

明月说，懒。

我说，想吃羊肉面，好久没吃了，刚刚肚子叫了一声。

羊肉卤是镇上的特产，平日里炖菜、做面是绝佳的底料，尤其是做捞面，将羊肉卤加水煮沸了，浇在面上，再配上葱末、香菜和陈醋，堪称一绝。镇上和附近几个村里的大大小小的饭店，都有羊肉面。小时候，每到过生日，可以没有蛋糕，但让妈妈带我到镇上吃一碗羊肉面是必不可少的。

明月说，被你说得我也有点饿了，愿城有卖羊肉面的吗？

我说，这么多年了，我在愿城只见过一家，在我以前租房子的地方，老板也是咱们县的。

明月说，味道如何？

我说，还算地道。我肚子又叫了一声，真是不能想，恨不得现在就能吃上。

明月说，现在是不行了，改天我请你吃正宗的。

我说，好呀，不过，要吃也是我请你。

明月说，那不行，上次你都请我吃瓜子了。

我说，那个不能算数。

明月说，怎么不能算数？不让我请的话，我就不吃了。

我说，好吧好吧，那我就勉为其难，让你请我了。

明月说，怎么感觉我请你吃饭，还不讨好似的？

我发了个哈哈大笑的表情，又说，没有没有，在此先谢过你了。

明月说，不客气。

我和明月言来语去，好像我们已经掏钱包准备结账似的。

第二天吃了午饭，妈妈和姥姥出门后，我又搬了椅子在院子里看书。我时不时地抬头往南边屋顶上看看，心想今日天气晴朗，明月可能还会到同学家打麻将。打起麻将来，免不了有人抽烟，明月不喜欢那味道，一定还会到屋顶来透气晒太阳。然而时间一点一点流过去，天一点一点冷下去，明月并没有如我所想，出现在屋顶上。我眼睛盯着书，心绪却不知跑到了哪里，看了一个多小时，书签依然停在打开时的那一页。

晚饭时，明月终于发来了信息，说她将《倾城之恋》看完了，问我能不能再借她一本。我当然说能。

我说，怎么给你？

明月说，你一会儿有空吗？家里的瓜子吃完了，我去镇上超市再买点儿。

我说，刚好，我上次买的也快吃完了。

在超市门口一见面，明月就将《倾城之恋》还给了我，我又借给她一本《半生缘》。买瓜子时，明月为了还上次的人情，抢着把账给结了。

那天以后，我和明月每天都会微信聊天，有时聊得很少，半天才回复一句；有时聊得很多，聊到很晚也舍不得说晚安。但在村子里，我们是不大见面的，只有她看完一本书再向我借时,我们才会在镇上见一面。有一次,我一下给明月带了四本书。我说,你可以慢慢看,不用急着还。明月只挑了一本放进包里说,你写论文还要用,我拿一本就好。那天晚上回到家,我才有点后悔了,不过心里却暖暖的。

6

眼看年关将近,村子里的年味儿更浓郁了。村子里的大路上已挂上了红灯笼,彻夜地亮着,姥姥家屋后的空地还支起了秋千,家家户户早已开始着手准备年货了。妈妈和姥姥也忙着去镇上置办东西,白条鸡、烧鸡、鲤鱼、带鱼、猪肉、羊肉、牛肉、瓜子、花生、糖果、饮料,一样也不能少。置办齐了,回到家涮洗干净,蒸炸炖煮,各有各的吃法。之后是炸油馍、丸子、带鱼、酥肉、年糕、豆腐、莲藕,一边炸一边吃,嘴一天也不闲着,吃得胃里腻腻的,全是油水。家家的年货都置办得很齐全,量也大,出了正月也吃不完。

在愿城就不一样,既明家的年货就备得少。

既明说,多了吃不完,纯属浪费。

我说,在家里,不出正月是不兴动手的。

既明说,那就买着吃。

我说,你以为家里和愿城一样?十五之前,店铺哪有开门的,卖馒头的也没有。

既明说,真想和你回老家过年,也见识见识那场面。

外出打工的男人们已经回来多日了,这是男人们一年里最快活的日子。碰到好天气,他们就穿着厚厚的冬衣,一群一群地挤在谁家院子里,或是打麻将,或是打纸牌,或是掷骰子,或是下象棋,着实一片热闹景象。当然,最开心的还是孩子。三个舅舅家的孩子,已经买好了新衣服,搁在柜子里,就等过年了。当然,对小孩子来说,最有吸引力的,还是烟花爆竹。将炮插在积雪里、搁在旧瓶子里、夹在墙缝里、扔进厕所的茅坑里,一声响,就能炸出童年所有的快乐。

腊月二十六这天下午,妈妈和姥姥在厨屋炸油馍和丸子,我在旁边和她们聊天,时不时捏一个填进嘴里。我也打打下手,刷碗、刷盘子、切豆腐、切莲藕……总有些小事情用得着我。

姥姥说,你去玩儿吧。

我说,没啥玩的。

妈妈说,学学做饭也行,现在的女孩子不都喜欢会做饭的。

我说,我会番茄炒鸡蛋,还会煮方便面。

妈妈说,看你多有本事。

姥姥笑了笑,不说话。

我说,上高中的时候,我还真想过做一名厨师,我还挺喜欢做饭的。

妈妈说，平时也不见你做。

正聊着，明月发来信息说，《半生缘》，我看完了。

我说，你看书太快，我带的这几本书，可不够你看的。

明月说，刚看完。

我说，感觉如何？

明月说，有一句话，印象特别深刻。

我说，哪一句？

明月说，世钧，我们回不去了。

我说，我也记得这一句。

明月说，你再给我拿一本。

我说，你什么时候有空？

明月说，今天晚上吧。

我说，好。

嘴巴一下午就没闲着，吃了好多肉和油炸食品，肚子一直沉甸甸的。姥姥熬了糊涂，我喝了大半碗，之后回堂屋将《小团圆》塞进包里，便骑电动车到镇上去了。可能是家家户户都忙着炖肉、炸油馍丸子，镇上冷清了许多，很多店铺都关了张，门上贴着字条：正月十六正式营业。

奶茶店倒是开着门，我停了车，去买了两杯热奶茶。我和明月只来过这里一次，镇子本就不大，人也不多，关系里又套着关系，见过几次面的总能混个脸熟。明月毕竟是说了婆家的人，为了掩人耳目，我和明月只在夜深人静时，在人少的街上溜达着聊天。

我说，冷吗？

明月说，不冷。

我说，家里年货准备得怎么样了？

明月说，差不多了。

我说，今天吃了好多肉和油馍丸子，过个年要胖不少。

明月说，嗯。

以往，明月说话时会偶尔扭头看我一眼，就算不说话，也会笑一笑。但她今天不扭头看我，也不笑一笑，只顾着低头走路，我说一句，她就应一句，我不说，她也沉默不语，似有心事的样子。

我说，我今天带了《小团圆》，先给你吧，别一会儿忘了。

我拿出书给明月，她不说话，将书塞进包里，又低头走路。我只好也沉默了。

过了好大一会儿，明月说，我要订婚了。

明月依然低着头往前走。我身体一愣，竟一下定在了原地，若有所失似的。

我赶了几步，追上明月说，什么时候？

明月说，明天。

我点了点头，没说话。

我和明月并肩而行，各自盯着脚下的路。

明月说，去广场吧。

我说，好。

广场上有许多公共的体育器材,还有两架秋千,之前很多个夜晚,我和明月坐在上面聊天。坐在秋千上,又是一阵沉默。

过了一会儿,明月扭过头来说,你有女朋友吗?

我这才发现,虽然我和明月每天晚上聊天,隔三岔五还跑到镇上见一面,但我们从未提及彼此感情的事。

我说,没有。

明月说,那你谈过恋爱吧?

我点点头,不说话。

明月说,能讲讲吗?

我的脚蹬了一下地,秋千晃起来,我就和明月说起了我的故事。

7

芳菲是我的初恋。我说芳菲是我的初恋,但她一直不同意这个说法。严格来说,确实是这样,因为在芳菲之前我的的确确暗恋过一个名叫玲珑的女孩儿。

芳菲说,暗恋也是恋。

我说,我们连话也没说过几句。

芳菲说,那也算。

我说,照你这么说,我也不是你的初恋了。

芳菲说,我又没暗恋过别人。

我说,但是别人暗恋过你呀。

芳菲说,那和我没关系,不算。

我说,这么说,也有道理。

芳菲说,我当然有道理。

玲珑是我的大学同学,若不是坐在一个班里,我想我这辈子也不会知道她的名字。玲珑长相甜美,人也安静,爱穿长长的裙子,笑的时候有两个小酒窝,是我们班最好看的女生，很多男生都在寂寞的夜晚想她。我也想她。每次上课，她总是坐在第一排最右边，而我总是坐在最后一排最左边，这是世界上最遥远的距离。我喜欢隔着许多个脑袋一边看她一边想象和她谈恋爱的样子。这时候，我就会发现，除了我，还有许多双眼睛都在盯着她，他们八成是在想和我脑袋里一样的事情。她从未发现我。每次放学，我总是看着玲珑调整自己的节奏，或快或慢，这样我就能在班门口和她挨着走出教室，并一路尾随她走出教学楼。我说我和玲珑没说过几句话，芳菲总觉得言过其实，说我哄骗她。但其实，只有几次人多拥挤，我有意无意地碰到她时，才有了跟她搭话的机会。我连忙跟她说对不起，她扭头对我笑了笑，露出两个漂亮的小酒窝，说没关系。这是我和她仅有的交流了。

玲珑是有男朋友的，听说在北京一所大学学习新媒体与动画专业。第一个寒假前，我有幸在学校里见过一次，人长得眉清目秀，高高瘦瘦，给人一种一表人才的感觉，这让我心里生出些许自卑。那天，玲珑和她男朋友并肩走在校园里，和我擦肩而过。玲珑看了我一眼，有点想打招呼的意思，但我一低头，避开了她的目光，像陌生人一样走开了。后来，借着别的同学的光，我们在教室里有过几次寒暄，仅此而已。

即便玲珑有男朋友，学校里还是有许多男生给玲珑写信送花买礼物，还有人为她打架，进了医院。我不给她写信送花买礼物，我只是坐在教室的角落里隔着许多个脑袋偷偷看她。这样的日子一直持续到夏天，夏天来了没几天，我就遇见了芳菲。

认识芳菲，还是因为既明。暑假前，既明新谈了女朋友。既明的女朋友是编导专业的同学，姓乔，名小乔，活泼可爱，形象也好。那时，既明和小乔的感情正如日中天，二人整日如胶似漆，片刻也不肯分开。小乔成了我们宿舍的常客，我和她便也熟络起来。

那日，午饭后，我在宿舍闲来无事，便借既明的电脑看《权力的游戏》。突然接到既明的电话，让我帮他把床上的快递拿给小乔——他常让我干这种事儿，当即便答应了。像往常一样，我踩着拖鞋在男女宿舍楼之间的乒乓球台处等候。以往，不出两分钟，小乔必到，可那天足足等了十分钟，依然不见其踪影。正踌躇之际，只见一个陌生身影走了过来。女孩儿身材高挑，小圆脸儿，大眼睛，双眼皮儿，头发是栗色的，烫了大波浪卷儿。女孩儿穿着天蓝色的格子衬衣和蓝色的牛仔裤，脚上是一双蓝白配色的低帮帆布鞋，文静中透着一点儿可爱，好看。待女孩儿走近了，四目相望，便也猜到了八九分。

女孩儿说，你是苏青云吗？

我点点头说，是。

女孩儿说，我是帮小乔拿快递的。

我说，她怎么没下来？

女孩儿说，她在洗头，怕你等久了，就让我帮她拿一下。

我点点头嗯了一声,便把快递给她了。和女孩儿道了别,折身回宿舍继续看《权力的游戏》。

近六点时,既明和小乔回到了宿舍。我正躺在床上看上午才送到的书。小乔一进来,照常坐在既明的床上玩电脑。既明在我头上拍了一下,坐在了小乔身后,他双手环着小乔的腰,下巴搁在她右肩上,一边盯着电脑屏幕,一边问我,怎么就你自己,他们都干吗去了?

我说,除了"二楼",还能去哪儿。

"二楼"是我们学校对面的一家网吧,名叫星盟,因在二楼,便被我们"二楼""二楼"地叫顺了。除了教室和宿舍,就数在"二楼"的时间最久。

既明说,看的啥?

我说,《米格尔街》。

既明说,奈保尔的。他的双手从小乔腰间拿开,靠着墙摸索起了手机,似是在和谁发信息。

可能是看见小乔的缘故,一时又想起了今天帮她拿快递的女孩儿。我说,小乔,今天帮你拿快递的是谁?

小乔说,你说芳菲啊,一个宿舍的同学。

我说,也是编导班的?

小乔一心盯着电脑屏幕,只嗯了一声。

我笑了笑说,你们宿舍竟然还有和你一样漂亮的女同学。

小乔扭头笑说，真会说话，怎么，给你介绍一下？

我说，这么漂亮的女同学，会没有男朋友？

小乔说，据我了解是没有，我们班倒是有两个男生在追她，不过她不喜欢。好像她之前的高中同学也在追她，前几天还过来找过她。

我说，这么受欢迎。

小乔说，不过说真的，感觉你们还挺合适的。

我说，感觉挺合适的，什么意思？

小乔说，就是觉得你们性格挺搭的。

我不知小乔何出此言，只觉得今日见了芳菲，心情大好。我说，她姓什么？

小乔说，芳菲芳菲，自然是姓芳了，难不成跟你姓苏呀。

我说，这个姓倒是很少见，芳菲芳菲，姓好，名更好。

小乔笑说，还真是动了心呀。

我笑了笑，不说话。

小乔说，要不我把她微信给你？

我说，那怎么行。

小乔说，那有什么要紧的，加个微信而已。

我说，不太好不太好，太冒昧了。

小乔说，那就改天一起吃饭吧，先让你们见一见。

我说，吃饭倒是没问题。

既明说，还改天干什么，择日不如撞日，就今天。

我笑了笑，不说话。

既明一把揽住小乔的脖子，看看她，又看看我说，你不是想吃"川帮菜"吗，有饭票了。

小乔嘻嘻一笑，问我，那就今天？

我说，人家喜欢吃川菜吗？

小乔白了我一眼，然后头一低，便从既明的胳膊弯儿里钻了出来，接着是一通电话。看小乔的样子，芳菲应是推辞了一番，不过还是被小乔三言两语给搞定了。

趁着既明小乔温存之际，我洗了脸，换了身干净衣服，心里又盘算了一下花销，便和他二人下楼去了。我们在宿舍楼前等了三五分钟，芳菲便来了。她还是中午时那身衣服，只手里多了一个精巧的粉色手提包。可能对芳菲第一印象美好，心里又有了期许，只隔了几个小时，再见她时，竟又觉得不同了，仿佛她身上笼着光晕似的，总叫人移不开目光。芳菲一到，我只和她礼貌性地寒暄了几句，便被小乔抢了去，二人手挽着手，说着话在前面引路，我和既明跟在后面，一行人向学校门口走去。

我拦了辆出租车，在副驾驶位坐下了，芳菲、小乔、既明也陆续上了车。途中，我从后视镜里看到小乔跟芳菲耳语了几句，芳菲只笑了笑，没说话。

下了车，一抬头，只见一块黑色大牌匾，刻了"川帮菜"三个金色大字，在一排门店间颇为醒目。我们进了店，一楼只一狭小的过道，除了收银台和冰柜，还供奉了关二爷的雕像。

我们直接上了二楼，刚踏上最后一级台阶，就有人过来招呼。因饭点儿的缘故，人不算少，小乔眼疾手快，一眼便望见靠窗还有一处四人位，忙拉着芳菲奔了过去。我和既明紧随其后，她们落座后，我们也在她们对面坐下。刚刚招呼我们的服务员放下四套塑封餐具、一壶大麦茶和一张菜单，又匆忙走了。既明和小乔在看菜单，我拿了一套餐具，拆开放在了芳菲面前。

芳菲说，谢谢。

我笑了笑，又拿过一套餐具说，芳菲同学是哪里人？

芳菲说，愿城的。

我说，老家也是愿城的吗？

芳菲点点头说，嗯。

我说，你这算是土生土长的愿城人了。

芳菲说，你呢？

我说，我是玉北的。

芳菲摇了摇头说，玉北？没听说过。

我说，一个小地方而已，没有出过什么名人，也没有什么美食，没听说过也正常，我身边好多同学，也都没听说过。

既明说，你们吃什么？

我问芳菲，你喜欢吃什么？

芳菲说，都可以的，你们看着点吧。

我说，能吃辣吗？

芳菲笑了笑说，能。

我说，看来不仅仅是能吧？

芳菲说，对，是无辣不欢。

我知道既明和小乔也是喜辣之人，就说，你们看着点吧。

既明说，恭敬不如从命。

谈话被既明打断，一时又寻不着话头儿，便对芳菲笑了笑，只好看既明和小乔研究菜单。二人又将菜单翻来覆去瞧了一番，这才将服务员喊了过来。

既明说，尖椒炒牛肉、水煮肉片、麻婆豆腐、酸辣土豆丝、川帮女人茄、米酒汤圆，再来四份儿米饭。

服务员将既明点的菜重复了一遍，确定无误，便拿着菜单匆匆离开了。

我拎起茶壶，给芳菲倒了茶，接着是小乔、既明，最后给自己倒满了。

小乔看看我和芳菲，笑笑说，光顾着点菜了，倒是忘了介绍你们认识。

既明说，天天就知道吃。

小乔说，能吃是福懂不懂。

既明捏捏小乔的脸颊说，瞧瞧，瞧瞧，双下巴都吃出来了，果然很有福气。

小乔"哼"了一声说，怎么，嫌弃我胖了？还好意思说我，看看自己的肚子，再过几年，肯定也是个中年油腻男。

既明说，我身高体重标准得很呢。

小乔说，照这么说，我还偏瘦呢。

我和芳菲只在一旁笑看着既明小乔斗嘴，倒也落得轻松。

小乔似也回过了神儿，白了既明一眼，又对我和芳菲说，我觉得还是介绍一下比较好。

我说，中午就已经见过了。

芳菲笑笑，不说话。

小乔说，也对，而且看你们刚刚聊得那么嗨，估计现在比跟我还熟呢。

我笑了笑，抿了口茶，不说话。

小乔说，不过我还是得履行一下我的义务。她正了正身子，介绍说，这是我的好闺密芳菲，这是既明的好基友苏青云，你们可以握手了。

我和芳菲相视一笑，只捏着彼此的指尖，装模作样地配合了一番。这时，服务员又来了，没见着菜，倒是先上了四碗米饭，被既明和小乔一阵吐槽。他们又斗了几句嘴，便各自玩起了手机。

我说，芳菲同学平日里有什么爱好吗？

芳菲说，好像除了逛街、追剧、看小说，也没什么爱好。

我说，追什么剧？

芳菲笑了笑说，只要是比较火的，基本上都看了。

我说，看美剧吗？

芳菲连连点头说，看看看，最爱看美剧了。

我说，看来是同道中人了，自从看了《越狱》，对美剧简直爱不释手。

芳菲说，超爱《越狱》的，可以说是我的启蒙美剧。

我说，好像很多人的第一部美剧都是《越狱》。

芳菲点了点头，没说话。

我说，看《权力的游戏》了吗？

芳菲说，当然看了，我还看了小说呢。

我说，小说我也看了，只是马丁老爷子更新太慢，等得着急呀。

芳菲说，是呀，希望他有生之年能写完，不然我这辈子也过不好。

我说，估计很多人都过不好。

芳菲说，你有什么好看的剧吗？可以给我推荐一下。

我说，我也是拣着别人在网上推荐的看，想来你应该都看过的。

芳菲说，我也没看过许多，追得最多的还是国产剧和韩剧。

我说，喜欢看电影吗？

芳菲说，以前看得多，大学刚开始时，每天晚上最少要看一部电影呢，现在看得少了。

我说，现在的好电影也少了。

芳菲笑笑说，也是。

我说，有没有特别喜欢的电影？

芳菲想了想说，非要说的话，对宫崎骏是情有独钟的。

我说，宫崎骏的电影，我只看过《天空之城》和《千与千寻》。

芳菲说，有空的话，倒是可以都看看。

我说，回去了就看。

芳菲笑笑，不说话。

一时无话可说，斜眼看了看既明和小乔，既明不知在和谁发信息，小乔则乐于消除游戏。

我说，芳菲同学平日里运动吗？

芳菲说，偶尔打打羽毛球。

我说，我也很喜欢羽毛球，高中的时候，我还参加过学校羽毛球队的训练呢。

芳菲说，那水平一定很高喽。

我说，只是后来没有入选而已。

芳菲说，那也一定比我厉害。

我说，很长时间没打了，都荒废掉了。

芳菲说，高中的时候几乎每天都打羽毛球，上了大学，人就懒了，一周能有一次就不错了。

我说，改天可以切磋一下。

芳菲说，好呀。

自第一道尖椒炒牛肉上桌，后面的菜像是加了油门儿似的，没出五分钟就上齐了。席间，四个人随意聊天，既明和小乔除了斗几句嘴，还乱开我和芳菲的玩笑。我和芳菲倒也不多说话，只是笑笑，偶尔暗递几个眼神，其乐也融融。

吃过饭，刚出了"川帮菜"，舌头还没将牙缝里的肉丝剔出来，既明便说，芳菲就交给你了。说完便搂着小乔的脖子，拦了辆出租车。

小乔说，一定把我们芳菲安全送到学校呀。

我说，你们干吗去？

既明笑笑说，玩儿去。

小乔冲芳菲摆了摆手，笑说，拜拜。

看着既明和小乔钻进出租车，一时有些茫然，气氛也一下紧张起来，回身看看芳菲，倒是一副无所谓的样子。

我说，这两个人真是的。

芳菲笑了笑，没说话。

我说，咱们也走吧。

芳菲点点头嗯了一声。

在出租车上，我和芳菲并肩坐在后排，中间隔了一尺宽。在这狭小私密的空间里，我脑袋里生出许多想法，一起看场电影、一起去咖啡厅喝杯冷饮、一起去常去的书店坐坐、一起在学校的操场上散散步，但心里有了爱情的顾虑，就连"今天吃得怎么样"这样一句寒暄，也开不了口了。我将芳菲送到宿舍楼下，看着她的背影消失在走廊的拐角，这才后悔起来。在返回宿舍的途中，每走一步，后悔便加深一点，我该请她看电影，或是去操场上散散步消消食的。但转念一想，又觉得并无不妥，以我和芳菲这一面一饭的情谊，若真的去看了电影或是去操场上散步，必会使我二人再次陷入既明和小乔突然离开时的紧张氛围中。想到这儿，心中的悔意又一点一点散开去了。

第二天上午，后两节没课，既明家里没人，便早早地带着小乔回家去了。他常干这事儿，家里没人时，总往回带女人。我和舍友们去了"二楼"。因心里一直念着芳菲，犹豫着要不要请她一起吃午饭，所以游戏也是玩不好的，被舍友骂了两个小时的猪队友。一边犹豫一边玩游戏，不知不觉，竟过了饭点儿，只好作罢，想着到了晚饭的时候再说。舍友们愈战愈勇，废寝忘食，便点了外卖，继续战斗。我状态不佳，一直连累队友，早已无心恋战，便先告辞了。从"二楼"出来，已近两点，腹内早已空空如也。"二楼"旁边有一家土豆粉店，名叫"姐弟俩"，也是平日里常来的，味道不错，便推门进去了。这个点儿，"姐弟俩"只有一两个顾客，收银员和服务员歪在椅子上玩手机，见我进来，才懒洋洋地放下手机，正了正身子。没看墙上的菜单，直接点了老三样：土豆粉刀削面两掺、肉夹馍和汽水。微信付款后，便拿着小票就近坐下了。刚落座，还没来得及拿出手机，一抬头，竟看见芳菲推门进来了。她穿了一件天蓝的圆领连衣裙，脚上是一双白色的滑板鞋，手里拿了两本书和一本棕色皮面的笔记本，风格有点复古，使人想起江南烟雨中撑着油纸伞的美人。"姐弟俩"不大,芳菲只两三步,便到了跟前。

我忙起身跟她招呼,好巧啊。

芳菲说,是啊,好巧。

我说,你怎么现在才吃饭?

芳菲说,在宿舍看电视剧,一时忘了时间。

我说,什么电视剧这样好看?改天我也看看去。

芳菲扫了眼墙上的菜单,笑说,都是女孩子爱看的宫斗剧,你一定不喜欢看的。

我说,那可不一定。

芳菲笑笑,不说话,又扫了眼墙上的菜单。

我见她手里拿着书,便问,下午有课吗?

芳菲说,是啊,下午四节课呢。

不知哪里来的默契,芳菲也点了和我一样的三样,"英雄所见略同"在脑子里一闪而过。

付过款,芳菲拿着小票在我对面坐下说,你怎么也这么晚吃饭?

我说,上午后两节没课,和同学出来上网,一连四个小时,就到这会儿了。

芳菲说,好吧,感同身受,表示理解。

我和芳菲交情本就浅,彼此又不善言辞,有了吃的,话便更少了,其间只夸了几句味道不错,递了几次笑脸,就再无其他了。我们匆匆吃完,一道返回学校,一路无语,脑子里又开始犹豫起请她吃晚饭的事。一晃神儿的工夫,竟该告辞了。

芳菲笑着挥了挥手说,拜拜。

我说,拜拜。

芳菲脸上的笑容还未消失,正欲转身离开,我又叫住了她。

芳菲说,怎么了?

我支吾了两声说,晚上有空吗,要不要一起吃饭?

芳菲笑笑说,好呀,我下课了跟你联系。

那天晚上,我本想请芳菲吃牛排,芳菲不允,说牛排没嚼头,要吃烧烤。我说烧烤也好,便带她去了稍远的一家烧烤店。烧烤店名叫"军力",听说是个退伍军人开的,装修颇有军事风格,随处可见仿真的枪支弹药和微型的坦克大炮,谈不上物美价廉,但价格也算公道,深受年轻人的喜爱。我和芳菲到时,一楼的桌子已坐满了,到处都是大嗓门儿和光膀子,我们上了二楼,挑了一处靠近空调、视野开阔的安静角落。

芳菲说,这地方不错。

我笑了笑,把菜单推给她说,你喜欢吃什么?

芳菲将菜单浏览一遍,又将之推到桌子中间,与我一道看。

芳菲说,咱们可以多样少量。

我说,正有此意。

我们在菜单上打了许多钩,羊肉串、牛板筋、五花肉、羊眼、鸡翅、培根、香肠、生蚝、扇贝、面筋、鱼豆腐、茄子、韭菜、金针菇、土豆片、烤饼，想吃的应有尽有了。随后，我又加了两个可口的凉菜。

我说，咱们先吃着，一会儿再要一份儿疙瘩汤，是他们的特色，特别好喝，每次来必点的。

芳菲说，那一定要尝尝。

凉菜很快便来了，我掰开一双一次性筷子递给芳菲，后又帮她倒了水。

芳菲说，有没有觉得少了点什么？

我看了看桌子说，什么？

芳菲说，喝的呀。

我忙说，对对对，我平日里不喝饮料，所以也想不起来，你喝什么？

芳菲说，啤酒吧。

我心里紧了一下说，好。随即向服务员要了一提冰镇啤酒。

每人只一个喝水的白色瓷杯，懒得再向服务员张口，只好将杯中的水倒掉，换上啤酒。

我举起杯子说，干杯。

芳菲说，为何？

我想了想说，为了今天的巧遇。

芳菲举杯和我碰了一下说，不错的理由。

我一饮而尽说，太凉了，你可以慢点喝。

芳菲说,说好的干杯。话刚落地,一仰头,也干掉了。

我又给芳菲倒了酒,较之前少些,只大半杯,然后笑了笑说,看来酒量不错。

芳菲说,我以前没喝过酒。

我说,今天为什么喝呢?

芳菲说,因为没喝过,所以要喝。

我说,感觉如何?

芳菲说,有点苦,不好喝,但回味儿十足,还不错。

我笑了笑说,小心喝醉了。

芳菲说,也不知道喝醉是什么感觉?

我说,除了难受,还会发誓以后再也不喝酒了。

芳菲说,看来你经验丰富呀。

我笑了笑,不说话。

芳菲利落,喝酒毫不扭捏,除了我刻意给她少倒了些,在杯数上,我们倒是公平的。可能是头几杯喝得急了些,烧烤还没吃到一半,一提啤酒,很快便只剩了最后一罐。

芳菲说,头有点晕。

我说,不要喝了。

芳菲说,怕我喝醉?

我说,我是怕我喝醉。

芳菲说,头晕晕的,感觉还不错。

我笑了笑,不说话。

我们又要了一提啤酒。

酒过三巡，菜过五味，芳菲眼神迷离，脚步轻盈，已有些微醺。我也有点上头了。

我说，时间还早，去看电影吧？

芳菲说，电影有什么好看的。

我说，你不是爱看电影？

芳菲说，我是爱看好电影。

我说，最近电影院里好像是没什么好电影。

芳菲说，去愿河边走走吧，去愿桥上吹吹风，醒醒酒。

愿河是一条人工河，河两边有垂柳，五步一岗，柳枝交错，连成一片。我和芳菲间隔一拳，并肩漫步，随意聊天，还时不时地拨开垂下的柳枝。近了愿桥，是一小片广场，广场上多是叔叔阿姨爷爷奶奶，随着时下流行的音乐跳交谊舞，偶尔也会有几个淘气的孩子跳出来胡闹一番。

我和芳菲上了桥，风从四面八方吹了过来。桥上有人摆地摊儿，摊主是两个年轻女孩子，除了卖指甲油、口红，还卖物美价廉的小首饰。桥上更多的还是情侣，各自占一方小天地，谈情说爱，谁也不妨碍谁。

芳菲说，坐下歇会儿吧。

我们双腿悬在桥外坐下了，依旧隔着一拳的距离。

我说，这风吹着真舒服，还是你比较明智，幸亏没有去看电影。

芳菲说，那是当然。

我说，头还晕吗？

芳菲说，有一点。

我点点头，嗯了一声。

芳菲说，今天为什么要请我吃饭？

我笑了笑，不说话。

芳菲说，今天喝得有点多了。

我说，第一次喝酒，确实不少。

芳菲说，可以借你的肩膀靠一下吗？

我说，当然。

芳菲说，谢谢。她头一歪，靠在了我的肩膀，酒精使她有些困倦，她闭着眼，呼吸很深，也很均匀，像是睡着了。

眼前是平静的河面，映着两岸的灯光，能看到随风而起的层层波纹。远处是万家灯火，使我想到了人生、命运、缘分一类的词和张爱玲的小说。我的身体不敢动，生怕惊了芳菲，我能感觉到她的脑袋在我肩膀上轻微地起伏，软软的，暖暖的。

第二天，我和芳菲又一起吃了午饭和晚饭。虽说电影院里没什么好电影，但我们还是一起去看了一场，漫威的超级英雄电影。

芳菲说，既然不能满足精神需求，那就要对得起自己的眼睛，享受一场视觉盛宴也不错。

我说，其实，我超爱漫威的电影。

芳菲笑了笑说，男生嘛，理解。

从电影院出来，我们没有去愿桥，而是去学校附近的公园走了走。公园里蚊子很多，我是O型血，很受蚊子待见，脖子、胳膊、脚腕，露肉的地方无一幸免，共被叮了八个包。芳菲却安然无恙。

我说，蚊子怎么尽着我一个人叮？

芳菲说，可能你的血是甜的。

第二天中午，我和芳菲一起吃饭时，她拿出一个绿色的未拆封的小盒子说，这个给你。

我说，这是啥？

芳菲说，防蚊虫的，止痒消肿。

我心中一暖说，谢谢。

再之后，我和芳菲每天都一起吃饭，晚上去公园散步，仿佛成了习惯似的。对于彼此的心意，是再明显不过的。

有一天晚上，我和芳菲散完步各自回到宿舍后，我给她发信息说，我想跟你说件事。

过了一会儿，芳菲说，是那件事吗？

我说，是。

芳菲说，先不要说。

我说，为何？

芳菲说，接吻之所以美妙，是因为嘴唇碰触到之前的一瞬间的存在，我想爱情也一样，我觉得现在很好。

我说，那就不说。

芳菲说，不是不说，是晚些说。

我说，你接过吻？随即又发了两个奸笑的表情。

芳菲说，恋爱也没有过，哪里来的接吻。

我说，看你对接吻的理解，却是很好的。

芳菲说，看来是说到你的经验里去了。她也回了我两个奸笑的表情。

然而，芳菲说的"晚些"，也没有晚太久。暑假前一天晚上，宿舍的聚餐结束后，我和芳菲又去愿桥吹风醒酒，可能是时间太晚的缘故，桥上只剩了三两对情侣。我们在老位置坐下。

我说，今天喝了多少？

芳菲说，今天喝得少，只两罐啤酒。

我说，这可不是你的量。

芳菲笑笑说，看样子，你定是没少喝。

我说，人还是清醒的。

芳菲说，你上次要对我说什么事？

我说，你知道的。

芳菲说，还是想听你说出来。

我心里是喜欢芳菲的，虽说肚子里有白酒和啤酒帮衬着，但说喜欢一类的话，还是有些难为情。这和恋爱中的人不同，恋爱中的人，再腻人的话也能说得出口。

我说，酒后的话你也信吗？

芳菲说，你说我就信。

我张了张嘴，还是没说出口，我笑了笑说，一定要听吗？我可以发信息给你。

芳菲说，一定要听。

我突然想起上次和芳菲喝酒的情景，多少有点明白了她为何一定要听。一念之间，我也觉得有说出来的必要了。

之后，我们接了吻。

回去时，我趁着下桥，抓住了芳菲的手。

芳菲笑了笑，和我十指相扣说，应该这样。

那天晚上，说晚安之前，芳菲说，和你接吻感觉很好。

8

第一次夜不归宿还是芳菲提出来的,那时我们已经谈了一个月的恋爱,在书店、学校附近的公园里、愿桥上、我和同学合租的小出租屋里,我已经摸过了她的胸和屁股,算是比较熟了。虽说我很早就想和芳菲发生点儿什么,但我觉得一个月就做那事儿,有点儿快。没承想,倒是她先开口了,我欣然答应。

芳菲说,有没有那个?

我说,我去买。

我们约在周六那天,在芳菲家小区门口见面。为此,我专门和店长请了假,让静文代我值班。芳菲的父母管得严,虽已是大学,但要想夜不归宿,就得拿出理由。芳菲告诉她妈妈说,朋友过生日,晚上和朋友一起住,就不回家了。在扯谎方面,芳菲深谙其精髓,最好的谎话,就是说真话。芳菲说朋友过生日没错,晚上和朋友一起住也没错,只是她没告诉她妈,两个朋友不是同一个人,过生日的另有其人,一起住的却是我。

那天早上，六点的闹铃一响，多日的期许和良好的晨勃让我没做太多挣扎就起来了。出租屋里的窗帘还没有拉开，屋里一片温润的昏黄，同学还没起床。我轻手轻脚地倒了杯温水，一饮而尽后便洗漱去了。想着两个小时后，老子就要和一个女人上床了，在接水、挤牙膏、刷牙、漱口、拧水管、洗脸、擦脸、刮胡子这样的每一个日常动作中，竟体会到一种前所未有的仪式感。不禁对着镜子浅笑，生活嘛，总该有些仪式感。

"小和尚"还没从晨勃的状态中舒缓过来，不禁想起以往所学的男女之事的经验种种。男人第一次和女人上床时间会很短，不免有点儿担忧，生怕在床上很快就败下阵来。忧着忧着，又觉得若这是所有男人的宿命，那我即便是很快败下阵来，也算是情有可原了，毕竟我也是个男人，是男人，就逃不了男人的宿命。到时候，我可以跟芳菲解释，想她断不会因为宿命的关系而笑我怪我，而且，我也可以在几分钟后再次证明自己是可以长久的。

刮完了胡子，用湿毛巾拭去了脸上和背后的细汗，往脸上拍了点儿润肤水，又将头天晚上备好的酸奶、巧克力和杧果装进包里，都是芳菲爱吃的，这才换上了新洗过的衣服。出门前，又确定了安全套、手机、充电器、钱包、钥匙、公交卡、纸巾全无遗漏，这才小心开了门，一边给芳菲发信息一边下楼去了。

八点时，我到了芳菲家小区门口。这是一条小路，车辆并不多，路两旁还保留着茂盛的法国梧桐。如今的愿城，这样的路已经不多了。我站在小区路对面的树荫里，听不到风声，只听到空调的呼呼声，细汗已经浸湿了我的白色 T 恤。我目光正对着小区的大门，看着几个老人陆陆续续走出来，他们都往西走。我知道往西走不远有个小广场，广场上有公共健身设施，有些个晚上，我和芳菲就靠在它们身上接吻。

等了近半个小时，芳菲姗姗来迟。隔着马路远远看去，只见她也穿了一件白色 T 恤，这是我们前一天晚上就说好的。她肩膀上有两条宽宽的红色，这才想起来，这定是前些天她告诉我在网上买的红色双肩包。她下身是一件水洗牛仔短裤，只盖住了一半大腿。芳菲身材本就高挑，这使她的双腿看上去更加修长了。她脚上蹬了一双红白配色的低帮帆布鞋，隐隐约约可以看到白色的袜子，她的脚踝很好看。

芳菲出了小区门口，刚一抬头，就看见了路对面的我，瞬间满面春风，她左右看了看车辆，然后小步紧跑着向我袭来。她小跑时，脑后束起的头发像钟摆一样，跟着她脚步的节奏左右摆动着。她总是这样，每次看见我等她的时候就会小跑起来。我呢，虽说已身心澎湃，欲火焚身，但我并不着急。我就那么站着，挺胸抬头，微微颔首，嘴角上扬。我望着她，等她近了，就张开双手，迎接着几米之前就已经开始加速的她。几次之后，我惊奇地发现，一个满面春风的女人小跑着向我袭来的快乐竟能消减性欲。芳菲扑过来抱我时已收了势,但我还是踩着小碎步连连后退着表演了一番,直到我双臂环着她的腰肢,她双臂绕着我的脖子,这才站定了。她的身体自然后仰着,全靠我双臂的牵扯才能站在地上。我眼睛转了转,见四下无人,这才双臂一用力,将她贴在身上,和她接起吻来。我们抱着吻了三五秒,她将背包脱下来甩给我,我假装不情愿地背上,然后牵着她的手向胡辣汤馆走去。

酒店选在万达广场附近,是芳菲挑的地方,她说她想逛街。我问她是不是想买什么东西。她说没有,只是想逛街而已。为了避免难为情,我们决定分头行动,我去开房,她去超市买零食。

我走到柜台,用尽量自然缓慢的动作掩饰着初次做坏事的紧张和羞怯,好让自己看起来像个老司机。前台小姐很漂亮,她已站了起来,没等她开口,我就从钱包里抽出了一百元钱和身份证搁在了黑色大理石的柜台上,这是我在脑海里演练过很多次的。事后,我还是觉得动作有点快了,若我能分出一个身来,站在旁边看着自己拙劣的表演,一定滑稽可笑死了。

前台小姐说,您好,欢迎光临。

我拿出手机说,团购的,昨天预约过了。

前台小姐将验证码登记在册,又拿起柜台上的一百元钱和身份证说,您是要大床房,还是标准间?

我说,大床房。

前台小姐将钱放到点钞机上过了两次,又映着灯光看了看，这才将我的身份证放在感应区开了房间。

前台小姐说,这是您的房卡,凭房卡退押金。

我说了谢谢,便转身朝电梯走去,我听见背后的前台小姐例行公事地说了句祝我愉快的话。

进了电梯,我给芳菲发微信说,302。电梯里静得可怕,机械齿轮的声音仿佛是从脑子里发出的,我仰头看着红色的数字,时间变得缓慢,每一秒都在空气里留下了深刻的痕迹,终于"叮"的一声,红色的数字变成了"3",闪了闪,电梯的门打开了。

一只脚刚迈出电梯,只觉手里的手机微微振了一下,赶紧点开,是芳菲回复的信息,她说,好。

刚打开房门,只见右手边有个卡槽,上面写着"插卡取电",虽是第一次见,但还是一眼就看明白了。我觉得这个设计很棒,就算是有飞天大盗想要偷偷住进来,也用不了电。我一直以为只有把房卡插进去才能取电,后来去的酒店多了,有了经验,才知道有些地方就算是插德克士的会员卡也能取电。我第一次发现这个秘密时,已经没有了飞天大盗想要蹭房子住的想法,所以对"插卡取电"这个设计的漏洞也没有特别失望。

我把房卡插进卡槽,随即就听见有呼呼声隔着门板从洗手间传来。打开洗手间的门,才发现是排风扇的声音。这是我第一次到快捷酒店。说实话,这价钱我有点儿吃不消,团购也吃不消,若以后每周开一次房,那我就只能天天吃土了。后来，开房需求多了，我就在经三路上的一家酒店办了张卡，酒店新开业，搞活动，优惠力度比较大，虽说合下来价格比一般的快捷酒店贵点儿，但条件高出不止一个档次，床也舒服。酒店旁边有一家清真的羊肉汤馆，肉美汤鲜，配着自制的锅盔，堪称一绝，每次我和芳菲云雨之后，都会来一碗汤和一个羊腰子补一补。

打开空调后，我站在窗边扫视着窗外，周围的楼房很多，大多是居民楼，不知有没有人正站在我看不到的地方看着我，或正拿着狙击枪瞄着我的脑袋。自嘲了一下幼稚，又觉得有人拿着望远镜欣赏酒店房间内活春宫的可能性还是很大的，因为我就拿着望远镜偷窥过别人家的窗户，虽没见着活春宫，但衣不蔽体的人还是不少的。窗外除了让人感到黑暗而神秘的一扇扇窗户外，再无别的风景可供欣赏，便匆匆拉上了窗帘。仔细检查有无直射进来的光线时，我又想起小时候听说过的一种可以透视的红外线眼镜，那时老听年长几岁的哥哥们说，戴上那透视眼镜，看着街上的女人就跟没穿衣服似的，顿时心里又不安起来。其实最担心的还不是有人拿望远镜和透视镜偷窥，而是酒店内部的人监守自盗，在隐蔽的地方安装针孔摄像头。电视上面的墙上挂了一幅杂志大小的油画，画上是个女人，身材饱满，袒胸露臂，正一只手支着脑袋侧躺在草地上晒太阳，凑近盯着欣赏了一番，才发现是印刷品。女人的眼睛很漂亮，无论从哪个角度观察，她的眼睛总是盯着我，不禁担心那漂亮眼睛的背后是否就藏着针孔摄像头。明知自己有点儿敏感，有点儿不可理喻，但小心驶得万年船，还是忍不住掀起油画的一角看了看，后面什么也没有。之后，又在房间里环视了一圈，发现了几处可做手脚的地方，比如灯上、电视上、机顶盒上、防火喷头上，我想拆开检查一番，但又无可奈何，只好心怀忐忑地将两个枕头摞在一起躺下了。我随手拿过遥控器，对着电视按了下红色的电源键，电视右下角的蓝色光点一闪，我心里咯噔一下，感觉像是一双眼睛在盯着我一样，不禁想到，这可是隐藏摄像头的好地方。

我不停地切换着电视频道，换了两圈，也没找到合意的节目，又到了音乐频道，正赶上莫文蔚在唱《爱情》，便停下了。刚和芳菲谈恋爱时，她给我推荐了几首歌，当即就找来听了，只觉得这首《爱情》最好听，便偷偷学了。几天后，我在KTV为她献上此曲，她感动得一塌糊涂，当场给了我一个大大的拥抱，我们吻了差不多一首歌的时间才分开。

我跟着莫文蔚哼唱着，一直握在手里的手机突然振了一下，我猛地一下坐了起来，赶紧点开屏幕，只见芳菲发来"开门"二字，后缀三个感叹号，颇有气势。快步来到门口，先闭着一只眼隔着猫眼儿看了看，走廊里竟没有人，正疑惑，只一晃神儿的工夫，芳菲便出现了。我故意躲在门后，缓缓打开了门，明知此举是掩耳盗铃，但也不为吓芳菲，增添一些情趣罢了。正欲张牙舞爪，装出一番恐吓的姿势，表情还没到位，只听"啊"的一声，却见芳菲张着手臂笑嘻嘻地跳了进来，倒是让我吃了一惊。

我拍着胸口煞有介事地说，吓死我了。

芳菲得意地说，还想吓我？

我把门反锁了，又挂上防盗的链子拽了拽，还算牢靠，可见了那猫眼儿，又不放心起来。想起美国大片儿里有一种东西，借着它，在门外也能透过猫眼儿看到房内的情况，便抽了一张纸巾，揉作一团，塞了进去。

芳菲趴在床上，两条漂亮的小腿悬在床外。她说，帮我把鞋脱了。

她的半边脸埋在被子里，声音有些闷闷的。我帮她脱了鞋，然后趴在了她身上。芳菲在我身下扭动着身体。我微微起身，双臂支着床，让她尽可能轻松地翻过身来。

芳菲张开双臂，眯着眼睛，撒娇说，抱一会儿。

我左臂绕过芳菲的脖子，右手轻理着她的头发，然后在她唇上吻了一下说，想我了没？

芳菲略显羞涩，只嗯了一声，便死死地抱紧了我的脖子。她的头发扎得我的脸痒痒的。

我从芳菲的双臂中挣脱出来，左手将她的双手钉在床上，和她接起吻来。我一边吻，一边对她上下动作，想要解开她的文胸。她平躺着，也无意配合，我的右手夹在她后背和床之间，活动尚属困难，更别说再做些动作了，而且我对此事也了无经验，故久攻不破。我从深吻中抽出身来，决意一心一用。芳菲的背部和床依然贴得很紧，任我的笨手在黑暗狭小的空间里瞎摸索。我突然发现芳菲正浅笑瞪眼瞧着我，似是瞧一出喜剧，我恍然大悟，她不是无意配合，而是故意刁难。芳菲见我识破了她的小心思，终于忍不住咯咯笑了起来。我借机又和她嬉闹了一番，直到她讨好求饶，这才从她身上爬起来给她拿零食去了。

吃完零食，我们又抱了一会儿，然后分别洗了澡，我先洗，芳菲后洗。我本想一起洗，但她不同意——后来，直到我们将第二盒安全套用完，她才同意光着身子和我站在淋浴头下，并很快从中找到了乐趣。

我们重新回到床上，我知道做那事前需要一番前戏，我很有耐心，花了大把时间，直到觉得十足了，这才跪在芳菲身前，俯身从枕头底下摸出了蓝色盒子。撕开蓝色盒子的塑料薄膜时，我发现芳菲正难为情地望着我，我也觉得难为情。我取出一个安全套，将蓝色盒子放在枕边。我戴安全套时，芳菲拿起蓝色盒子看了看，随后又从中取出一只安全套和说明书查看了一番。我再次俯身吻她时，她才将之搁在一边闭上了双眼。

事成之后又洗了澡。芳菲穿上了我的T恤，T恤很大，盖住了她一半大腿。这是我从懵懂到和芳菲恋爱之前幻想过无数次的画面。我们拥着躺在床上，回味刚刚的性事。

芳菲说，刚开始很疼，但慢慢就好了。

我说，感觉如何？

芳菲说，还不错。

我笑了笑，在她额头上吻了一下。

芳菲说，为什么没有落红？

我笑了笑说，这很正常。

芳菲说，你是不是不相信我是第一次？

我说，我相信你是第一次。然后跟她讲了些可能导致不落红的原因。

芳菲半信半疑说，你只是安慰我，你肯定不相信我是第一次。

我们扯了会儿皮，吃了几块巧克力，我再次精神焕发，芳菲似乎也想再来一次，便梅开二度了。梅开二度后，我们光着身子抱在一起聊天，说开学前可以出去旅行一次，聊着聊着，不知不觉睡着了，再次醒来已是下午一点。我们去万达广场吃了牛排，就又回房间了。下午我们又来了两次。太阳落山后，芳菲说想去万达广场转转，我也需要养精蓄锐，便爽快地答应了。

那天以后，我和芳菲的爱情全力冲刺着，我们做了好多浪漫事，一起旅行、一起看日出、一起看星星、一起雨中漫步、一起蹦极……芳菲总是挖空心思想些新鲜事儿，想不起来了，就去网上搜，单找情侣之间可以做的事。网上也无非是那些内容，芳菲便又从中寻了些细枝末节，如帮对方洗头、帮对方扣扣子、帮对方梳头发、帮对方系鞋带、公共场合相互喂饭和接吻……

我说，其实不用刻意去想这些事情。

芳菲说，这样有仪式感，我喜欢仪式感，能让自己真切感觉到是经历过了。

我一面觉得，芳菲挖空心思和我经历这一切，是她对我有情；一面又觉得，她爱的只是她自己而已。

这样的状态持续了一年半。后来，芳菲灵感枯竭，网上也寻不到好法子，我们的爱情便归于平静了。

大四一开学，她就莫名其妙地要和我分手，我们前几天还在做爱。她是发信息告诉我的。

我说，为什么？

芳菲说，我和别人好上了。

我说，谁？

芳菲说，说了你也不认识。

我胸口像压了块石头，想生气又生不出来，气出不来，胸口就越闷，积压到最后，却低声下气地说了句，你先冷静一下，再考虑考虑吧。

芳菲说，我很冷静，不用考虑了。

我说，是我哪里做得不好吗？

芳菲说，不是。

我说，那你就再考虑考虑，我喜欢你，不想分手。

芳菲说，不用考虑了，我们已经那个了。

此后很长的一段时间里，我整夜整夜地失眠，偶尔睡着了，也是整夜做梦，醒来全是梦碎的声音。

9

我和明月虽十二年未见,但我们从娘胎里出来就在一起,有天生的信任感。三年时光,两次恋爱,很快便说完了。

明月听得入迷,听完了,她说,真好。

我说,我可不觉得好,不仅被甩,还被戴了绿帽子。

明月说,那也是经历过了,不像我,连一次恋爱也没谈过,稀里糊涂就要结婚了。

她这话说得像既明,也像芳菲,他们都是将经历看得比什么都重要的人。

我说,人各有命。

明月说,你们后来还有联系吗?

我说,没有。

明月说,你还想她吗?

我说,偶尔吧。

明月看着远处不说话。

我说,你呢?

明月转过头说，我没什么好说的。

我说，你们是怎么认识的？

明月说，相亲。

我点了点头，等着明月说下去。

明月踌躇了一会儿说，那天，我妈妈去镇上买菜，正好遇上了初中同学。其实上学时，她们关系一般，平日里也是不大联系的，但毕竟是老同学，又许久未见，不免多说了几句。你也知道老家的人，像我妈妈这样年龄的人，全身心都是儿女的终身大事，一扯开话头儿，免不了聊到儿女情长上。

我点了点头，表示理解。

明月说，我妈妈说，我家那闺女，见了四五个了，一个满意的都没有，都快愁死我了。妈妈的同学说，我儿子，也是我连逼带哄地见了两个，也是不满意，不是这儿不行，就是那儿不行。我妈妈说，一样的，一样的。妈妈的同学说，何不让这俩孩子见见呢？早些年，我妈妈见过同学家的儿子，在县城上班，个头相貌都不错，家里又新盖了房子。我妈妈说，我正有此意呀。妈妈的同学说，我回去就给儿子打电话，让他周末回来。我妈妈说，行，回去了我也跟闺女说说。其实我是不愿意见面的。

我说，相亲确实是件麻烦事。

明月说，倒也不是嫌麻烦。

我说，那是什么？

明月说，我不想相亲，我想自己遇见一个人，我们相识、相知、相爱，谈上好多个年头的恋爱，然后结婚。

我说，其实认识的方式倒是无所谓的，只是这么快就谈婚论嫁，确实感情基础会薄弱些。

明月说，但我妈妈已经答应了同学，我还是和他见了面。

我说，你喜欢他吗？

明月说，他倒是生得白净，戴一副黑框眼镜，说话时慢条斯理，充满耐心，颇有一股书生意气。

我说，那还不错呀。

明月说，第一印象是不错，但只这一面，自是谈不上喜欢。

我说，我倒是相信一见钟情。

明月说，我不大相信一见钟情，觉得来得太快的感情靠不住，就像烟花，来得凶猛激烈，绚烂无比，但也只是眨眼之间的事情，长远不了。

我说，你算是理性的人。

明月说，因为第一印象不错，当时就想，倒是不妨做朋友的。

我说，一做朋友就不得了了，收不住了。

明月说，是的。

我笑笑，没说话。

明月说，那天，我们在镇上的奶茶店里聊了一个多小时,又一起吃了午饭。第二天,他又请我吃了午饭,下午就坐车回县城了。之后,我们靠手机联络感情。星期五下午一下班,他就回来,周末和我一起吃饭、聊天。他还请我去县城看了电影。他对我极为主动热情,意思再明白不过了。起初,我只当他是朋友,可我妈妈一直在旁边撮合,日子久了,就觉得有点儿不对劲儿了,好像是上了贼船再也下不来了。奇怪的是,我自己心里也有了一些变化,也不完全把他当朋友了。我谈不上喜欢他,但他似乎也并无不妥。我在家对着镜子告诉自己不妨试一试的时候,自己都吓了一跳。

我说,然后你们就在一起了?

明月说,这就像在商场看到一件衣服,第一眼看上去还不错,但其实你并没有那么喜欢,可售货员一直在你旁边说,这衣服多么多么好,多么多么适合你,而你这时候又急需这样一件衣服,然后你就在失去判断的情况下付了钱。可回到家,站在镜子前,左试右试,还是不喜欢,但买都买了,也只能将就穿着,更何况,整个商场里,也没比这件更适合的衣服了。

我说,你这比喻倒是有意思,可爱情毕竟不是在商场里买衣服,衣服买错了,可以扔掉,人选错了,可还有余地吗?即便有,那又是何等的代价!

明月说,已经错了,刚开始就错了,现在最好的办法就是将错就错。

我说,也许现在还不算错,将错就错才真的是错了呢。

明月扭头看了我一眼，不说话。

第二天，明月在县城最好的酒店里办了订婚宴。说是订婚宴，其实就是两家人，再叫上几个至亲之人，坐在一起吃个饭，把事儿给定了。中午时，明月给我发了订婚宴现场的照片，很排场，酒席上鸡鸭鱼肉全都有，还有海鲜，烟酒的价格也不菲。我坐在院子里，看着南边的屋顶，心里不免怅然，听妈妈说起过男方的条件不错，想来明月嫁过去定有好日子过。订婚宴也很热闹，除了明月，照片里的人都笑呵呵的，虽然明月没有笑呵呵，但在那么多人里，就数她最光彩照人。我看着明月发来的照片，越看心里越不是滋味儿了。

我说，怎么看你愁眉苦脸的？

明月说，有吗？我又将照片回发给她说，你自己看看。

明月说，还好吧，愁眉苦脸不至于，但也谈不上很高兴。

我说，那是什么心情？

过了一会儿，明月说，有点儿焦虑，还有点儿害怕。

我说，怕什么？

明月说，不知道，就是有点儿害怕，我觉得我并没有做好结婚的准备。

我是有点喜欢明月的，自是不想她嫁给别人。我本想说结婚是人生大事，须想好了，谨慎对待。但细细思忖，我和明月少年时的友谊和这数日的感情，简直微不足道。我不能只靠着这点儿喜欢，就去拆别人的姻缘，便只说，别胡思乱想了,今天是个好日子,恭喜你。

　　腊月二十九那天,我和明月又在镇上见了一面。我又给她带了几本书,张爱玲的《流言》,汪曾祺的《受戒》,奥尔罕·帕慕克的《纯真博物馆》和《我的名字叫红》,王小波的《黄金时代》和《革命时期的爱情》,阿兰·德波顿的《爱情笔记》和《爱上浪漫》,这都是我非常喜欢的书,想让明月也看看。我本想将这些书送给明月,毕竟我和书店有些交情,买书的价格还是很划算的。

　　明月说,那不行,君子不夺人之美,看完了一定还给你。

　　见明月坚决,我便没再坚持,只笑了笑说,好吧。

　　明月说,我要是有空去愿城了,就捎还给你,要是不去,我就快递给你,反正一定会还给你的。

　　我说,你要是去愿城,我给你免费当导游。

　　大年三十儿,村子里热闹非凡,鞭炮声彻夜未停。我们一大家子人聚在姥姥家吃年夜饭,桌子太小,摆了两桌才坐下。饭吃到一半,小孩子们就不见了踪影。饭后,舅舅妗妗们也都去找自己的牌桌了,只剩我和妈妈、姥姥守着电视看春晚。我的好朋友都在手机里,大家开开玩笑,发发红包,倒也不觉得无聊。我和明月也聊了几句,她也在家看春晚,还说春晚的质量一年不如一年,这点我倒十分赞同。她还时不时陪着弟弟去放烟花,放到有些规模的就拍成小视频发给我,镜头有些晃动,黑暗里跳跃着点点火光,漂亮极了。电视里十二点的钟声敲响时,我给明月发了微信,祝她新年快乐,并给她发了个 8.88 元的红包。她也祝福我新年快乐。

过完年,我本想再见明月一次,但她初二就开始走亲戚,除了爷爷奶奶、姥姥姥爷,又七大姑八大姨地跑了不少家,实在抽不出时间来。

破五,我就回愿城了。我本想一个人到镇上去,但姥姥头天晚上就和三舅说好了,要他送我。我说镇上近得很,走过去也无妨,妈妈也说不必麻烦,但姥姥坚决不同意,说时间太早,又黑又冷,不放心,三舅也说不麻烦。我只好答应。三舅睡眼蒙眬,裹着厚厚的军大衣,驾着自家的三轮车,看我上了大巴,这才又回家睡回笼觉去了。

10

回苏庄这些天,我和马拉只在微信上简单聊过一次。

我说,租房子的事怎么样了?

马拉说,没租。

我说,为啥不租了?

马拉说,最近手头儿有点儿紧。

我说,可以和别人合租。

马拉说,不想和别人合租。

我说,现在住哪儿?

马拉说,在朋友那儿。

我说,现在在做什么?

马拉没有回复我信息。他这人一向这样,总是聊着聊着人就不见了。

可能我和既明都是闲散之人,倒是经常在微信上胡侃乱扯。他埋怨我放他鸽子,不讲义气。我好话说尽,还说回去了请他吃火锅,这才告一段落。

既明是地道的愿城人，自打娘胎里出来，就在愿城，一举手一投足都是愿城味儿。我在愿城生活了十二年，自认为对愿城的好吃的、好玩的、犄角旮旯的小玩意儿了如指掌，但见了既明，才知道自己还没上道儿。既明对愿城可谓门儿清，我知道的那些自不必说，不过是些面子上的东西罢了，用点儿心，网上就找得到。里子是看不见听不着的，且多半是灰色的，得有人带着才行，没人带，到跟前了也摸不着门儿。既明就知道这些里子。他在文学上的理想，就是写一部关于愿城的小说。既明说，就像是奥尔罕·帕慕克笔下的伊斯坦布尔。我拿给明月的那本《纯真博物馆》就是他推荐我看的。

大家觉得既明是个文艺青年，但他不喜欢"文艺青年"这个称号，觉得这是骂人的话。

既明说，文艺青年太多了，做起来也太容易，太多太容易的东西肯定不值钱，说你不值钱，自然是骂人。

所以，有人说他是文艺青年时，他就会猛烈反击说，你才是文艺青年，你全家都是文艺青年。不过对文艺青年，也只他是这样见解，别人倒无恶意。在旁人看来，既明是很有些文学才华的。他从大一就开始写小说，处女作就在省级的刊物上发表了。在汉语言文学专业，不乏写诗歌、散文、小说的，但像既明这般一投就中的，倒是第一个。自从他写了第一篇小说并发表后，他就立志成为一名作家。

既明说，我脑袋里有许多奇奇怪怪的想法，要趁着一腔热血未冷,在忘记它们之前,把它们全变成故事。

既明对感情向来随意,从我认识他,他就时常换女朋友,少则一天,多则三个月。他很少和一个女友维持超过三个月以上的关系。

我问他,为什么?

既明总是左边的嘴角微微一挑,笑出一丝神秘,不说话。

我曾从他的一篇未发表的小说中找到一点蛛丝马迹,他似乎在等一个人。

我说,这是真事儿吗?

既明不置可否,只说,你猜。

以我对既明和他小说的了解,十之八九是真事儿。

既明说,真希望你说的是对的。

我说,看你那副得了便宜还卖乖的死样子。

既明说,没有便宜,没有乖。

我回到愿城那天,就把许给既明的承诺兑现了,请他吃火锅。既明狠下杀手,肥牛、肥羊、毛肚、生汆海鲜丸子……净拣贵的点,肥牛、肥羊还要了双份儿,说不够了再加,丝毫不在意我尚无营生,也无落脚之地。

假期里,学校宿舍是不能住的,我得自己租房子才行。倒是有打过交道的房东,不用重新找房子,但房租水电,一日三餐,再置办些生活里的零碎东西,着实是笔不小的开销,想想就头皮发麻,后背发冷。回来前就已想好了,我准备在书店的沙发上先对付一段时间。

我说，你多少点点儿青菜，茼蒿、生菜、娃娃菜啊，再不济你来点儿木耳、海带什么的，过年吃了那么多肉，也刮刮肚子里的油水。

既明说，青菜有什么好吃的，白白绿绿的，像素衣少女，没味道。

我说，肉就有味道了？

既明说，那是自然。

我说，怎么讲？

既明说，这肥牛片儿，红里透白，白里带红，筷子一夹，娇艳欲滴，水里一搁就能吃，像熟女；毛肚儿，下锅后，要七上八下，少一下太嫩，多一下太老，吃起来极其讲究，再看这色泽，星星点点，乌黑亮丽，实在像穿黑丝的御姐。

我说，那这生汆海鲜丸子呢？

既明说，生汆海鲜丸子嘛，圆圆滚滚，白白嫩嫩，水越沸腾，越是欢快，可爱至极，两个一对儿，实乃胸大无脑之萝莉也。

我说，怎么过个年一点儿长进没有，还满脑子是女人。

既明说，女人有什么不好，女人是水做的，是这世界上最好不过的了。

我说，这话我信，你已经充分证明了女人是水做的这件事。

既明说，怎么说？

我说,你满脑子都是女人呀。

既明说,你才满脑子是水呢。

我大笑,不说话,替他斟满了酒杯。

既明说,在家怎么样,有没有调戏乡村小姑娘?

我说,都跟你似的,净想些下半身的事。

既明说,食色,性也。

我说,你就是不要脸。我趁既明不备,用长勺抢了他的"御姐"和两颗"萝莉",顺带扯出一团"熟女"。

既明说,一次这么多,吃得消吗?

我笑了笑,吃掉"熟女",并和他饮尽了杯中啤酒,怎一个"爽"字了得。

酒足饭饱,拿来账单一看,我二人竟吃了近三百元。

结账时,既明见我心如刀割,便说,不会让你白出血的。

我说,难不成你给我报销?

既明说,你想多了。

我白了他一眼,没说话。

既明说,我虽然不能给你报销,但我可以解决你这一个月的住宿问题,而且暖气开放,水电全免。

见既明信誓旦旦,不像玩笑,我说,此话当真?

既明说,当真。

我说,没骗我?

既明说,我什么时候骗过你。

我说，你骗我还少？你们写小说的最会骗人，也最爱骗人。

既明说，好吧，我确实是骗过你许多次，但这次绝不骗你。

我说，你如何帮我解决？

既明说，住我家呀。

既明家我倒是去过几次，他爸爸做茶叶生意，妈妈是老师，人好相处，也极为热情，每次去都会准备丰盛的饭菜招待。

我鄙夷地说，就知道你又涮我。

既明说，不去算了，正好我可以带几只莺莺燕燕回去，比你可要有趣多了。

我说，你家没人？

既明说，然也。

我说，你爸妈呢？

既明说，出去玩了。

我说，难怪胆子这么肥。

既明笑笑，不说话。

我说，去哪儿了？

既明说，西双版纳。

我说，何时回来？

既明说，没准儿，最少也要出正月了。

我说，怎么那么久？

既明说，前两年，他们在那边买了套小房子，整栋楼是地产商和旅游公司合作推出的一个套餐，房子统一装修风格，类似公寓酒店，平日里租出去，业主收取租金，每年有六十天可以自己支配。今年愿城雾霾严重，他们又不比往年忙碌，就说去那边住段日子，过了年就走了。

我说，有眼光，现在那儿的房子涨疯了吧？

既明说，也还好，和愿城差不多，不过看趋势，还要涨。

我说，你现在可是手握四套房的富二代了，加一块儿，近千万资产了。

既明说，那又不是我的。

我说，迟早不还是你的。

既明笑笑，不说话。

既明家离学校不近，好在两边都挨着地铁口，交通倒是便利。小区是十几年前的老房子，看起来虽不如近些年的房子养眼，但也不至于破败。房子四室两厅，近两百平方米，这在愿城值不少钱。我和芳菲谈恋爱时，曾和小乔一起在既明家留宿。那天晚上，我和芳菲小心翼翼地做完爱，相拥着聊天。

芳菲说，既明家房子真大，快比我家大一倍了。

那时我天真至极，不知天高地厚，脑子里只有爱情，便夸下海口说，以后咱们也住这样的大房子。

芳菲在我脸颊上亲了一下说，好。

虽然我们都明白，以后能不能住上这样的大房子倒在其次，但那时候确实是有一点野心的，总觉得给自己个支点，就能撬起地球。

后来，愿城的房价一直涨，到了令人发指的地步，我也年龄渐长，认清了一点现实，就打消了这个念头。

按既明的意思，我若不去他家里，他正好可以带几只莺莺燕燕回去。但实际上，我的入住并没有对他造成什么妨碍，他还是将新认识的小学妹带进了家里。小学妹名叫乐儿，长相清纯可爱，声音甜美，是大一新生，学播音主持专业。我和她只有几面之缘，都是在既明家里。寒假结束前，既明和她分了手。

11

初八,书店一开门,我就在书店就职了。

我放了书店的鸽子,还能顺利就职,这多亏了静文。静文是书店的老员工,比我年长两岁,大学时学的编导专业,她高中毕业就在书店做兼职,一直到大学毕业。毕业后,她没找别的工作,而是直接留在了书店。

店长正则说,书店能有现在这样美好的样子,全凭静文的照顾。

我刚到书店做兼职时,静文帮了我不少忙。后来,我们还聊过一段时间,像情侣一样,每天晚上到点儿就发信息,聊文学,聊电影,还聊了很多八卦。我们还一起吃过很多次夜市,吃完后我们沿着愿河边散步,有一次在愿桥上,我还吻了她。那时,我和芳菲刚分手不久,正值伤心。我谈不上喜欢静文,但好感是有的,她的出现,正好抚慰了我煎熬的内心。静文当时有男朋友,但她还是没拒绝我的吻。那天以后,我们再也没有像情侣一样深夜聊天,也再没有去过愿河边，仿佛之前的一切都没有发生。

　　静文说，之所以在书店工作，是想给自己一点学习和缓冲的时间。寒假前，我去书店讨工作时，她正打算辞职，去杭州发展，因我临时有变，这才又顶替了一阵子。

　　我在书店就职后，静文又干了两天，算是交接。静文走的那天晚上，书店出钱，在"川帮菜"为她饯行，她说好的不伤感，可临别时，还是落了泪。那天晚上，我看着静文一边抹泪一边钻进出租车，觉得以后会再见到她，但我再也没有见过她。有时候人生就是这样，任何一次离别，都有可能是最后一面。

　　书店名叫"书是生活"，有些年头了，还搬迁过一次。当年开这家书店的四个意气风发的年轻人，如今已大腹便便，迈入中年。店长是个小个子男人，姓李，名正则，比我和既明年长两岁，有点儿瘦，有点儿胡楂，喜欢穿衬衣短靴，一双眼睛透过两片圆形镜片散发出浓浓善意，给人一种温文尔雅的感觉，常去书店的人都叫他书店君。最早是既明带我来的，来了一次之后，几乎每个周末我都抽空去那里坐坐。

　　听说，书店现在用的是社区的房子，地方不算宽敞，却也足够，租金也低廉，每月只四千块，水电费也比一般的商业水电便宜。但社区的人说了，这地方只能做书店一类，服务社区居民，干别的不行。

　　因为门口挂了社区的牌子，故书店的牌子只能挂到楼外一角了,咖啡色的背景,大大地写了"书是生活"四个字,"书"字更大些,红色的,区别于另三个白色的字,异常醒目。四字下面有一行略小的英文,"TO READ IS TO LIVE"(读书就是生活),完美诠释了阅读的本质。

书店在二楼。一楼不归书店,地方更小些,用低矮的隔板在两边又分出四块小天地,门口左手边的一块空着,另三块租了出去,一家裁缝铺,一家修鞋铺,一家儿童照相馆,三个店主得了空,也会到二楼挑本书小坐一会儿。

上楼的楼梯极窄,只能容下一个人,楼梯是木质的,每踏一级都咯吱作响。楼梯也不长,总共才二十几个台阶,每个台阶的边缘都镶了金色的防滑金属条,就是这只有二十几个台阶的楼梯,却拐出两个角来。楼梯两边的墙上也做了装饰,一边是带相框的风景照,一边是世界文学大师的黑白海报,拐角处放了君子兰和老树根,都是不加修饰的。既明说,通往天堂的道路,大概就是这个样子吧。我十分认同。

每天下午,总有些得闲的人光顾书店,他们点上一杯咖啡或清茶,挑本喜欢的书和喜欢的位置,然后老老实实地坐上两三个小时。如今能拿本书老老实实坐上两三个小时的人可不多见了。音箱里播放着店长精心挑选的音乐,或流行,或爵士,或民谣,或古典,音量恰到好处,古今中外应有尽有,品位不差。可书也好,音乐也罢,任你看得再专注感动,听得再心生共鸣,终究不过是别人的故事。人们在那浪漫而绝望的故事和声音里,艰难地寻着美好的事物和精神,牵强附会地往自己身上扯，因此也觉得自己浪漫、绝望，和别人不同，一本书了了，一首歌结束了，重新回到太阳光里，生活却还是原本的模样。既明倒是乐观，他说，在这浮世之外，有这样一方静谧的小天地，也是不小的奢侈了。

虽说是寒假，但天气冷，天一冷，人就懒散，故平日里光顾书店的人并不多，周末也不多，我的工作也就不忙碌，每天除了整理和借阅书籍、更新日志、打扫卫生、端茶递水、清洗杯子、制止小朋友大声喧哗外，大部分时间都在柜台里看书写论文，思路不畅的时候就看电影。若是夏季，我可得不了这份闲适。莫说周末、暑假，就平日里，光是来书店乘凉的人就不少，八块钱点上一杯加冰的梅子可乐，一坐就是一下午，只一杯一杯地做饮料，一趟一趟地端过去收回来，一个一个地洗杯子，就是不小的工作量。

时间一天天过去，转眼之间，竟已到了正月十四。虽说很多单位初八就上了班，但人还是懒散的，总觉得还没过完年。过了十五，才算把年过完，就再无懒散的理由了。那天晚上七点，我正好看完一部电影，刚起身，懒腰还没完全伸开，就见一女孩儿推门进来了。

自从我初八来了书店，这女孩每天晚上都来，每次都是七点左右，很准时。女孩长相极佳，气质出众，特别是那双大眼睛，美丽而清澈。她脸上化了淡淡的妆。说实话，无论长相还是气质，她都有点儿像明月，我第一次见她时，也是吓了一跳。她每次来，我都禁不住多看几眼。

她进了门，总是先到柜台点一杯热牛奶，付了钱就走到世界文学的书架前取下那本马尔克斯的《霍乱时期的爱情》，这是我最喜欢的小说之一。她拿了书，就近坐下，将长款的黑色羽绒服脱了搭在椅子上后，又折回柜台取牛奶。牛奶是现成的，只需倒进杯子，然后将玻璃杯蒙上保鲜膜放进微波炉里热上两分钟。她折回时，牛奶已经差不多了。头两次，我要帮她把牛奶拿到座位上，被她婉拒了，之后便不再多此一举了。

她坐的位置，我抬起头正好可以看到她的侧脸，很好看。她看书极为专注，不像有些人，看上几分钟就坐不住了，不是摇头晃脑，就是抖腿玩手机，以至于要将喝了一半的牛奶拿给我重新加热。

她折回来取牛奶时，看了看一旁的小黑板说，参加这个做元宵的活动有什么要求吗，是不是只有会员才能参加？

我说，都可以参加的。

她笑了笑，点点头说，谢谢。

女孩刚回到座位上，明月就发来了信息。从苏庄回到愿城后，我和明月还保持着联系，虽不是每天都有话说，但偶尔会聊上几句。

明月说，明天准备干吗？

我说，当然是在书店了。

明月说，元宵节不放假吗？

我说，不仅不放假，明天下午书店有活动，人还会多一点呢。

明月说，什么活动？

我说，店里买了糯米粉、红豆沙和黑芝麻，邀请会员过来做元宵。

明月说，你会做元宵吗？

我说，在网上看了教程，很简单的，馅儿是现成的，将糯米粉加水和好就行了，跟包饺子似的。

明月发了个捂嘴偷笑的表情说，你说的是汤圆，不是元宵。

我一时想起小时候在集会上见过滚元宵的，忙说，对对对，元宵是滚出来的，汤圆才是包的。

明月说，那你晚上干吗？

我说，晚上应该看书写论文吧，或者看电影。

明月说，不去逛灯会？

我说，刚到愿城那些年看过两次，人太多，挤得脚都挨不着地，后来就不去了。

明月说，也不放烟花吗？

我说，这几年，愿城禁烟花，不让放了。

明月说，也是，县城都禁了，更别说愿城了，不过家里还是可以放的，谁也管不着。

我说，在愿城就比较无趣了，只能在公园走走，而且人超级多。

过了一会儿，明月说，我明天想去愿城看灯会，你能陪我不？

我心里一紧说，能。

明月说，那我明天到了愿城，就去书店找你。你跟我说说书店地址，还有坐哪一路公交车。

我说，明天我去接你。

当即就给正则打了电话，说要请假。我平日里没少帮正则值班，况且明日还有小西过来帮忙，倒是不缺人手。小西家在成都，正在愿城念大学二年级，她曾在书店做过八个月的周末兼职，离职后，偶尔还来书店坐坐，书店忙的时候，她就过来帮忙。我一张嘴，正则没问原因，就爽快答应了。

后来，我时常想起那天晚上明月说想去愿城看灯会的情景，我始终觉得那是个很大胆的想法。明月已订了婚，而我又不是她的未婚夫，她去一个很远的地方找我看灯会，显然是件极其危险的事情。

那天晚上，我躺在床上身体躁动，脚心出汗，睡意全无，我一边和明月聊天，一边胡思乱想了许多。我知道，明月到愿城来找我，不单单是想看看公园里的几盏花灯，她还想看看这城市的繁华，看看我。想到这儿，我又觉得，等明天见了明月，也许能牵到她的手，能吻到她，到了晚上，躺在一间房里，也许还能抱着她做那事。

道过晚安，我又乱乱地想了许多。我一会儿将脑袋蒙在被子里，一会儿又探出来，不知过了多久，才怀着几个小时后和明月见面的激动心情睡着了。

12

我坐在公交车上,看着窗外一片萧瑟,脑子里想象着明月到了愿城以后该如何打算,吃喝玩乐,我想到了许多地方,公园、商场、电影院、博物馆、电玩城、美食城、夜市街……我在愿城十二年,又跟着既明跑了许多地方,这些我还算熟悉,到时听明月的意见就好。眼下最要紧的,是住宿问题。昨天晚上迷糊之中的一顿胡思乱想,是要和明月牵手、拥抱、接吻、睡在一间房里的,但一觉醒来,重新站在太阳底下,就又下不了那个决心了,我甚至不敢和她开一句暧昧的玩笑,一切又变得遥不可及。

车窗上蒙了一层哈气,我一边想着,食指竟不由自主在车窗上写了"明月"二字。猛地缓过神儿来,心下一阵悸动,似是被人发现了藏在心底的见不得人的秘密,赶紧抹去了。抹去后,又故作自然地观察周围的人,见一个个都低着头玩手机,这才放下心来。我望着车窗外,一时又觉得自己的紧张全没必要,在这车厢里,除了我,想来没有谁对"明月"二字有特定的形象和美好的憧憬。

依照约定,我在北环路口的公交站牌等明月。八点半多点儿,车就来了,先是从车门里走出一对夫妻,一前一后,女人在后,抱着孩子,孩子两腮粉嫩,眉心一点红,睡着了。接着我就看见明月走了出来,她穿着米黄色的长款羽绒服,背着蓝色的双肩包,后脑勺扎了马尾辫,很好看。明月一眼就在人群中发现了我,她有点儿局促,对着我笑了笑。之后又陆陆续续走出三四个人。明月下了车,并没有马上朝我走来,而是眉头紧锁,立在公交站牌前看路线。明月当然不是真看路线,车上装的都是附近十里八乡的人,你不认识人家,兴许人家认识你,还是小心些的好。我自然明白明月的意思,便没有走过去。等车开走了,下车的人散去了,明月提着的一颗心才稍稍放下一点。明月往我身边挪了挪,对着我笑了笑,有点儿如释重负,又有点儿久别重逢的正式感。

我笑了笑说,好久不见。

明月说,没有好久吧,才半个月。

我说,你想去什么地方玩?

明月说,都可以,热闹繁华一点的,吃饭住宿方便就行。

我说,那咱们去丹尼斯那边吧,算是愿城最繁华的商业区了。

明月说,好,我知道那里。

我说,时间还早,咱们可以下午去。

明月说,那咱们现在去哪儿?

我说,少安毋躁,容我思考片刻。

明月笑说,可别看我,我可一点儿忙也帮不上。

我说,吃早饭了吗?

明月笑了笑说,没有,还真是有点饿了。

我说,先吃饭吧,边吃边想。

我们在附近的早餐摊喝了胡辣汤吃了油条。

我说,当年我和我妈来愿城时,就是在这儿吃的早饭,胡辣汤豆腐脑两掺儿,配一根油条。

明月说,你倒是好记性。

我说,那是我第一次喝两掺儿,印象特别深刻,到现在都记得。

明月笑笑,不说话。

我说,其实我们学校旁边有一家逍遥镇胡辣汤,味道特别好,我每周都去吃一次。

明月说,味道特别好,一周才去一次?

我说,平时上课,紧跟着预备铃起床,没课时又忙着睡懒觉,一周去一次,算是很有诚意了。

明月说,懒。

我说,懒这东西会传染,别人都在睡,我也就起不来了。

明月说,自己起不来,还怨别人。

我笑了笑,没说话。

明月说，你平时都去什么地方？

我说，平时都在学校待着，很少出去。

明月说，去你学校看看吧。

我说，学校有什么好看的，又小又破，周边也荒凉得很，现在又是寒假，学校里特别冷清。

明月说，把你们学校说得这么一无是处。

我说，咱们去人民公园吧。

明月说，好，今晚的灯会是不是也在那里？

我点点头说，对，今天公园里应该人不少。

明月说，这离公园远吗？

我说，不算远，咱们打车去。

明月说，有没有顺路的公交车？

我说，有。

明月说，那就坐公交车，一路上走走停停，还能看看景儿。

我说，这一来，把咱俩的早饭钱都省出来了，而且绰绰有余。

明月笑了笑，不说话。

这时，520路公交车在面前停下了。我说，就这辆，快上车。

公交车起始站到此只两三站，又近市区边缘，故乘客不多，只三男两女。我和明月扶着扶手，抓着吊环，移步到倒数第二排，明月靠窗，我靠过道，并排坐了，又卸下背包抱在胸前。明月眉心舒展,面带微笑,松了一口气,有点儿虎口脱险的意思。公交车的座位比较窄,我和明月一坐下,身体就紧紧地贴在了一起,车子一动,我们的身体就贴得更紧了。我和明月并肩挤在一起,感受到她的胳膊软软的,还闻到她身上有洗发水的味道,当下心里的小鹿就乱撞起来,有种恋爱前窗户纸没捅破时的幸福感。

这时,公交车里一曲完毕,电台主持人读了几条听众信息,又说,接下来为大家带来一首邓丽君演唱的《往事只能回味》,希望大家喜欢。

时光一逝永不回,往事只能回味,忆童年时竹马青梅,两小无猜日夜相随……

明月说,这歌真好听。

我说,我手机里就有,前几天还听呢,每次去KTV都唱。

明月说,你喜欢唱歌吗?

我说,还好,谈不上喜欢,只是有时候没办法,和同学去KTV,总要唱两首的。

明月说,那就是不喜欢了。

我说,相比而言,我宁愿去打打篮球、台球,或是看书,去KTV太吵了,而且麦克风也太少,麦霸太多,任谁上来都是《死了都要爱》,唱得上去还好,唱不上去,破了音,钻心地难受。

明月笑说,明白明白,我同学也是到KTV就狂飙这首歌,感同身受。

我说,你呢?

明月说,我听歌。

我说,不唱吗?

明月说,没唱过。

我说,你和同学去KTV不唱吗,他们能饶得过你?

明月说,世界上麦霸多的是,又不是只有你同学。

我说,那倒是。

明月笑了笑,不说话。

我说,你喜欢听谁的歌?

明月说,好听的都听,比如邓丽君。

我说,咱们今天可以去唱歌,你的声音,唱歌应该会很好听。

明月说,为什么?

我说,你的声音本就好听,唱歌还能差了不成?

明月说,那可不一定。

我说,怎么不一定?

明月说,俗话说,说的比唱的好听。

我说,有道理。

明月笑了笑,不说话。她扭过头去看着窗外,不知道在想什么。

公交车上又陆陆续续上了一些人，陆陆续续下了一些人，我和明月舒舒服服坐着，一路上说说笑笑，公园很快便到了。

可能是冬天的缘故，又是上午，公园的人并不多，只有一些老头儿老太太在晨练。我和明月沿着公园的石板路，并肩走了一会儿，看到一些破败的花花草草和人工湖边的废弃小船，还看到光秃秃的树干都挂上了红色的灯笼。虽说是冬天，但天气是好的，太阳已经大大地挂在了天上，暖意十足，已有点儿春天的意思了，我们又一路走着，倒一点不觉得冷。

我说，今天天真好。

明月说，天气预报说今天有雪呢，看来是下不来了。

我说，天气预报嘛，总爱开玩笑，不能太当真的。

明月说，那倒是。

我说，你喜欢下雪？

明月说，也说不上喜欢，可一到冬天，就盼着下雪，下大雪。

我说，和小时候一样。

明月点点头，嗯了一声。

我说，近几年，越来越不喜欢下雪了。

明月说，为什么？

我说，愿城地温高，车也多，下了雪，到处都是泥水，没处下脚，交通也堵死了，坏了不少事儿。

明月说,原来是吃过亏的呀,难怪了。

我说,是啊,一到下雪天就会迟到,没少被老师批评。

明月笑笑,不说话。

我说,你看太阳会打喷嚏吗?

明月说,什么?

我仰头看了看太阳,然后打了个喷嚏。

我说,就像这样。

明月笑了笑,也学着我的样子仰头看了看太阳,然而并没有打出喷嚏。

明月说,不会。

我说,我看太阳就会打喷嚏,有时候看灯也可以。

明月笑了笑说,你真有意思。

我说,难道只有我会吗?我问了好多人,他们都不会。

我和明月聊一会儿,沉默一会儿,很快,便将公园走了一圈,公园的景儿全看遍了。

明月说,找个地方坐会儿吧。

我说,好。

我们去了假山上的亭子。假山的地势较高,站在亭子里可以看到远处的人工湖和公园外的马路。

我从背包里拿出纸巾,将长椅的一角擦了擦说,你坐。

明月坐下。我又擦了擦另一条长椅的一角,也坐下了。亭子里没有太阳,坐一会儿,身上发冷。

明月说,再下去走走吧。

我说，好。

公园里渐渐热闹了起来，晨练的人已经走了，广场上又来了些别的人，有打太极拳的，有打羽毛球的，还有打碗口那么粗的陀螺的，那人一扬鞭子，啪啪脆响，声音传到很远的地方，才消失了。广场上还来了一些小商贩，有卖冰糖葫芦的，有卖粽糕的，有卖烤香肠的，有卖棉花糖的，还有卖儿童玩具的，老头儿手里拿着拨浪鼓，摇一摇，小孩子就被吸引过去了。

我说，好久没吃棉花糖了。

明月说，又不是小孩子了。

我说，小时候吃个棉花糖好难，要大哭一场才给买，有时候哭也不管用。

明月笑笑说，不仅不管用，还有可能被打一顿。

我说，现在的棉花糖都是这样五颜六色的吗？

明月说，好些年前就有了。

我说，我倒是第一次见，还真是好看。

明月说，那我请你吃。

我说，恭敬不如从命。

明月说，要哪一个？

我说，要纯白色的吧。

明月说，你不是说彩色的好看？

我说，彩色的是好看，但吃的话，还是纯白色的好。

明月说，为什么？

我说，那五颜六色的全是色素，看着好看，吃了却没啥好处。

明月笑了笑说，那倒是。

我和明月一边吃棉花糖一边在公园里散步，又讲起了一些幼年时的趣事，时间倒也过得快，不知不觉，竟已近午饭时间。

我说，你饿吗？

明月说，有一点。

我说，想吃什么，火锅怎么样？

明月想了想说，我是不是还欠你一顿羊肉面？

我笑了笑说，以后再还吧。

明月说，以后就不知道什么时候了，你不是说有家店还算地道，可以去尝尝。

我说，那我还欠你一顿火锅呢。

明月说，你什么时候欠我一顿火锅了？

我说，刚刚呀，本来是打算请你吃火锅的。

明月说，那就先欠着呗，以后再还。

我说，以后就不知道什么时候了。

明月笑说，那中午我先请你吃羊肉面，到晚上你再请我吃火锅。

我背着手，点点头说，我看行。

我和明月出了公园去我以前租房子的地方吃羊肉面。坐在公交车上，我们的身体又紧紧地贴在了一起，我又感受到明月的胳膊软软的，又闻到了她身上洗发水的味道，心里的小鹿又乱撞起来。

这家店名叫"味美鲜"。店铺不小，墙的两边各摆了五张桌子，都是四人座的，挤一挤能坐六个人，只是脏了点，天花板上、墙上、地上、柜台上、桌子上、凳子上，凡是能看见的地方，都腻了一层黑油。可能是饭点儿的缘故，店里人不少，乱哄哄的，有人在猜枚喝酒，张牙舞爪地喊着"哥俩好呀，哥俩好"，吐沫星子乱飞。

我和明月在门口驻足。

老板娘说，进来坐吧，看看吃点儿啥？

我说，两碗羊肉面。

老板娘说，大碗小碗？

明月说，我要小碗。

我说，一大一小，大碗多放香菜。

明月说，小碗也多放香菜。

老板娘说，好嘞，这边有菜，牛肉、牛肚、鸡块、酥肉、猪耳朵，吃点儿啥？

我看看明月说，你想吃啥？

明月说，都行。

我说，可没有"都行"这道菜。

明月笑说，你是客，你点。

我说，客随主便。

明月笑笑，不说话。

我说,那就点一个木耳和西蓝花的拼盘吧。

明月说,可以再点个肉菜。

我说,还有一碗面呢,点多了吃不完,再说,刚过完年,肉早就吃得够够的了。

明月笑了笑说,那好吧。

我扭头对老板娘说,多少钱?

老板娘说,四十二。

老板娘声音刚落地,我正打开手机,准备微信支付,明月便递过去一张五十的。明月说,说好的我请你吃。

老板娘找了钱说,先坐吧。

我和明月望了望,只有门口和最里面角落的桌子完全空着,要想坐别的地方,就得和别人拼桌了。我和明月默契地往里面角落走去。我穿着牛仔裤,羽绒服也是短款的,坐下也挨不到凳子,自是无所谓,只随便用纸巾擦了擦,便坐下了。明月却有点嫌弃,坐下前用纸巾擦了又擦,擦过后看看纸巾,又继续擦,仿佛那黑油不是粘在凳子上,而是从凳子里渗出来的。最后,她索性将纸巾垫在了凳子上,这才卷起羽绒服坐下了。

我说,记得以前不是这样的呀,印象中挺干净的。

明月说,上次是什么时候来的?

我说,有段日子了,得有大半年一年了吧。

明月说,一年的人来人往,养这点儿油水,也不奇怪。

我笑了笑说,有没有听过一句名言?

明月说，什么？

我说，越脏的饭店越好吃。

明月笑说，谁说的呀？

我说，我说的。

明月说，是你胡说的吧。

我说，你看看生意这么好不就知道了。

明月笑笑，不说话。

这时候走过来一个十二三岁的小男孩儿，手里提着铝质水壶，壶身坑坑洼洼的，壶嘴儿上套了两个一次性杯子，放在桌上就走了。

我说，这可能是老板娘的孩子，放了寒假到店里帮忙。

明月说，还真是和老板娘有几分像呢。

我从壶嘴儿上取下一次性杯子，倒了水，水浊得很，很快又清了，杯底却落了一层水锈，仔细一瞧，水面上还漂了几朵油花。

我说，想来这水不是用来喝的。

明月拿起杯子看了看，一脸嫌弃，将之搁得远远的。明月说，那是用来干吗的？

我从桌上的杜康酒盒里抽出两双筷子，递给明月一双说，用来涮洗筷子的。

明月说，有道理。

我和明月在杯子里涮洗了筷子，又用纸巾擦了擦，刚搭在杯沿儿上，凉菜就上来了，分量倒是挺足的。这时，羊肉面也上来了，分量也是足足的。

我说，你尝尝，看和老家的比如何？

明月笑笑，不说话。

从"味美鲜"出来，阳光比上午稀薄不少。我和明月沿着街道走了一会儿，便乘公交车去了丹尼斯。

服装店、鞋店、化妆品店……明月一家挨着一家看，但都不仔细，衣服鞋子不上身试穿，化妆品也不试用，走马观花似的，偶尔拿起一件衣服，站在镜子前比画一下，就又放回去了。只有在一家女装专卖店里，明月似是看中了一件驼色的羊绒大衣，她先上身试了试，觉得自己内搭的衣服不配，又让服务员拿了一件，她站在镜子前，左看看右看看，系上扣子看看，解开扣子看看，系上腰带看看，解开腰带看看，颇有些爱不释手的意思。说老实话，明月皮肤白皙，性格也安静内敛，很适合这样纯净的颜色和简约的款式——这大衣，她穿着确实好看。明月看了看大衣上的吊牌，随后将之挂了回去。

明月说，走吧。

我说，你穿挺好看的。

明月笑笑，不说话。

我们又转了几家店，明月说，你有没有什么想买的？

我说，没有。

明月说，今年过年有没有买新衣服？

我说，那都是小时候的事情了，印象里，上了高中以后，过年就不讲究穿新衣服了。

明月说，是啊，记得小时候，早早地就买了新衣服，放在柜子里，每天都要拿出来看看，那时候的时间真漫长，总也等不上过年。

我说，除了新衣服，还有各种鞭炮、烟花，宝贝得很，每天都要数一数，到了十五那天才真正拿出来。

明月说，小时候总是那样的知足。

我说，现在过年都没有年味儿了，元宵节也没味儿。

明月说，可能是因为没什么盼头儿了。

我说，也许吧，你看小孩子们还是那样的开心。

明月说，找个地方坐会儿吧，走路走得脚疼。

我说，顶楼有一家饮品店可以坐。

我们要了两杯茶，一杯绿茶，一杯红茶，上宽下窄的大塑料杯装着，密封的塑料膜上插着筷子粗细的吸管。我慢慢地喝绿茶，明月慢慢地喝红茶，我们慢慢地聊天，时间慢慢地走。

13

刚过了四点，玻璃窗外的天色阴沉下来，街上行人的步伐也匆忙起来，衣服单薄的总是不住地束紧领口，仔细一瞧，原来是落起了雪花。

明月说，下雪了。

我说，天气预报一整个冬天都在说要下雪，总算是准了一次。

明月笑笑，不说话。

我说，还记得小时候吗，每到冬天，村子里总是下雪，到处都是白色的。

明月说，怎么不记得，那时候一下雪，咱们一帮小孩儿就在雪里跑来跑去，还到处堆雪人，滚雪球，滚得比咱们还要高，直到滚不动了，才肯罢休。

我说，对呀，我还老喜欢披着我家的蓝色床单，戴着牛仔帽，提着一柄黑色蛇皮剑鞘的宝剑，老觉得自己是个侠客。

明月说,对对对,你那个时候提着宝剑,看见什么砍什么,杀死了不少别人家门前的雪人。

我说,仔细想一想,还是小时候好。

明月说,怎么好了?

我说,小时候虽说一冬天也就下那么几次雪,但总会有一两场大得让人叫好的,雪到了来年开春儿也不化,使人觉得冬天都在下雪似的。刚到愿城那些年,也会下让人叫好的雪,但这些年,一座座高楼起来了,一座座高架起来了,一条条路拓宽了,一个个人也富态了,雪却少见了,一年也只那么一次,像过年走远房亲戚似的,全是象征意义。

明月说,那不正合了你的心意。

我笑笑说,那倒是,合着老天爷是为了我才不下雪的。

明月笑笑,不说话,左手托着下巴看窗外的行人和落雪。

不知是怎样的一种冲动和心情,我站起身,边走边说,等我一下。

明月说,你干吗去?

我没回应,径直出了饮品店,直奔那家女装专卖店。进了店,一眼便望见了那件驼色的羊绒大衣,还是之前的销售员接待的,她遇见熟人般地笑了笑,显然是认出了我。我从架子上取下大衣,就让她带我到柜台结账去了。明月试衣服时,我就瞥见了吊牌上的价格,两千三百八十八元,店里有满一千减两百的优惠活动,共一千九百八十八元,心里早就算过了。虽然我自己从来不买超过五百块钱的衣服,包括冬天的羽绒服,我浑身上下加一块儿也没五百块钱,请既明吃顿火锅也是心疼得不行,但这次觉得十分值得。

回饮品店时,我站在手扶电梯上缓缓上升,手里提着硕大的纸袋,又踌躇起来。怎么交给明月?直接给?给她时又怎么说呢?总得找个合适的理由!这意思可再也明显不过了。若她还没有订婚,我就是将话说明白了,也是无所谓的。可她已订了婚,不久将举办婚礼,这意思就不能显出来了,得藏着掖着才行。可买也买了,总不能再退回去。

一边想着,电梯转了几个弯,已到了顶层。

电梯口离饮品店不算远,刚走了几步,就看见了坐在那里的明月,她换了只手托着下巴,另一只手拿着杯子,吸管咬在嘴里。她依然看着窗外,只是目光有些呆滞,不知道在想些什么。进了店门,明月投过来一个好奇的笑,刚刚还踌躇的一颗心,却又平静下来了,有点儿豁出去的意思。

我一边坐下一边说,这个给你。

明月脸上好奇的笑容还没有消散,她接过纸袋说,这是什么?

我笑了笑,不说话。

明月打开纸袋,将大衣拿出一半,又塞了回去,她将纸袋推给我说,我不要,这个太贵了,你拿去退了吧。

我说,买都买了,不是质量问题,人家不给退的。

明月一边扭身拿背包一边说,那我把钱给你。

我说，你应该快过生日了吧，就当是我送你的生日礼物。

明月说，不行不行，这太贵了。

我说，这件是有优惠活动的。

明月说，就算是有优惠活动，那也很贵的，你哪里来那么多钱？

我得意地说，我从高中就开始打工，平时也没什么开销，还是存了点钱的。

明月说，那也太贵了，咱们还是去试试吧，说不定人家给退呢。

我笑说，哪有让人家退礼物的道理呀，难道咱们这么多年的交情，还不值这一件大衣吗？

明月显得有点为难，她想了想说，那我也送你一件礼物吧，我记得咱们的生日离得不远。

我说，不用不用，我已经很久没过生日了。

明月说，怎么不用，你不要我送你礼物，你的礼物我也不要了。

我笑了笑说，最近还真有件想要的东西呢。

明月说，什么？

我说，我本打算买条围巾的，但一直也没抽出时间买。

明月说，就只一条围巾吗？

我点点头，嗯了一声。

我和明月出了饮品店，去楼下买围巾。明月说，喜欢什么样式的?

我说,你挑一条送给我,我都喜欢。

我们转了几家店,明月终于选了一条款式简单的藏青色围巾。我挂在脖子里,对着镜子看了看。

明月说,还挺好看的。

确实挺好看,几家店走下来,也试戴了几条,只这条最让人满意。我看了看吊牌,一条围巾竟要三百块钱,便说,再转转吧。

明月说,这个质量还可以,你围着也好看。

我说,再去别家看看吧。

话还没落地,明月就让导购员把围巾包起来结账去了。

出了丹尼斯,雪花已落得有些急了,明月从背包里拿出了一把伞。我将伞拿过来撑开,举在我们头顶。伞不是很大,虽然我们挨得很近,胳膊贴在了一起,我衣服上的静电也将明月的头发吸引了过来,但伞还是没有把我们完全罩住。我将伞举得靠近明月一边,雪花就落在了我的肩上。

我说,咱们去吃饭吧。

明月说,才五点呢。

我说,现在去都不一定有位置,估计得排队。

明月说,去哪儿吃?

我说,去公园附近吧,吃完正好看花灯。

明月说,好。

愿城本就人多杂乱,下雪天更是不好打车,我叫了滴滴,前面竟有四十多个人在排队,果断放弃了。

明月说,坐公交车吧。

我说,也好,咱们往前面大路上走,能打到车就打车,打不到就坐公交车。

说实话,打不到车,我心里是欢喜的,我想和明月撑着同一把伞、贴着胳膊走在愿城的雪天里。愿城果然也没让我失望,直到我们走到大路上,到了公交站牌,也没有碰上一辆空车。到了站牌没一会儿,公交车就来了,本想着坐车的人多,能和明月挤在一起,但还没上车,我和明月就被一群人给挤散了,我只能隔着几个人看见她的侧脸。

我们去公园附近的海底捞吃火锅,果真如我所言,排队的人不少,我们吃着服务员送的炒黄豆和锅巴,喝着淡得没味儿的柠檬水,等了近一个小时才吃上。

到了座位上,我一边脱掉外套一边说,我都快吃饱了。

明月笑笑,不说话。

我把菜单推给明月说,你看看吃什么。

明月又推回来说,我都行,你看着点吧。

我打开菜单,看到鲜红的肥牛片、肥羊片,又想起上次和既明吃火锅时他关于女人的比喻,不禁心头浅笑。我们点了鸳鸯锅,又点了肥牛片、肥羊片、毛肚、撒尿牛肉丸、鱼豆腐、川粉、木耳、海带、莲藕、娃娃菜,除了肥牛片、肥羊片、毛肚和撒尿牛肉丸,剩下的都是点的半份儿。

明月见我还在翻看菜单,便说,先这些吧,不够吃了再点。

这时，我的手机振了起来，是马拉打来的。他问我还要不要合租房子。我说现在住朋友家，等过几天开学了，学校宿舍就能住了，没必要再浪费那钱，就先不租了。他顿了顿，又问我能不能借他一千块钱，还说下个月就还我。虽说马拉踏上社会后负面情绪偏多，很多事上也时常不靠谱儿，但他在经济方面倒是有自己的原则，一向是有借有还，从不拖欠。这点儿挺好。挂了电话，我就给他转了一千块钱。

吃起火锅来，明月有点儿矜持，一双筷子浅入浅出，见着肉也总是躲着走。

我说，不爱吃肉？

明月说，爱呀，这世上哪有不爱吃肉的。

我说，那你快吃呀，再不捞肉就老了，肉老了不好吃，嚼着跟槟榔似的。

明月说，其实不是很饿。

我说，咱们点的不少呢，不吃就浪费了。

明月说，你多吃点儿。

我说，你也多吃点儿。

明月笑笑，点点头说，好。

说完，明月夹了一筷子肉和两片儿毛肚。之后，那双筷子又闲散起来，只意意思思地往自己盘子里捡点儿东西。酸梅汤倒是没少喝，自始至终，她一直小口饮着，眼见着一大瓶酸梅汤就要见底了。明月不动手，只好我动手，我用漏勺和公筷往她盘子里捞了些肉。

我虽也不觉得饿，又吃了炒黄豆和锅巴，喝了不少柠檬水，但毕竟是个年轻小伙儿，食量不算小，况且平日里大口吃肉的机会不多，故见着火锅见着肉，状态还是不错的。装肥牛片、肥羊片和毛肚的盘子，看着怪大，一卷一卷地摞起来也老高，但进了火锅，其实并没多少东西，禁不住捞几筷子，不过明月吃得少，所以我吃得还算过瘾。

可能明月觉得我送她的大衣太贵，她送我的围巾并不足够使她心安，吃到一半时，我还没来得及问她要不要加份儿烩面，她就借去洗手间的工夫，偷偷把单给买了。

出了火锅店，我说，谢谢你的火锅。

明月晃了晃提着的大纸袋子，笑一笑说，谢谢你的生日礼物。

我说，我帮你提着。

明月说，谢谢。

14

　　天空中还飘着雪，雪花比之前大了不少，隔离带的绿植上和路两旁停靠的车辆上都落了一层薄薄的雪。马路上行人匆匆，存不住雪，雪水和灰尘搅和在一起，平日里看似干净的道路，也有点儿泥泞了，走起路来，脚尖儿脚跟儿乱甩泥水。我和明月踮着脚尖儿，大步小步相结合，小心翼翼地前行，好不辛苦。即便如此，我们的鞋面和裤腿上还是甩了不少泥点。

　　进了公园，踩在菱形砖铺的小路上，这才不用踮着脚尖儿走路了，之前焦躁的心情也平静了不少。公园里人很多，到处都热热闹闹灯火辉煌的，白日里那些甚是乏味的红灯笼，这时仿佛有了生命似的，成了公园里最亮丽的风景。还有很多情侣手牵手走过我们身旁，虽说这是个比较开放的时代，但我和明月还是觉得周围的气氛有点异样。

　　我手里拎着个大纸袋子，甚是不便，便将大衣拿出来塞进了背包里，又将纸袋子折了折塞进了明月的背包。手一下子空出来,顿时觉得轻松不少。我和明月在人流中缓步前行,尽量拣着人少的地方去,碰上无人问津或人少的红灯笼就驻足看看上面的灯谜。灯谜颇为丰富,成语类、字类、地名类、人名类、歌名类、动物类、植物类、生活用品类……应有尽有。我和明月一路走一路猜,猜得出不得意扬扬,猜不出也不过分追究,我们的心思全然没在这里,因为本有一拳之隔的两条胳膊,不知何时已经三步一下、五步两下地碰到了一起。虽然我和明月的胳膊走几步就碰一下,但因冬天的缘故,我们都穿着厚厚的棉服,所以我们的手怎么也挨不到一起去,又因明月时不时地将双手抄在上衣口袋里(我对能碰到明月的手抱着一丁点儿希望,虽然手冻得冰凉,但还是没有抄在口袋里),这一来,两只手要想碰在一起就更难了。若是夏天,我们这样并肩漫步,我的右手一定能碰一碰她的左手。我脑袋里突然生出一个想法,我想将明月的手攥在手里,或是和她十指相扣,就像从我们身旁走过的那些情侣一样,但这想法只能在我的脑袋里转来转去。这让我的胸腔和腹部有点儿灼热感,一口气闷在胸口,既躁动又幸福。

我和明月沿着公园的小路左拐右拐,漫无目的,我们的聊天也漫无目的,想到哪儿说到哪儿,时不时低语品评一下周边奇装异服或是行为怪诞的人。愿城有超过一千万的常住人口,出门在外,总能遇上几个奇葩。有时无话可说,也没有奇葩让我们品评,我们就继续猜灯谜,红灯笼到处都是,倒是省得再费心思找话题。

我们从一条只有红灯笼的小路走出来,到了主路上,瞬间灯火通明不少,也更加热闹嘈杂。只见路对面不远处乌泱乌泱的全是人,人群后面是一轮巨大的摩天轮,散发着五彩斑斓的光,缓缓地转动着。虽然道路通向四面八方,但我和明月还是默契地朝着人群的方向走去。

我说,上次坐摩天轮,还是十二年前刚到愿城的时候。

明月笑说,这些年,你没有和你的女同学们坐过吗?

我说,过山车、海盗船比较刺激的一类倒是坐过,摩天轮嘛,还真是没有。

明月说,我不敢坐过山车,看着都吓人,不过很想试试。

我说,我以前是年轻不懂事儿,什么都敢坐,现在也是不行了,现在只敢坐公交车。

明月笑笑说,好像你现在很老似的。

我说,知道危险了,怕死了,就说明老了。

明月说,那你以前就不怕吗?

我说,以前是不懂,无知者无畏嘛。

明月笑笑,不说话。

我虽一向不喜人多,又有点儿恐高,但还是想和明月坐一次摩天轮。我说,咱们去坐摩天轮吧?

明月说,你不是现在只敢坐公交车?

我笑笑说,舍命陪君子呗。

明月说,那我是不是要感动得掉几滴眼泪?

我说，你随意。

明月说，等会儿吧，现在人太多了。

我说，好，今天晚上营业到十点呢。

明月从口袋里伸出手指了指说，那边好像还没去，先去那儿转转吧。

我和明月又将公园里没去过的地方走了走，风景大同小异，无非是各色的花灯、假山和绿植，人是不同的。时间一过九点，人们就开始陆陆续续地离开了。我和明月兜兜转转，又回到了摩天轮的地方，路遇公园超市，又买了两串糖葫芦，草莓的。

摩天轮售票处冷清了不少，只有三五对情侣在排队买票，我和明月站在他们后面，看着他们手挽着手，有说有笑，满是甜蜜的样子。我们前面的一对还旁若无人地接起吻来，我和明月之间本来谈笑风生的气氛顿时就尴尬起来了，便只好各自看着自己的前方沉默不语。虽然那对情侣并没有在我和明月面前吻太久，大概十几秒的样子，但直到上了摩天轮，尴尬的气氛也没有因为那对情侣的离开而消散。

我和明月相对而坐，身下是冰凉的塑料座椅，两边是有点模糊的玻璃窗，半开着，可以看到边角处有磕碰的痕迹。我们都一只手拿着糖葫芦，另一只手也都默契地放在膝盖上。狭小的空间在缓缓上升，越来越多的高楼大厦和万家灯火映入了眼帘，远处的人越来越小，嘈杂声越来越弱。我和明月沉默不语，只看着同一侧窗外的风景，我感到那对情侣带给我们的尴尬氛围还在持续,并在逐渐发酵、酝酿,越来越浓烈,且正在变成另一种气氛。我回过头看明月,她的眼睛在万家灯火的映衬下,显得明亮而悠远,似是要把整座愿城囊括其中。只可惜,这摩天轮升得还不够高,且黑夜和雾霾阻挡了视线,就算是到了最高点,目之所及,也不过是这城市的冰山一角罢了。其实我的余光一直可以看到她,在这狭小的空间里,我想她的余光也一定可以看到我。果然,我脖子刚一动,她就回过头来了。四目相对,彼此便明白了。我膝盖上有点冰凉的右手,缓缓移到了明月的膝盖上,握住了她同样有点冰凉的左手。之后,我的身体前倾,脑袋向明月的脑袋凑过去,我从微眯的眼睛缝儿里看到明月闭上了双眼,我闻到了这个世界是甜甜的草莓味儿。

在摩天轮上,我一直握着明月的手,但下了摩天轮出去时,要拐几个铁栏杆,通道极窄,只能通过一个人,这一来,我就不得不松开明月的手。到了公园的小路上,人一多,如同从梦境回到了现实,再想牵明月的手,就有点难为情了。我屡次跃跃欲试,却始终下不了手。明月似是明白了我的心思,竟主动牵起了我的手。明月的手又到了我手里,我和她十指相交,紧紧地扣在了一起,我想这次说什么也不会松开了。

明月说,咱们走吧。

我说,好。

明月说,住哪儿?

我说，附近的快捷酒店吧？我手机订一下就行。

明月说，哪儿都行。

我说，你饿吗？

明月说，你饿了？

我说，有一点儿。

明月笑笑说，其实我刚刚就有点儿饿了。

我说，你想吃什么？

明月想了想说，咱们去吃串串吧？

我一时想起当年芳菲搂着我的脖子说请我吃串串的画面，只一恍惚，便很快将回忆搁在了一边。

我说，好啊，我带你去一家特别好吃的串串店。

明月说，远吗？你不是要订附近的酒店？咱们在附近随便吃点就行。

我说，不算太远，那边也有酒店。

明月说，你拿主意。

我笑了笑，没说话，拉着明月向公园门口走去。

那家串串店名叫"纯真年代"，是我偶然发现的。那时，我刚和芳菲分手不久，很多个晚上我会一个人骑着单车在愿城瞎转悠，有天晚上就转到了我们高中附近。虽说我那个时候刚失恋，没食欲，但一天不吃饭还是很饿的，便来到了学校旁的小吃街。

小吃街变化不小，虽说格局大致没变，但重新做了规划，很多店没了，很多店换了招牌，很多店换了老板，还新开了许多店。紧邻学校的缘故,小吃街热闹得很,我左看看,右看看,最后在一排百家姓和地名中搜寻到了"纯真年代"四个字。虽说"纯真"和"年代"早已被人用俗了,但看这店名,就知道老板是个文艺人。深陷失恋之痛的人,需要一点儿文艺的药。我在两个穿着校服的高中男生之间坐下,往自己碗里加了十足的芝麻酱、辣椒、醋和香菜,然后一边吃串串,一边回忆我和芳菲的纯真年代,还一边不着痕迹地落了一些眼泪。

到了"纯真年代",我紧握着明月的手,只告诉她这家店是偶然发现,还告诉她路这边的学校是我的高中,另一边的酒店是一会儿要住的地方。我没有告诉她偶然之前的故事。

15

出了"纯真年代",我们又去旁边的小超市买了两瓶矿泉水和两盒酸奶,这才去了酒店。吃串串时,我就已在网上订了一间大床房,到了酒店,只需报手机号和出示身份证即可。

自从进了酒店,明月就一直羞怯地躲在我身后,她低着脑袋,披散开来的头发遮住了大部分脸庞,她将下巴缩在衣领里,仿佛要把自己藏起来似的。直到拐过走廊一角,进了电梯,这才将下巴从衣领里拿出来。我看到她的脸颊上晕开了两团粉红,很好看。

房间号是2046,这使我想起了王家卫的电影。那是我最喜爱的电影之一,我前段时间刚向明月推荐过,她第二天就看了,还一连看了三遍。到了房门前,看到那四个数字时,我和明月很默契地互看了一眼,但此时并不是谈论电影的好时候。打开房门,只推开一半,便又关上了,走廊里昏黄的灯光被锁在了门外。房间应是集中供暖,暖和得很,光线也不算暗，到处都落了一层淡淡的微光，不似月光那般水洗过的干净，也不似城市里的万盏霓虹那般绚丽。明月已将外套和背包搁在床上走到了窗前，她抱着双臂，站在那里看着窗外的愿城。这里是二十楼，虽不比在摩天轮上看到的更广阔，但窗外到处都是彩色的、明亮的，比今晚的月亮还要耀眼。我将手里的袋子和肩上的背包随便扔在了床边的地毯上，将外套放在了明月外套的旁边，然后向她走去。

  我站在明月身后，慢慢环住了她，我将脑袋埋进她后脑勺偏左一点的地方，用力吸她身上洗发水的味道，我的呼吸越来越粗，越来越重。明月的呼吸也急促起来，她猛地转过身，紧紧抱住了我。我开始猛烈亲吻明月的脖子，并在上面留下了许多口水。我的双手也没闲着，先是揉捏了一会儿明月的屁股，接着扯出了她扎在裤子里的黑色秋衣，然后伸了进去。我左手扶着明月的腰，右手抚摸着她的小肚子，食指在她的肚脐做了短暂的停留，浅浅的。我的左手绕到明月背后，尽全力地将她向我的身体里按压，我的右手也继续向上，先是隔着文胸摸了摸她的乳房，之后也绕到她背后去，和左手配合着解开了她的文胸。我嘴里的一股股热气喷到明月的脖子和锁骨上，不禁顺带出两个字来，留下。明月似是没听见，我又说，留下。我不停地说，留下，留下……明月没有回应我，只是吻住了我的嘴。我的舌头在明月嘴里一阵乱搅和，本来有点儿消停的双手又活跃了起来。

  我拥着明月向床边挪去。我骑在明月的腰间脱她藕荷色的毛衣，我双手抓着毛衣往上拽，牵扯着明月的秋衣也往上走，暴露了她一小片肚子。但脱衣服是件欲速则不达的事儿，尤其是脱别人的衣服，我正处于意乱情迷之中，难免急躁，这就导致了衣领卡在了明月的脖子里，况且明月的两只胳膊还在袖子里，任我再怎么撕扯，也拽不出来了。这时，明月的双手向自己的脖子移去，她先将毛衣领扯大，钻出脑袋，然后褪去了两只袖子。我脱掉深灰色卫衣扔在地上，又俯下身去吻明月。我的嘴巴一点一点往下，撩开明月的秋衣后，又一点一点往上。明月先是双臂搂着我的脖子，我吻到她的乳房时，她两手抱住了我的脑袋，十指像两把梳子一样在我的头发间穿来穿去。接下来，我们脱光了身上剩余的衣服……

再接下来，我们先后洗了澡。洗澡前，明月提醒我拉上窗帘。洗完澡，我们抱着聊天，我让明月不要结婚，到愿城来。明月只是抱我、吻我，却不回应我。我知道，悔婚不是件容易的事。我不再多言，也只和明月拥抱、接吻，然后聊别的话题。虽然明月不回应我，但我觉得她终有一天会到愿城来，而且这一天很快就会到来，我有预感。

第二天早上八点，我和明月自然醒来后，又干了一次那事。之后，我拥着明月，和她商量着点了外卖，叫了两碗红枣黑米粥、两个牛肉饼、两个煮鸡蛋、一碟咸黄瓜。点完外卖，我又和明月吻了一会儿，然后就起来洗澡去了。

洗完澡，我裹着浴巾一边对着镜子擦拭头发一边说，快来洗澡吧，早餐快到了。

明月没有回应，我加大声音又说了一次，还是没有回应。我停下手中的动作喊明月的名字，一连喊了三声，也没见答应。我赶紧出了洗手间，只见明月正伏在床上，整张脸都埋在胳膊弯儿里，身体微微抽动着，她在哭。我走到她身边晃了晃她，然后一遍又一遍地问她怎么了。但她只是哭，什么也不说，我只好作罢。我穿上衣服，坐在了她身边，两手搭在她的肩膀上。中间，我开门拿了一下外卖，之后就又坐回她身边，两手又搭在她的肩膀上。明月起初只是抽泣，后来渐渐哭出了一些声音，再后来失声痛哭，一种极度的悲痛从她的身体里蔓延开来，逐渐充满了整间房间。

过了好大一会儿，明月终于哭完了，她将脸从胳膊弯儿里抽出来，然后开始穿衣服。她的眼睛又红又肿，脸颊和鼻子也红红的，枕头已湿了一大片。

我说，你怎么了？

明月本已止住的眼泪又夺眶而出。我反复问她到底发生了什么事，但她只是穿衣服，收拾东西，不说话，眼泪也越来越多。我只好闭口不言，就那么干坐在床边看着她。收拾好东西，她又去洗手间洗了脸。

明月说，走吧。

我说，吃点东西吧。

明月说，不吃了。

我说，那你带在路上吃。

明月说，不用了。

我把牛肉饼、煮鸡蛋和昨晚喝剩下的一盒酸奶塞进了她的背包，她也懒得拒绝。我和明月出房门、进电梯、退房、出酒店、打车去汽车站、买车票，一路上一句话也没说。出租车司机比较热情，刚开始想和我们聊几句，但很快觉得气氛有些不对，便沉默不言专心开车了。

进站前，我还没来得及对明月说到家后发条信息一类的话，明月却冷不丁地说了句，以后我们不要联系了。话还没说完，眼泪又在眼眶里打起转儿来了。

我说，到底怎么了？

明月强忍着不让眼泪掉下来，却还是没忍住，泪水拼命地往外冒。

明月说，我走了。说完就转身进了站。

我憋了一肚子话，说不出口，只能傻愣在原地，看着明月进站、过安检、消失在拐角的人群中。

我浑浑噩噩地回到书店，店里一个顾客也没有，只有正则一人，正在柜台里看电影。他见我来了，摘了耳机说，你不是说下午才过来吗？

我进了柜台，在他旁边墨绿色的方形凳子坐下说，朋友提前走了。

正则说，我煮了咖啡，来一杯吗？

我说，谢谢，不用了。

正则说，怎么一张苦瓜脸，你朋友问你借钱了？

我说，还好吧，可能是没休息好。

正则说，所以要不要来杯咖啡提提神？

我接了一杯温水说，我还是喝这个吧，咖啡太苦了。

正则笑笑，不说话，抿了一口咖啡。

我说，对了，我想再请两天假。

正则说，怎么了？

我说，我朋友出事了，我得回老家一趟。

正则说，行，这两天我在店里看着。

我说，你继续看电影吧，我得去歇会儿。

正则说，你没事儿吧？

我苦笑着摇摇头说，没事。

我起身出了柜台，向另一头的沙发走去。我蜷着身子侧躺在沙发上，脑子里一直跳出来明月哭泣和她转身离去的画面，偶尔也蹦出几个我们昨晚行鱼水之欢的画面。我实在想不明白明月为何在和我一起到达幸福的顶峰之后，又亲手将我推入悬崖？想不明白，索性就不想了。我开始强迫自己睡觉，但越想睡着，就越忍不住要去想那些想不明白的事儿，越想不明白，就越想明白，想着想着倒是睡着了。睡着前，我以为我会梦见明月，但我什么也没梦见。

16

那天,也就是我回到愿城的那个周末,书店举办了一次木心的读书会。既明是喜欢木心的,但他更喜欢漂亮姑娘,我打电话让他过来捧场时,他正跟一姑娘在柠檬情侣酒店洗鸳鸯浴,没说两句就给我挂了。我本以为读书会来不了几个人,可竟来了二三十人,像明月的女孩儿也来了。她一进门,我就发现她了。大家围着长桌坐着,男女老少皆有,彼此看着、笑着、招呼着、客气着。正则是读书会的主持人,我和小西是工作人员,也是参与人员。可能是人多的缘故,开场时,正则有些紧张。他脸有些红,声音有些颤抖,简单介绍了木心的生平和作品。

正则说,从这边开始,大家可以先做个简单的自我介绍,然后谈谈对木心的认识。

一轮发言结束,我发现在座的大多数人只听过木心这个名字,并未读过他的作品。还有一些人,就连听也没有听过。像明月的女孩儿是个例外,她读过木心,而且对他情有独钟——情有独钟是她的原话。我坐在她对面,看着她说话。原来她叫李美清。可能是和之前的衣着不同,多了些古典的韵味。酒红色的复古大衣,藏青色的围巾,极符合她的气质。她的皮肤很白,手指纤细,她往耳朵后面捋垂到脸上的头发时,我看到她的耳朵红润,上面没有打耳洞。平心而论,好看。

美清说,木心说,谈恋爱也要才华横溢。

美清又说,木心说,我信任一见钟情,一见而不钟,天天见也不会钟。

我觉得甚是有理,更觉得她是位妙人儿。我回说,心有余而力不足呀,至于一见钟情,怕是更难了。

美清无奈笑了笑,没有说话。

除了美清,还有一位六十岁老人也是例外,他是大学里汉语言文学专业的教授,是正则专门请过来给大家传道授业解惑的,第一圈发言结束后,正则隆重介绍了他。我倒觉得他更像是过来救场的,不然二三十人被逼着说一个不认识的人,也是件挺尴尬的事。本来是纪念木心的读书会,但说着说着,就成了教授为大家解答人生困惑的鸡汤盛宴了。美清似乎没别人那么怀疑人生,就很少说话了。读书会结束后,美清就匆匆离去了。

之后,我和正则、小西以及几个刚认识的朋友,借着读书会的余温闲聊。我脑子本就不活跃,有一搭没一搭地说着,看着美清匆匆离去的背影,我又想起了明月,不禁有些失落，便呆呆地望着窗外沉默起来。我又看到了美清，她左手插在大衣口袋里，右手提着蓝色布包，脚步匆忙地向东走去。

天气冷的缘故，书店一直很冷清，每日里不过三五个人。美清虽不像前些天那样天天来，但也算是常客。我常使自己沉溺于小说、电影、电视剧，这样我就不用再去想明月，但一看见美清，就不行了，明月的样子就拼命地往脑袋里钻，顷刻间就将我吞噬了。每次我坐在柜台里看着美清看书时，我就想着我要是从未见过她就好了，或者她不来书店就好了。但她真不来的时候，我却比以往更加想念明月，也更加想看见美清了。有时候，我真希望美清就是明月。

那天，书店一个顾客也没有，我躲在柜台里看电影。不知何时，窗外竟淅淅沥沥地下起雨来了。我听着雨声，又想起明月来，不禁有些黯然。想着想着，又想起了美清，我起身走到窗口，雨还挺大的，她该是不会来了。我的思绪左拐右拐，又想起张爱玲的话来：雨声潺潺，像住在溪边，宁愿天天下雨，以为你是因为下雨不来。美清不来，我就见不着她，越见不着就越想，越想就越觉得她会来，就能见着，可偏偏见不着，心里灌了铅似的，不是滋味儿。我一会儿想明月，一会儿想美清，又牵连着想起好多别的事情，一时竟茫然地分不清心里的不是滋味儿到底是为了谁。我顺着这个问题继续想，想明白了，归根到底，还是为了明月。

这时，门被推开了，竟是芳菲。我站起身，只见她一身运动装，上身穿一件耐克的白色羽绒服，拉链敞开着，里面是一件紫金配色的湖人队卫衣，下身则是一条黑色的运动裤和一双阿迪达斯的白色滑板鞋。她还戴了一顶黑色的洋基队平沿棒球帽。我错愕地看着，一时语塞。

芳菲笑一笑说，好久不见。

我说，你怎么来了？

芳菲又笑一笑说，怎么，你是觉得我不像读书人，还是不欢迎我？

我尴尬地笑笑说，不是，就是觉得有点儿……

芳菲说，有点什么？

我一时找不到合适的词儿，便说，没什么，没什么，你没带伞吗？

芳菲说，带了，在门口放着呢。

我点点头，嗯了一声。

芳菲走进柜台，俯身看我的电脑屏幕说，你在干吗？

我说，看电影。

芳菲说，什么电影？

我说，《午夜巴塞罗那》。

芳菲说，我听过这个，很多人推荐，伍迪·艾伦的片子。我很早就下载了，一直没来得及看，好看吗？

我说，刚看了一点，挺好看。

芳菲在我旁边的凳子坐下说，你吃饭了吗？

我说，还没呢。

芳菲说，我也没吃呢，我想喝羊肉汤，你请我。

我看了她一眼说，好。

我瞅了眼电脑屏幕右下方的时间，已近八点半，又到窗边看了看外面淅淅沥沥的雨，丝毫没有停下的意思，就知今晚不会再有人来了，便匆忙收拾一下，关了灯，锁了门，和芳菲下楼去了。楼道里没有灯，漆黑一片，刚下了一个台阶，芳菲就挽住了我的胳膊。奇怪于她这样的举动，我愣了愣，然后继续向下走去。虽说芳菲有段日子没这样挽过我的胳膊了，但身体和心里没有丝毫的不适。

芳菲说，去老地方吧，我想喝他们家的。

我又是一愣，然后说，好。

我和芳菲打车去经三路喝羊肉汤，下了车，还没看见羊肉汤馆，倒是先瞧见了我们以前常去的酒店，使我想起很多我们相拥而眠的夜晚，心中不免有些唏嘘。我用余光瞄了眼挽着我胳膊的芳菲，她一副若无其事的样子，不知是怎样的心情。我们进了店，按以往的习惯要了两碗羊肉汤、一盘西蓝花面筋拼盘、十串羊肉串。

我问芳菲，来酒吗？

芳菲说，不了。

我说，那来两瓶菠萝啤吧？

芳菲说，菠萝啤也不要了，我喝白开水。

落了座，我给芳菲倒水。

芳菲说，不来个腰子补一补？

我笑一笑说，不用了。
芳菲说，这么自信？
我说，不是自信，是用不着。
芳菲说，最近没有撩妹子？
我说，有的话，我就来个腰子了。
芳菲说，有道理。

芳菲一边喝羊肉汤吃羊肉串，一边和我玩笑逗趣。我隐约有点儿感觉，觉得她心里藏着事儿，反正她绝不是来找我喝羊肉汤的。但她对来意只字不提，只是跟我玩笑，她越是这样，我就越觉得她心里有事儿，而且还是大事儿。不知为何，芳菲不提，我也就强按着自己不问。我把最后一块儿面筋填进嘴里时，才发现芳菲已经放下筷子有一会儿了，她一直在小口小口地喝水。

我抽了两张纸巾擦擦嘴说，走吧。
芳菲嗯了一声。
出了门，芳菲又挽住了我的胳膊。
我说，你回家还是回学校？
芳菲说，不想回去。

时隔半年，我和芳菲终于又开房了。一进房间，芳菲就抱住了我，她脑袋紧贴着我的胸口，双臂也搂得很用力。我一面觉得她这半年十分想我，一面又不太自信。我左手放在芳菲的腰窝里，右手穿过她腋下，将房卡插在了卡槽里，走廊和卫生间的灯同时亮了，但房间里还是很昏暗，若要做爱的话，这光线倒是正合适。

我们在走廊的灯下抱了一会儿。见芳菲没有放开我挪步的意思，反而越抱越紧，我便将双手移到她双肩，一边轻轻推开她一边说，我去把暖气打开。

这时，我才发现芳菲在哭，我胸前的羽绒服已经被她的眼泪浸湿了一小片儿。芳菲还未完全松开的双臂又紧抱住了我。我的双手又回到她背后，双臂加了些力道。

我问芳菲，出什么事了？

芳菲只是抱着我哭，一句话也不说，她还时不时动动脑袋，在我衣服上抹抹眼泪。我站在走廊的灯光下，抱着芳菲，我没有想太多她为何而哭，也没有为她太过担心，反而触景生情地想起了明月。

芳菲在我怀里哭了一会儿，我又问她到底出什么事了，她紧抱着我的双臂这才松开了一点。我打开暖气，脱掉羽绒服，又将芳菲的羽绒服搭在椅子靠背上。这时，芳菲已经脱了鞋子坐在了被窝里。我坐在床沿儿，递给芳菲一张纸巾，她擤了擤鼻子，然后对我道出了原委。原来，是她那个学长男朋友把她的肚子搞大了，她想让我陪她去医院打掉。我一边心疼芳菲，一边又恨她当初离开自己。

我说，你怎么不让他陪你去？

芳菲说，他在北京实习，来不了。

我说，来不了也得来啊。

芳菲说，我联系不到他，他不回我信息，打电话也不接。

说到这儿,芳菲又哭了起来。她接着说,我一个人不敢去,又找不到别人,只好来找你了。

我实在不想陪着前女友去干这种替人背锅的事儿,但又架不住芳菲的眼泪,只好陪她走一趟。我不仅陪着她走了一趟,还搭进去五千块钱。

芳菲说,这个钱我以后会还给你的。

我说,以后再说吧。

从医院出来后,芳菲从宿舍搬了出来,在外边租了间房。我第一次提着鸡子和水果去看她时,她又抱着我哭了。我们坐在床沿抱了一会儿,芳菲的脑袋一点点从我的肩膀上挪开,然后吻了我。

那天以后,我每个周末都提点儿东西来看芳菲,没多久,她就又活蹦乱跳了。分别那天,芳菲又哭了,还说她当初后悔离开我,说她还爱我,问我能不能重新开始。我对芳菲虽说还有点儿感情,但她对我来说永远都是个死结,再也解不开了。

我狠了狠心说,有些事情,再也回不到原来的样子了。

芳菲将头埋在我的脖子里,大哭起来,哭累了,就睡着了。

又过了几天,芳菲将五千元钱转给了我。她打电话说,本来想再见一面的,但仔细想想,还是不见了。

我说,其实你不用急着还我的。

芳菲说，再有几天我就要去上海了。

我说，去干吗？

芳菲说，和同学一起在那里找了实习公司，大公司，待遇不错，表现好的话，或许可以留下来。

我说，嗯。

芳菲说，以后有男朋友了告诉你。

我说，好。

芳菲说，那你有女朋友了，也告诉我好吗？

我说，好。

芳菲说，谢谢你这段时间照顾我。

我说，嗯。

芳菲说，好啦，那再见咯，希望你过得好。

我说，你也是。

挂了电话，我鼻子一酸，伤心地落起泪来。

后来，我再也没有见过芳菲，只从既明口中听到过几句关于她的信息，从那些只言片语中，我不知道她过得怎么样。

17

芳菲走后，我的日子又一天天淡起来。我每日去书店工作、看书、看电影、看综艺、听音乐、写论文，到了晚上就和同学喝酒、聊理想和女人、去网吧玩游戏，日子又回到了以前的样子。只是我会时常想起明月，有时候一个人，想着想着还会鼻子一酸，落几滴眼泪。日子一天天过去，明月在我心里也一点一点往下沉，一直落到心底，扎了根，长出一朵花来。

天气渐渐转暖，春意盎然，但书店没有什么变化，依然冷清。美清也几乎不怎么来了，木心的读书会后，她只来过一次。

冷冷清清，对书店来说自然不是什么好事儿，毕竟每个月还有房租和水电费紧咬着。我是有点私心的，倒不是说不希望人们来光顾书店，而是很喜欢这种冷清的感觉。暖暖的灯光，舒缓的音乐，又能免于顾客打扰，做点儿自己喜欢的事儿，再好也不过了。只是这样一来，正则就有了压力，虽说几个老板也没有要求他一定要把书店经营得多么热火朝天，但一整天没有一个人，确实有点儿说不过去。他当然知道，不仅仅是因为天气冷、人们懒，主要还是根儿上的原因：现在的人普遍没有阅读习惯，阅读经典的人就更少了。要从根儿上解决这个问题，需要漫长的时间和社会的发展，他一个小书店的店长，也只是杯水车薪。道理都懂，但能干点儿啥还是要干点儿。所以，正则就想着能不能搞点儿什么活动。我就佩服他这一点。

那天下午，只有我和正则、小西在书店，小西在写日志。平时这是我的事儿，我每天发愁写什么，小西来了，也乐于此道，就赶紧推到她手里去了。我和正则坐着喝咖啡。

正则说，带大家去文学馆怎么样？

我知道正则也是个文学爱好者，平日里结交了不少文学圈的人，印象中听他提起过文学馆。说是经文学圈的朋友介绍，认识了文学馆的副馆长，之后又请他喝过几次酒，彼此还算对脾气，就交下了朋友。副馆长大正则五六岁，平时也写点儿散文随笔之类的。喝酒时，正则时常抢着结账，面儿上也尊称副馆长一声老师，副馆长对他还算有点儿交情，有好事了总叫上他。也是托了副馆长的福，他才得以认识了文学圈的几位前辈，还发表了几篇小文章。

我说，省文学馆？

正则点点头说，对。

我说，在哪儿？

正则说，在文苑路和理想街那里。

我说，收费吗？收费的话，估计大家热情不高。

正则说，不收费。

我说，不收费的话，估计问题不大。

正则说，那你问问大家的意见，看大家什么态度。

我说，没问题，那就暂定周六吧，时间应该足够了。

过了两天，我告诉正则说，大家的反响不错。反响不错是好事。正则马上给副馆长打了电话，说日子定在周六上午。挂了电话，正则说，没问题，馆长还说给安排一个讲解员。

到了周六，我起了个大早，虽说不是过分在意形象的人，但烧水、洗漱、洗头、吹头发、刮胡子，也收拾了大约半个小时。既明本来说好和我一起去的，但他头天晚上熬了夜，早上实在起不来，就临时变了卦。我只好拿了他的电动车钥匙，一个人去文学馆。

愿城交通本就不畅，且年年修路，老听见有人抱怨，可谓咬牙切齿，深恶痛绝。平日里，可能去的都是老地方，走的也是几条比较牢靠毫无变数的路，总觉得言过其实。如今落到自己头上，较近的那条大路在修高架桥，全封了，硬逼着我绕些冤枉路，这才觉得是件麻烦事。我在地图给出的线路上兜兜转转了半个多小时，总算是到了目的地。

我骑车缓缓穿过文学馆的侧门时，窗户里的老大爷很警觉,噌地一下就站了起来,隔着玻璃窗勾着脑袋直勾勾地盯着我。我先说要来参观文学馆,又报了副馆长的名字,老大爷这才稍稍放松。他让我拿出身份证,又做了登记,这才放我进去。停好了电动车,又往大门口走去。

远远地就瞧见侧门旁站着两个人说话,是两个女人。其中一个穿了浅粉色的风衣,披了一头咖啡色的及腰长发,是陶陶,木心读书会时见过她,临走时,她主动加了我微信。读书会后,她偶尔会发信息给我,让我给她推荐书,我便将既明推荐给我的那些好书告诉了她。走近了些,才看清陶陶的眉毛、眼睛、嘴唇是精心修饰过的,她形象本就好,这一来,五官就更显精致了。她正两只手揣在大衣兜里,在原地左右踱着脚步,浅粉色的手提包已经从她的胳膊肘滑了下来,正挂在她的大衣口袋上。另一个女人背对着我,戴了一顶酒红色的贝雷帽,身着卡其色的风衣,脚上是一双黑色的短靴。她左手插在大衣口袋里,右手下垂,提着蓝色布包。她双脚紧紧地并在一起,纹丝不动,像是从地里长出来的一样。我想,这便是站有站相了。虽说谈不上熟悉,但还是认出了蓝色布包和背影,正是美清。

隔着老远,陶陶就冲我笑着挥手。美清觉出了身后的异常,猛地一转身,见是我,也客气地笑了。

走近了些,我说,好久不见。

陶陶说,好久不见。

美清笑了笑,不说话。她退了两步,和陶陶并肩站着,依然是站有站相。

陶陶说，怎么就你自己，书店君和小西呢？

我说，小西在书店看门，书店君应该一会儿就到了。你们怎么来的？

陶陶说，坐公交车，挤死个人，真是没想到星期六人也这么多。

我说，愿城嘛，哪里有星期六，恨不得每天都是星期一。

美清笑了笑，不说话。

我说，你们一起来的？

陶陶看看美清说，算是吧。

我说，看来是有故事呀，讲讲。

陶陶说，等车的时候我就注意到美清了，总觉得眼熟，可一时又想不起来，不敢上前说话，生怕认错了人。我们肩并着肩站了一路，比现在的距离还要近，可谁也没理谁。下了车，又都在这儿傻站着，站了一会儿，心里有了底，上前一问，才知道她果然也是来参观文学馆的。

我笑说，原来是这样，怎么刚刚没有看到你们？

陶陶说，我们刚刚去吃饭了，就在那儿，他们家的胡辣汤真是不错，只是有点贵，现在真是什么都贵了，一碗胡辣汤竟也要八块钱。

我说，说明大家有钱了嘛。

美清笑了笑，不说话。

我说，美清呢？

美清说，我喝了豆浆，吃了个鸡蛋。

我说，不喜欢胡辣汤？

美清说，也不是不喜欢，只是清淡惯了，身体受不了油的辣的，胃难受，还要长痘痘。

我说，看来你是个自制力很强的人。

美清说，自制力倒谈不上，只是勉强忌口罢了。

我说，一个人能管得住自己的嘴，可是件很了不起的事情。

美清笑说，好吧，接受你的恭维了。

我说，不客气。

陶陶说，你们这对答如流的，这个时候，我是不是得去洗手间了？

我笑说，你也可以不去。

美清笑了笑，不说话。

陶陶说，我还是去吧，里面有吗？

我说，不太清楚，应该有，你问一下。

本来三个人一台戏，突然少了一个人，我和美清都有些茫然，但我想对她说点儿什么有趣的话。

过了几秒，我说，你在想什么？

美清说，你猜。

我说，我猜，你一定在想，这人是谁呀，怎么这么讨厌，难道看不出来我不想说话吗？

美清说，这可是你说的，我可没说。

我说，你是做什么工作的？

美清说，你猜。

我说，又让我猜？这我可猜不着，三百六十行呢，看你神秘莫测的，难道是间谍？

美清笑说，嗯嗯，你说得对。

我说，上次怎么走得那么急？

美清说，上次？

我说，木心读书会那次。

美清说，有吗？大概是赶公交车吧。

我说，那次本想和你多说些话，却被你逃掉了，这次可不会再放你跑了。

美清说，你想说什么？

我说，好多呢，比如你做什么工作的？家住哪里？喜欢什么颜色？什么口味？喜欢听什么音乐？看什么电影电视剧？再比如，有没有男朋友之类的……

美清说，你问题好多。

我说，是呀，我是想了解你嘛。

美清低了头沉默不语，她右手往耳朵后面捋了捋鬓角的头发，然而那一缕头发一直安分地待在耳朵后面，从未碍事，倒有点不善解人意了。她抬起头，见我望着她，客气地笑了笑，就微微一转头把目光移开了，然后痴痴地望着一处。我顺着她的目光望去，除了光秃秃的树、斑驳的墙、新修的马路、驰过的车辆、近处远处的楼房……还有我心里的一点儿得意。美清看不出这一点，正如我猜不到她心之所想。

18

我正和美清、陶陶聊天，突然听见两声鸣笛声，扭身一看，只见正则正坐在一辆橙色的两厢福特轿车里笑嘻嘻地看着我。副驾驶席上坐着徐凯风，是正则的朋友，国字脸，皮肤白皙，烫染了头发，戴着黑框眼镜。我和他虽无深交，但在书店有过几面之缘，也是能玩笑几句的。正则对我们挥了挥手，然后将车开到了门口。门卫大爷已经出了小屋，正则赔着笑说明了来意，还搬出了副馆长，大爷一边点着头让他登记了，一边有点儿不情愿地开了门。正则道了多声谢，大爷只摆了摆手，并没有理睬。可见，对他来说，"开门放行"是件大大的麻烦事。正则停好车，给讲解员打了电话，说他到了，只是人还没有来齐，要等一会儿。

大家商量好了似的，人一下子就多了起来，大学生和入了职的年轻人居多，还有妈妈带了上初中的儿子来长见识。眼看时间快到了，正则在一旁打了几个电话，便带大家进去了。讲解员姓张，名灵雨，已在展馆门口等候，正则赶忙上前客气地寒暄了几句,随后灵雨将我们一行人引进展厅,双手一拍,熟练地做了开场白,尽显一个职业讲解员的风范,又增添了些许气质。灵雨做完了开场白,从第一个三皇五帝时期的展厅开始,整个气氛便不同了,庄严了,肃穆了,让人不苟言笑了。一眼望去,是久无人迹的阴冷和迷宫般的展厅。墙壁上的橱窗里流着暖黄色的光,映着那些文人墨客和传世经典;脚下是米色的带有树纹的木地板,有些地方已经松动了,走在上面咯吱作响。一行人在灵雨的引领下走着看着,看着走着,不经意的一小步,便是十年百年千年。

我虽是这次参观活动的组织一方,但除了在队末断后,也无事可忙,一路上只是和美清扯闲篇,好在美清也是喜欢站在队末的人,说话时又都默契地和队伍拉开了距离、压低了嗓子,倒也没有过分打扰别人。陶陶很懂得成人之美,见我和美清聊得来,便有意疏远了我们。到了唐朝时,我和美清已经能开几句玩笑了。

灵雨讲解一不知名的诗人时,美清正在默读墙上的诗句,我凑在她耳边小声说,在这么个地方,只怕打个喷嚏,也是有平仄的。

美清笑了笑,不说话。

我说,你喜欢现代诗吗?

美清说,喜欢古诗词,现代诗还好,不讨厌吧。

我说,我对现代诗没什么感觉,看不出好赖,只觉得容易,特别是现在的人都不用笔了,用电脑,只要认识回车键,就能作诗。

美清笑说,你这话可别让诗人听到,要打架的。

我说,其实有些诗是能看出好的,比如《从前慢》,你锁了,人家就懂了。你一定印象深刻吧?

美清说,你看了?

我说,看了,上次你在读书会上推荐后,我当天就看了,因为你情有独钟嘛。

美清说,觉得如何?

我说,这我可不敢说,他是你情有独钟的人,我若说了不好的话,你要不高兴的。

美清说,我才没那么小气。

我说,我自然是觉得好。

美清说,为什么?

我说,因为写得确实好呀,题目好,意境也好,但这些都不是关键。

美清说,那关键是什么?

我说,关键是你呀!

美清说,这和我有什么关系?

我说,我是因为你才看的,你情有独钟的人,我自然也情有独钟,爱屋及乌嘛。

美清说,你是在向我表白吗?

我说,对呀,晚上有空吗,一起吃饭?

美清说,有空是有空,但你一约我就和你吃饭,是不是太无趣了些？

我说，那你想怎样？

美清说，容我想一想。

我说，对了，我还没你的手机号呢。

美清说，等一起吃饭的时候再告诉你。

唐朝是个重要阶段，我们又待了一会儿，听了几个故事，念了几首诗，这才往宋朝挪步。

灵雨在时间上拿捏得极好，看完最后一个展厅时，刚好差五分钟到十二点。她又是双手一拍，说了段极具人情味的结束语，大家报以热烈的掌声。出了展厅，一行人一边说话一边来到了大门口。正则跟灵雨道了谢，说中午一起吃饭。灵雨叫他别客气，又说还得回家照顾孩子。正则只好作罢，只说改天定要专门谢她。灵雨连说了几声好，便告辞了。大多数人和灵雨一样，出了大门便告辞了，最后只剩了我和正则、凯风、美清、陶陶和一对大学生情侣。正则慷慨解囊，请我们去路对面吃了烩面。

从烩面馆出来后，正则说，大家下午都有事没，没事的话，大家去书店坐坐？

众人纷纷表示同意。我们返回文学馆取车，到了停车场，才发现车上只能坐五个人，这样一来，就得有人坐我的电动车。

凯风说，你们坐车吧。

美清说，还是你们坐车吧，我有点晕车。

正则看着我似笑非笑，也不过分计较，只说，那好吧，一会儿书店见，你们注意安全。

我跨坐在电动车上和正则他们告辞，橙色的车身像洒落在地面上的一滴水，一阵春风吹来，水滴颤抖了一下，便缓缓流走了。

美清扶着我的肩膀，坐在了我身后说，走吧。

我说，你胃不舒服吗？

美清说，也不是，只是有晕车的习惯，说来也是奇怪，不晕公交车，不晕大巴，不晕火车，单单晕这小轿车。

我说，我比较晕大巴，特别是上午坐车的话，不敢吃早饭的。

美清说，你慢点儿！

我减了速，过了一会儿说，想好了吗？

美清说，什么？

我说，吃饭的事情呀。

美清说，急什么，想好了自然会告诉你。

我说，万一你忘了呢？

美清说，忘了就忘喽。

车子缓缓前行，一路上满是周末的热闹，约会的、购物的、聚餐的、带孩子玩耍的、出来透气的……比平日多了不少。路两边停满了私家车，有的被贴了罚单。电动车最多，也最没规矩，无头苍蝇似的四处乱窜；其次是私家车，总是见缝插针，令人讨厌。公交车体形庞大，一辆辆载满了人，澎湃着春天带来的生机和热情。

到了书店门前，我停好电动车，四下里看了看，却不见橙色的汽车。心想他们是不是堵在路上了？我推开坏掉的玻璃门，先将美清让进去，然后跟在她身后向二楼走去。正则他们已经到了，正坐在沙发上喝茶说话。我和美清走近了，正则看着我们意味深长地笑了笑。美清在陶陶旁边坐下了。

我说，你们到多久了？

正则说，十几分钟吧。

我说，怎么没看见你的车？

正则说，这边没车位了，停在西边路边了。

我说，还以为你们堵在路上了。

我和美清喝了几口茉莉花茶，十分清新。

我说，你们平时喜欢喝茶吗？

陶陶说，还好吧，平时喝咖啡多些。

美清说，绿茶红茶都还好，只是喝不惯普洱。你呢，喜欢喝茶还是咖啡？

我说，我喜欢喝可乐。

美清笑了笑，不说话，起身向书架走去，她一边上下打量一边挪步，在中国现当代文学的架子前停下了。她刚抽出一本书，只听正则说，看个电影吧？

我说，什么电影？

正则说，你们想看什么？

小西激动地说，看《消失的爱人》吧，我刚下载的，大卫·芬奇导演，我男神本·阿弗莱克主演，太帅了，五星推荐。

美清将书放回去说，我正打算看呢，还没来得及，听说是评价很好的电影。

正则说，行，那就看这个，把沙发挪一下吧。

我和凯风挪沙发，正则和小西去柜台取了电脑、音箱和投影仪来，小西又拉严了窗帘，一顿忙活，书店就变成了小影院。电影开始没多大会儿，大学生情侣便悄无声息地离开了。电影很好看，讲的是一对夫妻相爱相杀的故事。

电影结尾男女主人公有句对白，令人发指，男的说，我们互相折磨，互相控制，这样有什么意义呢？

女的回答，这就是婚姻。

出字幕时，小西拉开了窗帘，春日的光一下子将我们拽回了现实世界。我站起身，握着拳头伸了个懒腰，一扭身，瞧见美清正看过来，她的脸颊透着些红润。她微微一笑，然后拿起手边的杯子抿了口冷掉的茉莉花茶。

陶陶起身望了我一眼说，这电影可太吓人了。

正则说，看得我都不敢结婚了。

我开玩笑说，是啊，我本来就不信婚姻的，这下可更不敢结婚了。但爱情还是好的，爱情是做梦，婚姻却是过日子，日子总是不好过的。

美清说，梦也有好有坏吧？

我说，梦哪里有坏的，就算是惊出一身冷汗的噩梦，也总比现实好过千百倍。

美清笑笑说，那倒是，那你是赞同不结婚的了？

我说，赞同是赞同，可终究不是做梦，不给自己交代，也得给父母交代。所以，再不乐意，婚还是要结的，但一定不会找像女主角那样的聪明女人。

陶陶说，为什么，也怕像电影里那样被陷害？

我笑笑说，因为太聪明的女人，一向都不擅长过日子。

陶陶说，原来你喜欢笨女人。

我说，那倒也不是。男人嘛，谁不喜欢聪明女人，但大多只想和聪明女人谈恋爱，只想和笨女人结婚。

美清说，只怕是你一个人的想法吧，书店君呢？

正则笑了笑说，我这种单身惯了的人，哪里还顾得了聪明女人笨女人，没那么多讲究，来者不拒。

凯风话本就不多，又一直抱着手机忙自己的事情，却也不好冷落，面子上过不去，故时不时看着他们笑笑，这时突然站起身说，你们聊吧，我先回去了。

正则说，走这么早干吗？再坐会儿。

凯风说，一会儿还有事，你们聊，我先走了。

正则说，行，那改天再约。说着话，便将凯风送到了门口。

我和正则、小西、美清、陶陶，又坐着扯了会儿闲篇儿，美清和陶陶也起身告辞了。我本想再问问美清一起吃饭的事，但正则、小西、陶陶在一旁，实在有些难以开口，又想起美清说想好了自然会告诉我,便作罢了。美清和陶陶走后,小西去柜台写日志,我和正则又聊了几句人生理想,说到无奈处,正则话锋一转,斩断了话题,问我和美清是怎么回事。我浅浅一笑,只说没事,心里却思忖着,正则过得并不如外表那么自由快乐。

第二天,书店又是冷清的一天,下午时三三两两来了几个人,还没到饭点儿,就都走完了。本以为美清会来,可过了八点,还不见她人影儿,就知道她不会来了,心里不免有些失落。我想,兴许她昨天只是开玩笑,没有当真的。眼看到了打烊时间,我刚洗完下午积攒的几个杯子,正准备收拾东西提前几分钟下班,突然听见有人推门,回身一看,竟是美清,还是昨日的衣着。

我说,你怎么现在来了?马上就打烊了。

美清说,这不还没到时间嘛,你这是准备早退呀。

我说,你可别冤枉我,虽然我是这么想的,但还没做呢,法不诛心。

美清笑了笑,不说话。

我说,这个点儿了,您有何贵干?

美清说,我想好了。

我说,说来听听。

美清没说话,只低头从蓝色布包里拿出一个信封递给我。我正要拆开,只听美清说,回去再看吧。

我说,好,听你的。

美清说，那再见咯。

我说，这就走了，我送你回家吧？

美清说，下次见面再说吧。她已拉开了门，又回身对我微微一笑，便下楼去了。

19

　　美清说让我回去再看,我当然没有听她的话,她下了楼,我立刻就打开了信封:一张白色的A4纸,对折了两次。打开来看,白净的纸上,写了一串数字:7463 8223 4143 6343 4143 6221 8241 6282 4141 6251 8251 3251 2142 9182。数字下边署名qing。我看着这串数字,一头雾水,随即眼睛一亮,想到了数字对应手机九宫格和二十六个字母的方法。我打消了回去的念头,然后拿了纸笔,坐下来开始在手机和电脑上忙碌起来。用了近一个小时,除了生拉硬扯出几个没头绪的字,没得出一丁点儿有用的信息。我又盯着数字苦思冥想了一会儿,还是没一点儿头绪,一看时间,竟已十点一刻,便赶紧收拾东西,锁门下楼去了。脑子倒是没有停下来,一直围着这串数字转。细细想来,如美清这般美妙的人儿,若是被我随便一想,便找到了破解的办法,这谜题倒也没多大意思了。

　　到学校门口,已近十一点,明知这个点儿舍友们不是和女朋友在床上聊天，就是在"二楼"上网，但还是在微信群里发了信息。没人理我，只好给既明打电话，果不其然。

我说，你下来，咱去吃点儿东西。

既明说，这把还没玩儿完，你上来先。

我说，你退了，下来先。

既明说，好不容易赢一把，你上来先。

我还想跟他再扯几个回合，却听见听筒里传来了嘟嘟声。我上了"二楼"，在一排熟悉的面孔中找到了既明。我走过去时，既明抬头看了我一眼，就又专注于游戏了。至于别的舍友，压根儿就没发现我。

过了十几分钟，既明的这把游戏终于玩儿完了，他看着屏幕上亮眼的"胜利"二字，满意地伸了个懒腰，然后站起身说，整点儿不？

我说，你想整点儿？

既明说，整点儿呗。

我说，整点儿就整点儿。

我们下了楼，先去附近的"一品阁"（卖散酒的小店）打了半斤多高粱酒，然后又拐回来进了平时常去的烩面馆。虽说已过了十一点，但挨着学校的缘故，店里的人不算少，零零散散，竟占去了近一半的桌子。看样子，大多是我们学校的学生。我们一直往里走，先选定了一个比较安静的位置，将高粱酒放在桌子上，又回过头来点菜。既明去柜台点下酒菜，我到门口点烧烤。我要了十串羊肉、十串羊脆骨、两串鸡翅,又和老板磨了几句嘴皮,让他送两个烤饼,他虽不乐意,但还是笑着答应了。我进了店里,又去了趟洗手间,再回到座位时,既明已经坐下了,只见桌上又多了两个玻璃酒盅和三盘儿凉菜,一盘儿油炸花生米、一盘儿腐竹豆腐干、一盘儿卤牛肉。

既明见我来了,一边倒酒一边说,还有一份儿丸子砂锅。

我坐下,夹起一块牛肉填进嘴里,然后端起酒盅说,先走一个。

既明吃了两粒花生米,然后举起酒盅和我碰了一下,干了杯中酒。

我们干了两三盅,胡扯了几句,我还没来得及请教美清留给我的那串数字,既明却话锋一转,颇为神秘地说,最近发现了一件大事情,万万想不到的大事情。

我说,啥事情,还万万想不到。

既明说,你猜。

我说,猜你妹。

既明难得没回骂,只笑笑说,你觉得马拉这人怎么样?

见既明如此神秘,又有此一问,心中便暗自思忖起来。马拉和既明一样,也是我的大学同学、舍友、朋友。其实,刚进大学那会儿,我和马拉关系较好,平日里吃饭上课都在一起。后来,因帮着既明追一个和我要好的女同学,我们整日在一起胡吃海喝,聊人生理想和女人,就成了铁哥们儿。

但既明时常回家，也时常带着姑娘到处跑，故在学校时，我和马拉在一起的时间更多些。到了寒暑假，也是和马拉一起租房子。马拉不爱说话，性格有点儿孤僻，但骨子里很激进。刚和他认识时，他还有点儿愤青，常跟我说这社会的不公。那时，我心里也多多少少有点儿理想主义，凡事都追求个公平，觉得他是个有自己想法的人。到了大四，学校进入散养状态，他就很少来学校了。我们每次喝酒，他再说起世间种种，却多出几分抱怨的意味。我说他对生活太悲观，他说我太单纯。他现在是个大忙人，自大三暑假开始，他就一门心思想做点儿什么事情，就算我放了他鸽子，他也只说了句"回头再说吧"。

我随口说，挺好的啊。

既明说，那你觉得咱们辅导员怎么样？

我的脑子里又开始浮现出辅导员的形象。辅导员姓韩，名如雪，二十七八岁，长相虽不算出众，但身材好，皮肤也白皙，倒是有让人亲近的魅力，平日里对同学们也较为宽松，故在同学中深受好评。

我说，也挺好的啊。不过，这和马拉有什么关系？

既明说，这大事情，就出在此二人身上啊。

见既明话中笑中意味深长，我也嚼出些味道来。我说，他们能有什么大事？

既明往前探了探身子说，昨天，我在柠檬情侣酒店看见他们了。

我迅速在脑海中勾勒了一幅马拉和辅导员秘密进入酒店的画面，着实觉得违和感满满。我说，不可能，一定是你看错了。

既明说，骗你干吗，我瞧得真真儿的。

我说，就算是真的，也说明不了什么吧，也许是有别的什么事儿呢。

既明说，当时我也是这么想的呀，毕竟那人是马拉和辅导员，于是我就悄悄跟了上去，真的没让我失望呀，果然是开了一间房，还是有心形水床和大浴缸的情侣主题房间。你说，俩人去这种地方，除了干那事，还能干啥事？

我说，也许就是进去聊聊天，说说学业一类的事儿。

既明说，说得对，当时我也给了自己一线希望，毕竟没有见到实打实的证据，说不定真是咱小人之心了。于是，我就在隔壁也开了一间房，你也知道那酒店隔音不怎么样，你猜怎么着？

我说，怎么着了？

既明说，真没想到平日里说话文文静静的一个女子，在床上竟能叫出那样具有穿透力的声音，美妙，动听，摄人心魄。

我脑子里又开始勾勒起马拉和辅导员在酒店房间干那事的画面，愈发觉得不可思议。我说，你说的是马拉吗，怎么听着像你干的事儿啊？

既明说，说的是呀，平日里那样一个老实巴交的孩子，没承想也这样风流,真是应了那句人不可貌相的老话儿。

我说,马拉有女朋友啊,而且是肤白貌美年龄小,胸大无脑傻白甜,又何至于再找个大龄已婚女呢,还是个生过孩子的?

既明说,这你就不懂了,男人嘛,哎,怎么说呢,等你长大就明白了。

我鄙视地白了既明一眼,猛地转过神儿来。我说,不对呀!

既明说,哪里不对?

我说,你去酒店干吗,还是情侣酒店?从实招来。

既明笑笑说,我就是路过,路过。

我说,你当我三岁小孩儿啊。

既明说,四岁,四岁。

我说,哎,不知是谁家的闺女这般可怜,又被你糟蹋了。

既明鄙夷地说,思想腐朽。

我说,我突然也想到一句老话儿。

既明说,什么老话儿?

我说,好白菜都让猪拱了。

既明说,滚。

我和既明继续在马拉和辅导员身上费口舌,终于将此二人的事儿聊彻底了,不想聊了。眼见半斤多酒已下去大半,我便将信封拿出来递给了既明。

既明说，这是什么？

我说，你看看先。

既明打开信封，拿出信看了看说，什么意思？

我说，我知道就不问你了。

既明说，哪儿来的？

我说，一个姑娘给的。

既明说，到底什么情况？

我说，说来话长。

既明说，长话短说。

于是，我将美清的事详略得当地讲了一遍。讲完了，本以为既明会问些美清的事儿，没料到他却说，陶陶好看吗？

我知道既明前几日刚和女朋友分手，正搜索新目标，我若不回他，他定会没完没了，便无奈地说，还行吧，挺好看的。

既明说，多高？

我说，一米六五左右吧。

既明说，多重？

我说，这我怎么知道。

既明说，你就说身材如何？

我说，和小乔差不多吧。

既明略显兴奋地说，有男朋友吗？

我说，不知道。

既明还想说点儿什么，被我拦住了。既明笑笑，这才看了看信说，我怎么就遇不到这么妙的姑娘呢。

我说，你帮我看看，能不能解出来？

既明又看看信，若有所思地说，嗯……这才叫好白菜都让猪拱了。

我一把抢过信说，别整那没用的，行不行啊你？

既明又将信拿过去，又是一副若有所思的样子。

我说，我试过将这些数字对应手机上的九宫格键盘和二十六个字母，然而并没有什么用。

既明说，这样妙的女子，怎么会出这样低级的谜题，那样的话，傻子也解得出来。

我说，那倒是。

既明说，没别的了，就只这串数字？

我点点说，对，后面还有署名。

既明说，谈个恋爱还弄得这么神秘，她不会真的是间谍吧？

我说，有可能。

既明将信装进自己口袋里，信誓旦旦地说，我还就不信了，连这么一小串数字都解决不了，给我一晚上时间，解不出来我就……

我说，就怎样？

既明说，解不出来，我就再想别的办法。

我白了既明一眼，没说话。

既明端起酒盅说，来来来，先喝酒，先喝酒。

我也端起酒盅，和既明碰了一下，然后将酒全倒进了嘴里。

既明突然暧昧一笑说，咱班那谁不是对你有意思，你可以一边解谜一边先谈着，说句不好听的，解得出来解不出来还两说呢，别浪费了大好时光呀。

我说，你以为都跟你似的。

既明说，我怎么了，有什么不好的吗？

我说，倒也没什么不好，就是有一点。

既明说，哪一点？

我说，不要脸。

三两酒下肚，已有些微醺，回到宿舍时，别的同学也都从"二楼"回来了。虽说早已过了十二点，但没一个人睡，吃泡面、打电话、看小说、看电影、玩游戏，人人都有自己的事儿做。我简单洗漱后，一头倒在了自己床上，我一边想美清和她留给我的那串数字，一边听着宿舍里的种种声音，不知不觉便睡着了。不知过了多久，突然感到一只手钳住了我的胳膊，将我从睡梦中摇醒。

20

宿舍里十分安静，灯也已经灭了，凭这一点，可以断定时间已是凌晨两点以后。我睁开一双睡眼，瞧见黑暗中一张模糊的脸，是既明。

被人搅了睡眠，心里多少有些怨气，我说，你干吗呢？

既明说，我知道怎么办了。

我才意识到既明说的是美清的数字谜题。我精神微微一振，振去了一点睡意。我说，你解出来了？

既明说，没有。

我瞬间泄了气，心里的怨气倒是愈发强烈。我坐起来，脑袋一歪，直勾勾地盯着既明，等他给我一个满意的答复。

既明说，我们可以换个思路，不一定非要解出来。

我说，什么意思？

既明说，数学这东西，我深有体会，你要是知道方法，举一反三，什么题都难不倒你，若是不知方法，再简单的题也只能干着急。现在咱们就属于第二种情况，与其干着急，不如行动起来,正所谓脑动不如行动呀。

我不耐烦地说,说重点。

既明说,咱们直接去找她不就完了。

我说,废话,我要是知道她在哪儿,还用你说。

既明说,你不知道,我也不知道,但有人知道啊。

我说,谁?

既明说,陶陶。

我眼睛一亮,一时想起昨日的那些人里,就数陶陶和美清关系最好,说不准她们还真了解了底细,成了朋友,最坏也是留了联系方式的。总算从既明嘴里说出点儿像样的话来,被人搅醒的烦躁心情瞬间好了许多。

我说,还真是有可能呢,我明天问她一下。

第二天上午,既明陪我一起去书店。本以为他晚上睡得晚,早上起不来,不承想,他对此事竟比我还要上心,我还在床上挣扎着要不要起来时,他已经洗漱完毕,在整理自己的发型了。

到了书店,我将鸡蛋饼和豆浆放在一边,先给陶陶打电话。我本想给她发微信的,但我和她算不上熟,怕她不回或是晚回信息,便作罢了。我先是客气了两句,问她忙不忙,有没有吃早饭。她倒是活泼,说再忙也不如我的电话要紧,还说年轻人谁吃早饭,吃早饭的人都老了。之后,我便直切正题,问她有没有美清的微信或是电话。这时,既明对我张了张嘴,没有发声,看口型是"开免提"。虽然不乐意,但我还是照做了，既明的脑子转得总是比我快。

陶陶笑说，要人家微信干吗，是不是看上人家了？

我矢口否认，只是工作需要。

陶陶说，好吧，不过要让你失望了，我没有她的微信，也没有留电话。

我说，还以为你会有她的联系方式呢。

陶陶说，你都没有，我怎么会有。

既明又开始给我对口型说，问问她那天在哪儿坐的车。

我说，看你们那天关系很好的样子，又一起坐车，所以就问问你。

陶陶说，那只是凑巧。

我说，平日里很忙吗，怎么也不见你来书店看书？

陶陶说，倒也不是特别忙，我一穷学生能有什么好忙的，只是学校离书店实在太远了些，坐公交车要一个多小时，出门前又得洗脸、洗头、吹头发、化妆、搭配衣服，想一想就懒得动了。

我说，你是哪个学校的？

陶陶说，愿城艺术学院，在正阳大道丹尼斯那边。

我说，确实有点儿远，难怪只见你参加书店的活动，平日里却不来看书。

陶陶说，对呀，之前参加书店的活动，已经是下了很大决心了。

我说，上次你和美清一起坐车，她也是你们学校的吗？

陶陶说，不是，上次好像听她说已经在工作了，具体做什么倒也没细问，你不会真的喜欢上人家了吧？

我说，当然不是，都说了是工作需要了。

陶陶说，还不承认，那天在文学馆我就看出端倪了。

我笑了笑，话锋一转说，最近有空吗，没事了来书店坐坐，我代表书店请你喝茉莉花茶。

陶陶说，好呀，你没事了也可以到我们学校来找我玩，我请你去我们学校餐厅吃饭。

我说，我饭量可大了，小心把你吃穷了。

陶陶说，不怕不怕，我们学校的白米饭不要钱。

打电话前，对陶陶抱了不小的希望，却落得这样一个结局，心中不免有些失望。我将手机搁在一边，对既明皱了皱眉，电话白打了。

既明说，怎么会白打，里面有重要信息呢。

我拿起豆浆喝了一小口，有点烫，又放下说，什么信息？

既明说，看来咱们得去艺术学院走一趟了。

我说，去干吗？

既明说，找你的美清同学呀，顺便去尝尝艺术学院的白米饭。

我说，刚刚你没听人家说吗，人家已经参加工作了，不在学校。

既明说，那可不一定，说不定是在学校工作呢。她在那儿坐车,咱们就在附近找,第一个要去的地方就是艺术学院。

我说,你就凭人家在那儿坐过一次公交车,就去找人家呀,这不是大海捞针吗?

既明说,对,你相信缘分吗?说不定大海里的针就被你捞到了。我有预感,你的美清同学就在艺术学院的门口等你呢。

我说,我还不了解你,你不就是想去勾引陶陶?

既明说,你看你用的词儿,我这叫勾引吗,这叫邂逅。

我鄙视既明一眼,不说话,自顾自吃鸡蛋饼喝豆浆。

既明说,咱们就去学校门口转一圈,美清不在,咱们马上回来。

我说,不去,还得看店。

既明说,你给小西打电话,让她帮你看一会儿。

我说,不去。

既明说,难道你要这样浪费掉这次和你的美清同学相见的机会吗?

我只顾吃喝,完全无视既明的话。

既明说,我越想越觉得你的美清同学就在那儿等你,愿城地邪,你今天要是不去肯定会后悔的。

我将装鸡蛋饼的纸袋子和豆浆杯子扔进垃圾桶,站起身说,我去了才后悔呢。我抱起一摞昨日归还的书,出了柜台。

既明说,你这人真不解风情,一点儿也不浪漫,你真以为你的美清同学在乎你是不是解得出来这串数字啊?她若喜欢你,你要真解不出来,她还能一辈子不见你?别傻了,她在乎的是你为了见到她做了什么。你倒好,除了空想,啥也不干,我看你以后见了你的美清同学怎么交代。

我装作没听见既明的话,只在书架前整理书籍,心里却细细思索起来,越想越觉得既明的话有几分道理。他日,真的见了美清,若说起我为她胡乱跑一通,她定会笑我傻,但也会开心感动吧。为了喜欢的人,不就是得做些傻事吗?不禁又想起明月,若是将美清换做明月,我听了既明的话,会不会也这般理性?还是明知既明的阴谋,也会抱着万分之一的希望,不假思索地陪着他去干傻事?

收拾完书,我一边想一边回到柜台坐下。既明已经闭嘴了,见我过来,只若无其事地看了我一眼,就又玩起了手机。以我对既明的了解,他才不是轻易善罢甘休之人,隐约觉出他若无其事的表情里有些异样,却也不知他葫芦里卖的什么药。这时,手机振了一下,手机屏亮,是陶陶。既明的脑袋也凑了过来。

陶陶说,你们几点过来?

我一头雾水,看了一眼既明,突然有点儿明白了他刚刚若无其事的表情里的那一点异样,赶紧打开手机来看,果然是既明捣的鬼,他借我之名向陶陶发了微信。

既明说,我中午去你们学校吃白米饭可好?

陶陶说，好呀好呀，放心吧，不会只让你吃白米饭的。

既明说，我能不能带个朋友一起？

陶陶说，帅吗？帅了可以，不帅就算了。接着又发了个奸笑的表情。

既明说，帅，特别帅，而且还是单身。

陶陶说，开玩笑呢，当然可以了，我和闺密本来说好一起吃午饭的，见你要来，正想着怎么跟她解释，你带一个朋友来，我正好也叫上她。

既明发了个 OK 的表情过去，又说，那中午见咯。

看着一旁阴谋得逞、一脸淫笑的既明，深知生米已成熟饭，我又不能打他一顿，便说，你怎么这么无耻啊，也不先去趟厕所，就敢说自己特别帅。

既明笑笑说，赶紧回人家信息，咱们几点过去？

我说，你怎么知道我手机密码？

既明耸耸肩说，我就随便试了试，谁知道就解锁了，可能这就是别人说的狗屎运。

我鄙视他一眼，没说话，然后赶紧修改了手机密码。后来，我才发现，原来既明一直都不知道我的手机密码，而是很久以前将指纹录入了我的手机，所以，任我再怎么修改密码，也是防不住他的。这家伙真够阴险的。

我给陶陶回信息说，十二点左右吧，到了给你打电话。

陶陶说，好，等你们哟。紧跟着是一个捂着嘴笑的表情。

既明将凑过来的脑袋收回去,笑出一些意味说,这小姑娘是不是对你有意思呀?

我说,对,所以你就不要白费功夫了。

既明像是对我说,又像是自言自语说,也不知道她闺密长什么样?

我没工夫和既明闲扯,赶紧给西西打了电话,请她帮我看店。也是巧了,西西正打算下午来书店坐坐,她见我态度诚恳,又许了一顿海底捞,便装作勉为其难地答应,并立即动身到书店来了。

21

不用过多交代，就可以将书店的一应事务放心地交与西西。我和既明坐公交车去艺术学院，果真如陶陶所言，公交车走走停停，一个多小时才到目的地。我提前两站给陶陶发了微信，下了车，走到学校门口，一眼就瞧见了陶陶，她还穿着前日的那件浅粉色风衣，站在人堆儿里，甚是醒目。虽然明知道既明说的美清在这里等我是鬼话，但还是抱着一粒灰尘那般小的希望四下里看了看。美清当然不会在这里等我，不禁摇头浅笑，内心自嘲一番。隔着老远，我就冲陶陶挥手。她瞧见我们，瞬间满面春风，一边笑一边朝我们走来，到了跟前儿，脸上已开出了一朵花。

陶陶说，还挺快的呀你们。

我说，快什么快，走了一个多小时呢。

陶陶说，有吗？我只是洗了个头而已。

我说，你洗头了？

陶陶说，对呀。

我说，那可真是受宠若惊，这洗头的交情，真是没的说。

陶陶说，那是当然，很多时候朋友叫我出去玩，就因为懒得洗头才不去了。

我说，那是交情没到。

陶陶看看既明说，这就是你带的单身帅哥吧，果然挺帅的，看着文质彬彬的。

我说，你可不要被他的外表所迷惑了，他的内心那可是……

陶陶说，可是什么？

我叹一口气说，那可是一言难尽啊。

陶陶笑笑说，原来如此，明白，明白。

既明说，你别听他瞎说，我的内心和外表一样，也是文质彬彬的。

我呸一声说，无耻。

我们一边闲扯一边进了校园。我和陶陶并肩前行，既明跟在后面，眼睛四处乱瞟，落在漂亮女同学身上，就长在上面，拔不出来了。

陶陶说，果然是一言难尽啊。

既明说，爱美之心，人皆有之，难道你看到帅哥不会多看几眼啊？

陶陶说，我又没说你什么，解释这么多干吗。

既明说，心虚呗。

陶陶说，你倒是不谦虚。怎么，有没有看上哪个女同学？我去帮你要微信。

既明说，我看了好几圈了，没有见着一个比你漂亮的。

陶陶说，算你有眼光。

既明说，当然，我眼光一向很好，只是交友不慎。

我笑一笑，不说话。

眼看到了餐厅门口，陶陶笑笑说，你们喜欢吃米，还是喜欢吃面？

我说，你平时喜欢吃什么？

既明说，我都可以，只是千万别让我这天秤座的人选。

陶陶笑说，理解，理解，我们学校的铁板牛排饭不错，你们要是不介意排队的话，倒是值得尝一尝。

我说，听着就很好吃的样子。

既明挑挑眉毛，表示随我们的意。

我说，你不是还有个同学要来？

陶陶说，她刚给我发过信息，应该马上就到了。

陶陶看看既明，笑一笑，又说，一会儿你就能见到一个比我漂亮的了。

既明说，以我这一路走来的经验看，可能性不大，那得多漂亮，才能比你漂亮啊。

陶陶哈哈大笑说，小伙子真会说话，有前途。

进了餐厅，乌泱乌泱的全是人，每个窗口前都排了长长的队，也没有空余的位置可坐。陶陶直接带我们上了二楼。

从装潢上看，二楼比一楼更精致些，自然价格也贵些。空位置倒是有，但都被三三两两的人给隔开了，容不下四个人坐。

陶陶见身旁一桌的三个女生马上吃完了，便说，你们在这儿等着占位置，我先去排队。说着便转身走了。

我对既明说，我去看看。然后跟上了陶陶。

陶陶说，你怎么也来了？

我说，占位这种事情，一个人就够了。

陶陶说，今天是什么风把你吹过来的？

我心里暗骂既明，只笑笑说，有免费的午餐，当然要来了。

陶陶说，不用上班吗？

我说，今天书店有人值班，我也是难得轻闲。

陶陶说，平日不见你联系我，一打电话竟是为了别人的事情，还是问另一个女孩子的联系方式，真是白高兴一场。

我笑笑，不说话，扭头往既明的方向看去，只见他站在原地，也正往这边瞧着。确切地说，他正在看陶陶。陶陶也顺着我的目光望去，正遇上既明的目光。既明随即露出了他以往遇见漂亮女孩子时的微笑，我知道，他是对陶陶起了歹心。陶陶礼貌性地甜甜一笑，又向既明挥了挥她的小手，十分可爱。

窗口前虽然排了长长的队，但四个师傅一起忙活，效率还是很高的，不到一刻钟，便轮到了我们。

陶陶一边拿出餐卡一边说，四份牛排饭。

我早已备好手机，打开微信扫码，陶陶一张口，我就直接扫了窗口前挂的二维码，结了账，又拿着手机让窗口专门负责收钱的阿姨看了看。

陶陶说，说好了我请客的。

我笑笑说，我一大老爷们儿，还真让你一穷学生请客呀。

陶陶说，性别歧视，再说了，就跟你不是穷学生似的。

我说，绝没有，绝没有。虽然我也穷，但好歹是有工作的人。

陶陶说，那我请你们喝饮料。说着便刷卡买了四杯酸梅汤。

牛排饭很快做好了，我先将装着酸梅汤的袋子钩在小指和无名指上，然后和陶陶一人端着一个托盘，一边喊着"借过，借过"，一边小心向既明走去。既明见我们过来，赶紧起身接过了陶陶手中的托盘。

既明说，辛苦，辛苦，多谢陶陶同学的牛排饭，这是我吃过最好吃的牛排饭。

我说，虚伪。

陶陶笑笑说，你用不着谢我，你该谢谢你的好友才对，是他请咱们。

既明说，那就不必了，跟他没什么好客气的。

我说，酸梅汤是陶陶买的。

既明拿起一杯酸梅汤和一根吸管说，那谢谢陶陶同学的酸梅汤。

陶陶笑一笑说，不客气。

这时，陶陶身边突然出现一个女孩儿，只见女孩儿素颜，皮肤却十分好，她面带微笑，脸颊上又透着浅浅的红晕，真如桃花一般。女孩儿五官也精致，尤其是那双大眼睛，像是古典画中的女子。女孩儿的头发乌黑，扎着一条马尾辫，配一身绿色的耐克运动服，一眼望去，甚是青春靓丽。

女孩儿在陶陶旁边、既明对面的空位上坐下，拿了一杯酸梅汤，插进吸管猛喝了小半杯，然后说，我一路小跑过来的，累死我了。

陶陶说，你来得可真是时候，饭刚端过来，你就来了。

女孩儿笑笑说，那是当然，我算准了时间来的。

陶陶说，你怎么这么磨蹭啊？

女孩儿说，没热水了，我重新去打了热水。

陶陶玩笑说，我还以为你听我说了要见帅哥，在宿舍打扮自己呢。

女孩说，打扮什么呀，头都没洗，妆也没化，跟裸奔差不多了。

陶陶笑笑说，不洗头不化妆也好看。

我跟没事儿人似的，一边吃牛排饭一边看陶陶和女孩儿说话，时不时地跟陶陶和女孩儿递个眼神，礼貌地笑一笑。

旁边的既明却不同了,他从盯着陶陶变成了盯着女孩儿,表情也较之前严肃了一点,他看着女孩儿,目不转睛。女孩儿和陶陶说话时,也和既明对过几次眼神,每次都不着痕迹地躲开了。

陶陶放下勺子说,我给你们介绍一下,这是睡在我上铺的闺密,白露,漂亮吧。

白露笑笑,不说话。

陶陶说,这是青云,在"书是生活"工作。

我笑笑说,你好。

白露说,你好。

陶陶说,这是既明,是作家。

若是往常,被人称为作家,既明定是要反击的,但这次,却没理会,他像是没听见陶陶的话,只笑笑说,好久不见。

白露说,好久不见。

22

陶陶见既明、白露竟然认识，身体一下直了起来，双手夸张地捂着嘴，她看看白露又看看既明说，你们认识啊？

白露说，以前见过一次。

既明说，很久以前的事了。

我脸上平静，内心却同陶陶一般，惊叹于这样的巧遇。从既明的表情、反应来看，他与这位白露定是有些前尘往事的。自白露出现后，既明的眼神开始温柔，人也变得冷静、沉得住气了，以我对他的了解，若是他和白露只是单纯的一面之缘，他定会像饿狼遇见小羊似的，早就垂涎三尺了。我快速地回想既明跟我讲过的种种情史，却未找到一个名叫白露的人。看来晚上回去又得打上半斤酒彻夜长谈了。

四个人一边吃饭一边闲聊，陶陶问既明和白露是怎么认识的。二人十分默契，都只一句话带过，说是一次偶然的机会，偶然遇到，然后就认识了。时间、地点、事件，全然没有，明显是敷衍我和陶陶。既明和白露越是这样，陶陶就越感兴趣，但她和我尚不算熟识，和既明又是初次见面，实在是不便多问，便把话题岔开了，想来也是和我一样的打算，把希望放在了晚上的彻夜长谈上。

从餐厅出来，时间有些尴尬，若是回去，略显仓促，既明也不会答应，若是另做其他安排，陶陶和白露下午还要上课，只好无目的地沿着学校的小路散步。可能是都觉得既明和白露之间有些超友谊的情分，我和陶陶识趣儿地和他们保持了十米开外的距离，自顾自地在前面走着聊天。我们时不时地回头看看他们，只见二人并肩而行，相谈甚欢，两条胳膊也是有意无意地碰上一碰。

陶陶说，这二人铁定有事儿。

我点点头说，深以为然。

沉默了几步，陶陶说，我发现这次见你和之前两次见你感觉不一样了。

我说，哪里不一样？

陶陶想了想说，可能是身份的缘故，之前你是书店的工作人员，和你说话时，总是不自觉地把自己当成书店的顾客。这次就不同，这次感觉更像朋友。

我笑笑说，那是好了，还是坏了？

陶陶说，自然是好了。

我说，那就好。

边聊边走，可能我和陶陶的潜意识里都想着时间问题，不知不觉竟到了学校门口。驻足拿出手机，看一看时间，果然是该告辞的时候了。这时,四个人才重新走到一起,我和陶陶看看既明和白露,他二人也看看我们,不多说,只浅浅笑一笑,真是意味深长。

陶陶问我,你最近忙不忙?

我说,忙倒是不很忙,只是绑着人动弹不了,像坐办公室,好在可以做自己喜欢的事情。

陶陶说,没有休息日吗,或是能不能请假?

我说,每周倒是可以休息一天,怎么了?

陶陶说,那就好,现在天气这样好,改日咱们一起出去玩儿如何?

我说,玩儿?去哪里玩儿?

既明说,去哪里不重要,重要的是和谁去。

陶陶笑一笑说,倒也不必太远,就在城市周边,找个风景好的地方就行,这个可以再商量。

既明说,到时候我来开车。

陶陶说,有车的话,时间上就从容很多了,不用起早,也不用赶着回来,还能多准备些东西。

白露说,咱们可以自助烧烤,可以放风筝,还可以玩游戏。

我说,看大家热情这么高,那我就听组织安排了。

陶陶说,我回头建个微信群,把你们拉进来,具体事宜,咱们群里商量。

我和既明点头说好,之后便告辞了。

出了校门，我还未开口问既明白露的事，他却先开口了。既明说，这姑娘对你有意思。

我先是一愣，随即明白了他说的是陶陶，有点儿不明所以。算上这次，我和陶陶也只见过三次面，每次都只是随便聊几句，全是些不疼不痒的话，生活里也毫无瓜葛，实在看不出任何"有意思"的迹象。

我说，何出此言？

既明说，她都约你玩儿了，再明白不过了。

我说，人家是说咱们一起去玩儿，又不是单约我自己。

既明说，对呀，这就是这姑娘的高明之处了。

我说，你想多了。

既明说，那咱们骑驴看唱本儿，走着瞧。

我说，这个白小姐到底是怎么回事？

这时，公交车来了，既明加快脚步说，不是说过了吗，就是偶然的机会，偶然遇见，就认识了。说完，便一溜小跑，奔向了公交车。

既明就是这样，很少跟我直接讲他的故事，总喜欢让我从他的小说里寻找线索，但这次连小说也没有。或许我早已经读过了，只是没发现而已。

上了车，既明一路抱着手机发信息，想来是和白露勾搭上了。果不其然，第二天一早，我正准备去书店，刚出了宿舍楼，就看到了松树下的白露，她站在既明身边，挽着他的胳膊，脸上洋溢着甜蜜的笑容。既明的脸上也洋溢着甜蜜的笑容，可能是我太了解他了，总觉得那笑容里带着些许淫荡。我一面觉得这家伙是无耻禽兽，一面又觉得他对女人是真有办法。

吃过午饭，正则冲了咖啡。我有些困，也来了一杯。我俩一边喝咖啡一边闲聊，这时，既明打来了电话。

既明说，你的谜题解出来了。

我说，啥？

既明说，锦瑟国际广场"无酒国"，也是一家书店，我一会儿把地址发给你，你的美清同学应该就在那里。

我说，你是怎么解出来的？

既明说，不是我解出来的，是白露。

我说，替我谢谢她。

挂了电话，当即跟正则请了假，打车向"无酒国"奔去。

那天晚上回到宿舍，听了既明讲解，才得知白露解开谜题的办法。原来美清的那串数字除了对应手机九宫格的键盘，还有一种置换加密法，而解开这置换加密法的钥匙，正是那个署名：qing。

那串数字中的74，代表九宫格中7的第4个字母，即s。63则为o。故由数字可得：soucgioiginaugnuggnjujejahwu，28个字母。

按照二十六个字母的排序先后，qing的排序为4231。

将由数字得来的28个字母，按1234的顺序列于4231之下，每列正好7个，如下：

4	2	3	1
j	i	n	s
e	g	u	o
j	i	g	u
a	n	g	c
h	a	n	g
w	u	j	i
u	g	u	o

再将字母正常排序，可得：jinseguojiguangchangwujiuguo，即锦瑟国际广场无酒国。

我问既明，白露是如何知道这个解谜方法的？

既明摊摊手说，那谁知道。

我笑笑，不说话。

既明说，你发现了没，你遇见美清，又遇见陶陶。因为我的缘故；你去找了陶陶，我因此重逢白露，而白露正好又能解出美清给你的谜题；就好像一个人的存在，就是为了成全另一个人似的，真奇妙。

23

一下出租车，就望见了锦瑟国际广场，最触目的便是商场的巨型招牌，底色是大片的红，做了镂空设计，伫立在各种广告牌之间，甚是扎眼，颇有些鹤立鸡群的意思。到了商场门口，招牌猛地一下高了起来，要尽力扬着脖子才能瞧仔细，全没了远望时的触目惊心，这使我想起了灯下黑。门口两边的商铺是一家肯德基和一家时尚烤肉店，虽已过了用饭时间，却还是热闹非凡。肯德基旁边有家十几平方米的花店，名叫"时间"，真是命中注定似的。我进花店买了一束红玫瑰。

进了商场，有两家化妆品柜台，柜台前坐着年轻女孩子，微闭着眼，任由人在自己脸上搞"装修"。又路过一家剃须刀柜台、军刀柜台、手表柜台，这才来到了电动扶梯口。"无酒国"书店在三楼，一路上尽是餐饮店和服装店，琳琅满目的。商场里挤满了人，我的步伐比身边的任何一个人都要快，但欲速则不达，慌乱中，好几次撞到了别人的胳膊，只能连连道歉，到头来，也没能节省下多少时间。

到了书店门口，发现略显冷清，通过一条长长的绿色走廊，进了书店的门，一下豁然开朗了。这是间极大的书店，是"书是生活"的几倍大，不单单是地方大，书架也多，门类划分也更细。书店的装修也精致，长廊、假山、流水、微型水车、花草、锦鲤……应有尽有，仿佛是书店开在了园林里。

工作日的缘故，书店的人并不多，大多数的位置都空闲着。因为手里拿着玫瑰花，引来了几个身边人侧目，拿着花的左手便垂下了许多。

我驻足环视四周，很轻易地找见了美清。和那日的着装不同，她穿了红色的格子衬衣和蓝色的牛仔裤，还系了咖啡色的围裙，那日的酒红色贝雷帽也换成了咖啡色的护士帽。

美清是这家书店的员工。

想来是冥冥之中的一股力量，美清似乎感觉到了有人在看她，便回身向我看来。四目相望，美清只甜甜一笑，将整理书籍时垂到脸上的头发捋到耳朵后面。她脸上的笑容一如既往，活泼中透着内敛，气质非凡，使人想起太阳花和"腹有诗书气自华"一类的话。

我和美清只两天未见，却如同隔了两个世纪。我带着美好爱情故事里男女主角久别重逢的心情，缓步走过去，又将玫瑰花拿到胸前说，送给你。

美清说，谢谢。

我说，看来咱们是同行。

美清笑笑说，同行是冤家。

我说，老板们才是冤家，咱们不是老板，咱们算是志同道合。

美清点点头说，有道理。

我笑笑，不说话。

美清说，你先找个地方坐，我手头还有些事情要做。

我说，你先忙，我今天有的是时间。

美清笑一笑说，好。

美清先去柜台将玫瑰花拆开插进了玻璃瓶里，她的同事帮了忙，还意味深长地微笑着朝我这边瞧了瞧。我扬了扬嘴角，算是跟她打了招呼。

其实无心看书，但又不想干坐着，便起身来到了身边的书架。因心里一直想着美清，还没走几步便没了耐心，又觉得还不如无聊干坐着，便又回到了座位上。

将玫瑰花安置妥当，美清又抱着书来来回回地跑了几趟，最后进了一间挂有"办公室"牌子的房间。她再次出现在我眼前时，身上的围裙已经不见了，护士帽也不见了，她手里多了一个托盘，托盘上是一红一蓝两个款式相同的杯子，我闻到了咖啡的香味。

美清将托盘放在桌子上，然后将蓝色杯子拿到我面前说，知道你不喜欢喝咖啡，但这里没有可乐，这个是我平日里爱喝的，你尝尝。

我说，谢谢，我是无论如何都要尝一尝的。

美清说，这里有糖和牛奶，喝不惯的话可以加一些。

我说，你平时也加糖和牛奶吗？

美清说，不加。

我说，那我自然也不能加了。

美清笑笑，不说话。

我拿起杯子，抿了一小口说，你下班了？

美清说，嗯，下班了。

我说，这才几点呀？

美清说，今天人不多，刚和同事打了招呼，就提前下班了。

我说，是因为我吗？

美清笑笑说，对呀。

我一边点头一边意有所指地说，不错，这咖啡真不错。

美清笑笑说，你怎么找到这里来的？

我说，自然是解出了你的谜题。

美清说，那你是怎么解出来的？

我便将和既明一起去愿城艺术学院找陶陶、偶遇白露的事粗略讲了一遍。

听完了，美清说，还算有心。

我不禁想起那日既明的话，果真被他说中了。我说，都是我运气好，可话说回来，我若解不出来，找不到你，那怎么办？

美清说，你这不是解出来找到我了吗，这一切都是冥冥之中自有天意。

我笑笑说，那倒是，说到底是缘分，我若解不出，想来也会在以后的日子里以另一种方式遇见你，早一天晚一天罢了。

我们一边聊天一边喝咖啡，眼见咖啡见了底，便问美清，要不要出去走一走？

美清说，出去也是坐下来喝茶聊天，还不如在书店自在。

我说，倒也是。

美清看看手机说，离晚饭还有段时间，可以先看会儿书。

我和美清在书店走马观花似的转了一圈，然后各自选了本书坐了下来。我们没有说太多话。我坐在美清对面，看一会儿书，看一会儿她，书越看越没意思，便专下心来看她，心中不免起了些波澜。美清看书很快，两三个小时便能看完一本东野圭吾的十几万字的侦探小说。

我看书一向很慢，对她此举既羡慕又怀疑，不禁问她，你翻书比翻脸还快，看得明白吗？

美清笑笑说，看得明白呀。

我说，那这书写了什么？

于是，美清很详细地讲述了一遍《嫌疑人 x 的献身》的情节。

出书店时，天已经黑了，我和美清去商场旁的小吃街吃饭。美清说过她是喜爱清淡之人，本以为她要吃清粥小菜，不料她却说，喝了好多天的小米粥了，今天要吃些重口味的。

我笑说，之前还夸你能管得住自己的嘴，是了不起的人，怎么，不怕上火长痘痘了？

美清说，我是相信存在即合理的，今天我的身体对我发出了信号，它想要重口味的，身体不会平白无故地发出这样的信号，一定有它的道理，所以，我要遵循身体的指示。

我笑说，你就是这样骗自己的吗？

美清哼了一声，又说，才不是，这是有科学依据的。

我摊开双手，耸耸肩说，好吧，那你想吃什么重口味的？

美清双手往身后一背说，看到什么吃什么。

我们一路走，一路看，但凡是烧烤的、油腻的、辛辣的、冰的，美清总想尝一尝。但她毕竟是女子，食量小，一条小吃街还没到一半，就已饱得连连摇头了，手里的铁板烧鱿鱼硬往我手里塞。

美清说，吃不下了，吃不下了，再吃可就要吐出来了。

我说，那咱们随便走走，消消食。

广场上热闹非凡，巨型的电视墙播放着广告，映得广场一会儿红一会儿绿的，像科幻电影。广场上大片的地方被占了去，老人们排着整齐的队形跟着音箱里的音乐跳舞；年轻的父母带着刚会走路的孩子在玩耍，孩子模仿着老人们的动作，也在跳舞；过路的行人则是另一种状态，全没了周末的闲适，浪花似的，一波赶着一波，若仔细瞧，那步点也踩在音乐的节奏里。我和美清在水池边停下了，水池的台阶上坐了不少人。水池里亮着灯，射出的灯光里涌着水花，白花花的，像牛奶。

美清说，看什么呢？

我说，有时候真觉得不可思议，真不敢想象一个农村的小孩子，有朝一日能生活在大都市里，像做梦一样。你老家是哪里的？

美清说，我老家是阳城的，好多年没回去了。

我说，你是在这里出生的？

美清说，嗯，我爸爸年轻的时候就在这里工作。

我说，真羡慕你，我来时已经十二岁了，虽说那时不如现在发达，但对我来说，眼前的一切简直太神奇了。记得当时和爸妈一起去散步，也是晚饭后，也是这样的广场，看到大几岁的孩子背着书包穿着轮滑鞋嗖地一下就飞过去了，真是羡慕。后来，我还专门花了一个暑假的时间学习轮滑，好多年没碰了，大一时和同学一起去溜冰场玩，站都站不稳了。

美清说，没什么可羡慕的吧，记得好多年前和爸妈回去看爷爷奶奶，也是在一个小村子里，车子一路开过去，路两边全是绿油油的波浪，车子都不像车了，像船，开在绿色的海里，还有青砖绿瓦的房子，狭长的胡同，那才叫人觉得神奇呢。

我笑了笑说，人都是这样吧，总是对不熟悉的事物感到新奇。

美清说，会有这方面的原因，可我觉得这并没有什么可比性，穿轮滑的小孩子和青砖绿瓦都是很好的。

我说，你这话我也懂，但从青砖绿瓦的小房子里走出来，到了更大的地方，周围的人都比你衣着漂亮，也比你见多识广，那种自卑感还是很强烈的。刚转学过来时，我都不敢说话，因为别人都讲普通话，只有我操着流利的方言，有时被老师叫到回答问题，不得不开口了，一开口，同学全笑了，手心额头全是汗，脸也火辣辣地烫，真是刻骨铭心。

美清笑了笑说，我听你普通话说得很好呀。

我得意地说，那是，我普通话考了一级乙等呢，算是好成绩了。

美清说，那现在呢，还自卑吗？

我说，现在倒不至于自卑，时间久了，我就发现农民和小市民本质上是一样的，混生活而已，只不过方式不同。而且小市民更会耍些小聪明，所以谁也别说谁。

美清说，那倒是。

我和美清相视一笑，又看了看时间说，我送你回去吧。

美清点头说，好。

我正要拦出租车，美清却说，咱们坐公交车吧，我特别喜欢在这个时间坐公交车,车上人少,车子走走停停,能想好多事情。

我说,好。

我和美清沿着广场一路向西,虽也算肩并肩,但中间足能塞下一个胖子。

24

那天以后,我每天晚上都会和美清见面,最少也要一起吃晚饭,休息日时又叫着她到处跑。没两个星期,我们几乎将愿城能想到的地方去了个遍,电影院、油画馆、博物馆、城隍庙、森林公园、商场里的免税店……我们还吃了好多美食,火锅、汉堡、烤鱼、自助烧烤,广东菜、四川菜、杭帮菜、韩国菜、日本菜、泰国菜、街边的小吃……也说了好多话,文学、美术、音乐、电影、星座、人生、理想、哲学、少年往事……十一点之前,我会送美清回家,我将她送到小区门口,然后看着她走进大门,她消失在往右的拐角时,我才会回到马路上拦一辆出租车回学校去。美清每一次消失在往右的拐角之前,她都会回身看我两次或三次,然后跟我挥挥手笑一笑,这让我感觉非常幸福。

我和美清的感情突飞猛进,我们的肩距从一个胖子变成了一个瘦子,又从一个瘦子变成了一根手指,但我没在言语上表示过什么,我没有主动提起过爱情这件事。注定我是要踏上这片净土的。

　　那天阳光特别好，头天晚上的狂风把天空吹得很蓝，干净得连一片云彩都没有。正好我和美清都休息，我们并肩走在公园里，隔着一根手指的距离，微风把她的长发吹到我的脸上，有股奶香味儿。那天下午，我们在丹尼斯买了两件衣服，又去看了最新上映的电影。出来后，美清说最近有些上火，要吃些清淡的，便就近在商场的粥铺配着家常拌菜和葱油饼喝了绿豆百合粥。晚上，我照常送她回家。

　　愿城四月的夜还是有点凉的，美清的外套有点薄，里面也只一件薄薄的白色麻布衬衣。美清说，想着今天天气好，又要升温，就减了衣服，没承想晚上还有点冷呢。

　　我笑了笑，然后将外套脱下来披在了美清身上。

　　美清说，谢谢。

　　我说，现在昼夜温差比较大，而且愿城的天气无规律，今日升温，说不准明日就又降温了呢，不敢乱减衣服，这个季节最容易感冒。

　　美清说，是呀，我许多同事都感冒了。你冷不冷？

　　我笑了笑说，我比较热情，不冷。

　　我回到宿舍后，继续和美清聊，在微信上聊，聊到后半夜还没有睡意。短暂的沉默后，美清说，我要慢慢回味今天的事情。

　　我说，什么？

　　美清说，不懂就算了。

我说，是有一点懂的，但又怕误会了。

美清说，嗯。

过了一两分钟，我说，如果能抱着你就好了。

美清很久没回。

我说，生气了？

美清说，没有。

我说，为什么不生气？

美清说，我以为我会生气，但是没有。

我一听，心头一紧，顿时，胆子大了起来，便说，改天要不要来一次真正的彻夜长谈？心想美清应该不会不同意。

美清说，何为真正的彻夜长谈？

我说，找个合适的地方，面对面地谈。

美清说，哪里是合适的地方？

我说，最好有昏黄的灯光，一壶清茶，还必须有一个很好的容器，以便随时保持舒服的姿势，这样的话，彻夜长谈之后就不会腰酸背痛，手麻脚抖。

美清说，什么是很好的容器？

我说，一张大床就是很好的容器。

我怕她不同意，又补充说，你别误会，只是彻夜长谈而已。

美清给我发了个捂着嘴笑的表情。

我说说，行不行？

美清说，是不是太快了？

我说，不快。

过了一会儿，美清说，你容我考虑考虑。

我说，行，你赶快考虑。

美清说，聊天而已，只要聊得投机，是不是面对面又有什么打紧的？

我说，当然不一样。

美清说，怎么不一样？

我说，文字交流多少有些斟字酌句加以修饰的嫌疑，也没有了语气的辅助，有时同样的文字，语气一变就和本意差之千里了，容易造成误会，再者说，动口总比动手省事些。

美清说，我们在微信上也聊了不少，也没见什么误会。不然打电话、视频也行，也算面对面了。

我发了个锤子敲头的表情过去，美清回了个捂着嘴笑的表情，又说，其实，我也明白其中的差别啦。

那天以后，我和美清再走在街上时，我们之间已容不下一根手指了。我们的身体像两块时灵时不灵的磁铁，走几步就碰到一起了，分开，走几步，又碰到一起。吃汉堡时，美清不怎么吃薯条，我就拿薯条蘸了番茄酱伸到她嘴边。她摇着头说不要，我一再坚持，她只好将脑袋伸过来咬住了薯条。有了第一次以后，再喂她吃别的东西时，就容易多了。一切都那么心照不宣。虽说我们的肢体语言有点暧昧，但当着面，我们的聊天一如往常，除了爱情，什么都说。我也一直没有尝试牵她的手。

到了晚上，我就换了一个人，除了"爱情"和"彻夜长谈"的事，别的就一概不谈了。我试探美清对男女之事的态度时，问起过她的恋爱史，她没有谈过恋爱，只在大学的时候和一个男同学互生过好感。我又问她和男同学到了何种地步，她说他们只是一天晚上在教学楼旁接了吻，后来就不了了之了。

有一天晚上，我又和美清提及"彻夜长谈"的事，她像睡着了似的，突然就没了音信。隔着屏幕，我就觉出美清是生气了。我又连发了几条信息，问她是不是生气了，等了三五分钟，仍然没有回音儿，便直接打了电话过去。电话里头只响了一声就被挂断了，只好再发信息。

我说，说句话呀。

美清终于开口了。她说，你只想跟我彻夜长谈而已。

我似是被点中了穴道。我说，怎么会呢。

美清说，你爱我吗？

这话倒让我意外。我快速审视对美清的感情，我爱她吗？我想我是爱她的，可这时明月又拼命地在脑子里晃悠。或许是因为美清有一点像明月？但和明月又是截然不同的性格。或许我只是想找一个人来转移对明月的感情？和美清在一起时，我也尝到了爱情的味道，美妙而浓烈的感觉。我想我是爱她的。如果在美清和明月之间做一个选择？明明没的选，可还是迟疑了。若是明月也问我同样的问题，我爱明月吗……一个接一个的问题在脑子里蹦出来，用不着回答，心里也是明了的。但我知道,我得向前看,得忘掉明月,得让明月在我心里一点一点沉下去。

我一面这样想着,一面又觉得愧对美清。那三个字,对美清,即便是发信息,也是难以启齿的。一恍惚,我回了两个字,当然。

美清说,当然什么?

我说,爱你。

美清说,谁爱我?

我说,我。

美清说,连起来。

我将明月从脑子里甩出去说,我爱你。

美清说,嗯。

25

第二天上午,书店像往常一样冷清,一个顾客也没有。我将头一天没干完的活儿收拾妥当,吃了煎饼果子,喝了甜豆浆,又给自己泡了一杯毛尖,准备写论文,这可是难得的清净时光。刚打开电脑,论文的文档还没打开,只听门上的铜铃传来了清脆的响声,抬头一看,竟是既明、陶陶、白露一起来访。

自那日和陶陶、白露在她们学校告别之后,三人一直在我们的小微信群里讨论踏青之事。我呢,自从在"无酒国"找到美清后,时间上一直不宽裕,踏青之事便一拖再拖,惹得三人怨声载道。想来他们今日前来,定是为踏青之事讨说法。

我起身,笑脸相迎说,哎哟,三位真是稀客啊,是什么风把三位吹到这里来的?

既明说,什么风,你心里没点儿数吗?

陶陶说,重色轻友的家伙,谈了恋爱就把我们丢在一边爱搭不理的。

白露站在既明身边，先是对我笑了笑，又扫了一眼书店。看得出来，她和所有来过书店的人一样，喜欢这里。

我说，冤枉啊。

陶陶说，还敢喊冤，你自己说说，哪次不是你关键时刻掉链子。

既明说，真没冤枉你。

我说，这不是要上班嘛，理解一下我们苦命的上班族好不好。

既明说，就你这还敢自称上班族？你挤公交吗？你挤地铁吗？你加班吗？真好意思说自己是上班族。

陶陶说，就是，你哪有那么惨。

我说，我错了行不行，三位客官，毛尖、竹叶青、菊花茶、茉莉花茶，您看喝点儿什么？

既明看看白露，又看看陶陶说，你们喝什么？

白露笑笑说，我都行。然后拿起了手边的一本书翻看起来。

陶陶说，那茉莉花茶吧，别想一杯茶就打发我们，你说咋办吧？

我说，那不能，最少得两杯。

既明说，别废话，说咋办？

我说，你们说咋办就咋办。

陶陶说，你什么时候休息？

我还未开口,既明便说,不用管他什么时候休息,就定在这周末。

陶陶说,我看可以,那咱们去哪儿?

既明看看我说,去你家吧?

我说,去我家干吗,穷乡僻壤的。

既明说,愿城周边好玩的地方都去过了,实在没意思,早就想去你们那儿看看了。

我说,关键是没啥好玩的啊。

既明说,有没有大片大片的草地?

我说,有。

既明说,有没有大片大片的麦田?

我说,有。

既明说,有没有大片大片的油菜花?

我说,有。

既明说,全是质朴的田园风光,你竟敢说没啥好玩的?而且,我可是不止一次听某人说过那让人感动得想把汤都喝完的羊肉面,你们想不想尝一尝?

陶陶、白露异口同声说,想。

我说,太远了,当天回不来的。

既明说,那就不回来,你们想当天回来吗?

陶陶、白露异口同声说,不想。

我说,好吧,正好我二舅一家外出打工了,房子空着,倒是有地方住。

茶壶里的茉莉花茶已舒展开来,水也变了颜色,我给三人倒了茶。陶陶、白露拿起茶杯,一边啜饮一边向书架走去。二人沿着书架徐徐挪动,慢慢地和我们有了些距离。很快,她们便各自挑了一本书,坐在沙发上看了起来。既明用欣赏的目光看着二人,不知是在看白露,还是在看陶陶。看了一会儿,他就拿起我手边的一本卡尔维诺的短篇小说集,以看书的名义,坐在了陶陶和白露的对面,继续欣赏起二人。我则专注于我的论文。

中午,我们在书店旁吃了兰州牛肉面,还吃了肉夹馍,得到了陶陶和白露的一致好评。饭后,我们返回书店,就着茉莉花茶扯了会儿闲篇儿,又各自看起手头的书来。下午五点多,正则到书店接我的班。

既明说,晚上撸串吧?

陶陶附和说,好啊,好啊,再来点儿啤酒。

白露站在既明旁边,面带微笑,一副"你们定,我都行"的表情。

我和美清已有约在先,自昨晚说过那三个字后,我就打算今晚牵起她的手了。想到此,竟有一丝紧张。我只说,另有约呢。

陶陶问我,是不是美清,叫上她一起来吧?

我笑一笑,不置可否,又说,改日,改日。

既明和陶陶又说了我几句不够意思、重色轻友,我只能一边说对不住,一边匆忙告辞。因为,再耽搁一会儿的话,我就赶不上和美清约定的时间了，这对正式恋爱后第一次约会来说，不合适。

美清换了新衣服，上身穿一件白色的棉麻衬衣，下身是一件藏青色的裙子，裙摆过了膝盖，又往下延伸一点，露出一小节漂亮的小腿。她脚上是一双复古的亮黑色尖头儿小皮鞋，衬得她的小脚愈发小巧可爱了。这是我第一次见美清穿裙子，一见之下，使人想起民国时期的女学生，她本就腹有诗书，与这一身衣着倒是十分契合。

我说，衣服真好看。

美清笑笑说，谢谢。

我说，我也该穿漂亮一点，这样和你走在一起才般配。

美清说，你穿得很好呀。

我夸张地自我审视一番说，你要求真低。

美清说，才不是呢，大小适中的牛仔裤，不花哨，颜色也正，我不喜欢男生穿太宽松或者太紧身的那种，纯白色的T恤，深蓝色的运动外套，看起来很健康，也很阳光。

我说，好吧，真是难为你了。

美清笑说，知道就好，累死我了。

我说，你想吃什么？

美清说，今天吃点清淡的吧。

我们一边走，一边商量吃什么，两只胳膊有意无意地挨在一起，走几步还会碰一下。不知碰了几次时，我们决定去美清家附近吃点儿清粥小菜，便继续前行，朝公交站牌走去。离大路口越来越近,人流和车辆也多了起来,我一直跃跃欲试的右手,在一辆横冲直撞的电动车从美清身边呼啸而过时,拽了一把她的手臂。红灯拦住了去路,但并没有拦住所有人的去路,我们身旁聚集了越来越多的人和电动车,黄灯未闪,那些人和电动车便蝗虫般地呼啸而过。绿灯亮时,我和美清才四下看看,小心挪步。当然,另一个方向的红灯也没有拦住所有人的去路,总有人和电动车从我和美清身边掠过,挺吓人的。这时,我就牵起了美清的手,然后快速通过了斑马线。

那天晚上,我和美清吃完清粥小菜后,沿着附近的小路散步消食。我右手牵着她的左手,食指时不时在她手心里挠一挠,这时,美清就会扭头看看我,笑一笑。边走边聊,又说到衣着。美清对此有独到见解,也有一套自己的审美理念。自第一次见美清,她每个季节的衣服统共也只那三四套,颜色款式虽不同,但都是经典的风格,她总能说出那些设计元素背后的故事来。我甚是佩服她这一点,永远知道自己身上穿的是什么。后来,又说到绘画,文艺复兴时期的画家及作品她如数家珍,我对此一窍不通,只能听她说,并表示出学习的欲望。

美清说,我有一本关于欧洲艺术史的书,其中有专门讲绘画的章节,改天可以一起看看。

这时,我们正走到一条小路中央,没有路灯,静静的,暗暗的。我们右手边是高高的围墙,张贴了许多广告,左手边是一棵高大的法国梧桐,枝繁叶茂,若有心,可以听到树叶呼啦呼啦的声音。

我四下看看,黑暗中空无一人,只有路对面的几家小店透出几道微光,便停下脚步说,非常期待李老师授课。

美清笑说,收你这个学生了。

我牵着美清左手的右手移至她腰间,将她揽过来说,那谢谢李老师了。

美清笑望了我两秒钟,然后闭上了眼睛。

睁开眼后,走了几步,我决定还是将和既明、陶陶、白露踏青之事告诉美清。其实,我一路上一直犹豫,若告诉美清,怕她多想,若不告诉她,不免有欺人之嫌,我心亦有愧疚。我也察觉出了陶陶的一点儿意思。

我说,这周末我和既明、陶陶、白露他们去我老家玩儿,你有时间吗?

美清说,这周末不行了,我得上班呢,店里有活动。

我说,那你什么时候有时间,我们可以等等你。

美清说,没事儿,你们去吧,你们不都说好了吗?

我说,说好了也可以改的呀,又不是什么要紧的事儿。

美清,可是我最近都没有时间啊,店里活动多,最多只能休息半天。

听美清这么说,我心里是有一点窃喜的。若她和我们一起去,那便成了两对情侣带一个电灯泡,陶陶情何以堪?后来,我和美清在一次"彻夜长谈"后随意聊天,又说起这次踏青之事，她说她并不是没时间，而是和我一样，也想到了这一点，她还告诉我，她早就知道陶陶对我有意思。

我说，好吧，那改天咱俩出去玩儿。

美清笑笑说，嗯，咱们可以去远一点，可以爬山，或者去海边，去乌镇那样的小镇也行。

26

周五下午,我一边和既明、陶陶、白露逛超市,一边给妈妈打了电话,说想带三个同学回家玩一玩,两女一男,让她在二舅家准备两床被褥。妈妈说家里被褥多的是,又问我还需不需要准备别的。我说可以做点儿好吃的,熬些糊涂,烙几张饼,再炸点儿丸子、糖糕。挂了电话,我又想起既明想这些东西不是一天两天了。

为了提高效率,既明建议分头行动,他和我一组,陶陶和白露一组。陶陶和白露也深以为然,便拉着购物车手挽手地去了。我和既明讨论了一番,最后买了便携式烧烤架、穿肉的铁扦、无烟炭、烧烤酱、烧烤料,还买了一箱24瓶装的克伦堡凯旋啤酒。

既明见陶陶和白露拿了一购物车的零食,便说,你们简直是辜负这次旅行,这些垃圾食品有什么好吃的。

白露说,可以路上吃。

既明说,那也吃不了这么多呀。

陶陶说，有本事你别吃。

既明说，好，我没本事。

到了收银台，我本想结账，但既明说他有超市的购物卡，他爸爸的朋友送的，让我省一省，改日请他吃海底捞。说着话，他已将购物卡递给了收银员。陶陶和白露见有火锅吃，便踊跃参与，说她们学校旁边就有家海底捞，她们还没去过，就等我了。

我笑一笑说，要不还是我来结账吧。

周六一早，我和既明先驱车去接陶陶和白露。四月的愿城，早上五点，风凉车少，却是一份难得的清静。也许是在恶劣的环境中生活久了，极易得到满足，只一点点清静、车子顺畅前行，就叫人心情愉悦。我们听着最流行的音乐，吵吵闹闹地沿着京港澳高速一路向北。时间早的缘故，高速上车辆极少，车子保持着每小时一百二十公里的速度，到苏庄时，也才八点一刻。

到了村头路口，既明停下车说，你不是说离镇上不远，咱们先去吃点儿东西吧，饿了。

我说，家里已经做好饭了，我姥姥熬的糊涂，你不是期待已久了。

既明说，那也先去镇上看看有啥好吃的，带回去一块儿吃。

我说，也行，咱们可以买点儿牛肉、炸鱼和火烧。

既明说，怎么走？

我说，一直往前就行，没多远。

既明说，什么时候吃羊肉面？

我说，今天中午在家吃，晚上吃烧烤，肯定是吃不成了，明天中午去吃吧。

说着话，已到了镇上十字路口。既明靠路边停了车说，你去买牛肉、炸鱼吧，我和露露、陶陶随便看看。

我一边往卖炸鱼的摊位走，一边扭头看既明、陶陶、白露三人，直到他们来到一家水果摊前，才明白既明到镇上来的目的。我回到停车的地方时，他们已经在车上坐着了。我上了车，看了看既明，又回头看了看陶陶和白露，只见她二人之间摞了三个箱子，最底下是一箱杧果，中间是一箱草莓，上面是一箱纯牛奶。

我说，你们这……真是……

车子启动时，我先给美清报了平安，又给妈妈打了电话。到家时，院子里的小餐桌上已经摆满了各种吃食，四碗糊涂、一盘炒土豆丝、一盆儿调黄瓜、一碗腌萝卜、一碗豆瓣酱，还有姥姥蒸的一筐馒头。看着是满满的一筐，其实也只四个，只不过每一个都有脸盘儿那么大。馒头和筐沿儿挤出的狭小空间里，还有七八个咸鸭蛋。每次离家去愿城，姥姥总会让我带一些。

既明边吃边说，这糊涂、腌萝卜、豆瓣酱，可以上《舌尖上的中国》了。

吃完饭，姥姥在家收拾家务，妈妈带我们去了二舅家，她只简单嘱咐了几句,便回去准备午饭了。丸子、糖糕这样的美食,不仅要提前备好面,炸也是一个漫长的过程。我们将车子里的东西搬到二舅家的客厅里,稍稍归置了一番,便出门追寻向往的田园生活了。

一路上,我们吵吵闹闹,互开玩笑。既明、陶陶、白露三人一边拍照,一边惊叹于波澜壮阔的麦田、诗一样的油菜花、清澈见底的苏河,就连头顶一片蔚蓝的天空,也成了稀罕物。既明还扬言要在这样的地方终老。

不用触景生情,只要提到苏庄,我就会想到明月,她本就在我脑中挥之不去,自既明提议要到苏庄来,明月就更加疯狂地往我脑子里钻。我知道,明月此时就在离我不远的地方,她也许在看电视,也许在打麻将,也许到镇上的超市买零食去了。我本想带既明、陶陶、白露去陈庄村转一转,去见一见明月,就算见不到,隔着院墙看看她家的房子也是好的,但思虑再三,又想到美清,便作罢了。我拿出手机,拍了几张风景照发给了美清。

美清回复说,真美。

我说,你在就好了。

美清说,等你回来。

为了迫使自己不再去想明月,在我的提议下,我们玩起了"石头剪刀布"的游戏。为增添乐趣和刺激,还挂了彩头,除了"真心话",晚上还得多喝酒。

回到家时,妈妈、姥姥已快备好午饭了,只差两个菜未炒和一点儿丸子未出锅。妈妈让我们先吃着，陶陶和白露谨遵做客之道，自是不肯，还要帮着切菜炒菜，被我和妈妈拦下了。既明倒是不客气，捏了一个糖糕自顾自地吃起来，一边夸赞姥姥的手艺，一边还非要帮着姥姥烧锅。姥姥不允，既明又想试试手，一时竟争执不下。

我一边吃糖糕一边说，姥姥，别管他，只管让他烧，不然他晚上睡不着。

既明说，是啊姥姥，我还没烧过锅呢，您就让我试试。

姥姥说，不用，又热又脏的，你们去堂屋看电视吧。

白露说，你就别添乱了。

陶陶说，是啊，一会儿再帮了倒忙。

既明说，有姥姥在旁边指导，怎么会帮倒忙呢。

说着话，既明已坐在了灶台前，他往里面扔了几根玉米芯，又用烧火棍捅了捅，一脸的满足感。姥姥无奈笑笑，只好由他去了。

既明说，火候怎么样？

姥姥说，别添火了。

吃了午饭，妈妈一边收拾桌子一边说，现在太晒了，你们歇一歇，晚会儿再出去。

陶陶想起了什么似的说，我的防晒霜好像忘带了。

白露摊摊手说，我的也忘带了。

既明说，你们不是刚买的吗？

白露说，是啊，不是让你提醒我的，都怪你。

既明说，你什么时候让我提醒你了。

白露说，想的时候呀。

既明无语。

陶陶说，你要是提醒了露露，我也不会忘带了，都怪你。

既明无奈说，我怎么觉得我被坑了？

陶陶说，我们没有坑你，我们只是冤枉你而已。

我说，咱们先去收拾一下东西吧，晚会儿再出去，还得去镇上买些肉和菜。

既明说，那还不好收拾，都是现成的。咱们一会儿干吗呀？

陶陶说，你不是带的有飞行棋？

既明说，有没有麻将，咱们四个，正好凑一桌？

我说，邻居家倒是有，可以借来。

麻将真是打发时光的好东西，几圈下来，已是四点多，若不是我及时制止，恐怕要打到天黑去了。

收了麻将，我们驱车到镇上，买了些牛羊肉、香肠、鸡腿、鸡翅、扇贝、生蚝、鱼豆腐、甜不辣、面筋、土豆、茄子、青椒、香菇、韭菜、娃娃菜……将这些东西收拾好，已近七点，随后，便在屋顶架起炉子，拿上啤酒，准备烧烤聊人生了。

虽然我们四人都想让自己多做点儿事儿，让别人歇着，但烧烤的炉子不到一米长，前面只能站一个人。于是，我们四人便开始轮流掌管烧烤权。两轮下来,只有我站在炉子前时不会烫着自己的手,不会被火熏得流眼泪,也不会将肉烤得黑乎乎的,他们三人便自甘打下手了。又过了一会儿,我愈发得心应手,他们站在一边无事可做,便坐下闲聊起来。

陶陶打趣说,你什么时候学了烧烤的技能?

既明说,对呀,这一看就是专业的,你是不是偷偷上过蓝翔技校?

我说,我只是不像某些人笨手笨脚而已。

陶陶说,说谁笨手笨脚呢?

我连忙改口说,某些男人。

陶陶满意笑了笑说,这还差不多。

我将一把羊肉串放在桌子上的托盘说,羊肉可以吃了,你们尝尝味道如何?

既明拿起一串,吃了一口说,果然是上过蓝翔技校的,专业。

陶陶说,好吃好吃,先烤点儿土豆,我爱吃土豆。

白露说,还有香菇。

既明说,来,咱们先喝一个。

陶陶说,对对对,先喝一个。

我将手中的烤串放在炉子边儿上火小的地方,然后拿起桌子上一瓶打开的啤酒,和他们碰了一下。我拿了一串羊肉,一边吃一边回到了炉子前,对自己的手艺颇为满意。

陶陶说,你们快毕业答辩了吧?

我说，嗯，五月中旬。

陶陶说，毕业了准备做什么，不会一直在书店吧？

我说，暂时还没打算，应该会在书店待一阵子。

陶陶说，书店也挺好的，清静。

我笑笑说，工资也低。

陶陶说，既明呢，毕业后有什么打算？

既明说，我准备全国各地转一转。

我一边烤串，一边听着既明、陶陶、白露聊人生理想。没一会儿，陶陶便闭口不言，自顾自玩起了手机。再看既明和白露，他们本有两人之隔的椅子，此时已挨在了一起。既明抓着白露的手，白露的头靠着既明的肩膀。此情此景，我要是陶陶，我也玩手机。愈发觉得烧烤是件好差事。陶陶玩了会儿手机，便起身来到了我身旁。

陶陶拿了几串鸡翅说，你往边儿上站站。

我说，你坐着吧，我烤就行。

陶陶瞥了瞥既明、白露，小声说，你怎么不去坐着？

我说，不忍直视。

陶陶说，同感。

虽然我尽量和陶陶保持着距离，但在烧烤的过程中，我们的胳膊还是碰了几次。每碰一次，我就会往边儿上挪一挪。不过，两个人干活确实比一个人快，且既明、白露又沉浸于乡村的夜色和宁静。桌子上的盘子很快便摆满了，看着自己的劳动成果，颇有些得意，下手之前赶紧拍了照给美清发过去。

美清说,我也想吃。

我说,那你飞过来。

美清说,你回来了请我吃。

我说,没问题。

我们四人围桌而坐,见喝酒的进度太慢,便拿了一副扑克牌,玩起了游戏。吵吵闹闹了两个小时,吃不下也喝不动了,便只坐着聊天,既明和白露还乱开我和陶陶的玩笑,弄得我毫无招架之力。

沉默的空档,既明和白露耳语了几句,站起身说,你们先聊着。

我说,你们干吗去?

既明、白露对我和陶陶暧昧地笑了笑,没说话,径直下了楼梯。

屋顶上只剩我和陶陶了,一时间,气氛更加暧昧尴尬。我走也不是,留也不是,不知所措,只好沉默。陶陶也沉默。

过了一会儿,陶陶说,你怎么不说话?

我笑一笑,表示不知道说什么。

陶陶张开双臂,伸了个懒腰说,真希望时间永远停在这一刻。

我玩笑说,要让时间停下来,可不是件容易事儿。

陶陶说,是啊,时间最无情,总是在你幸福的时候匆匆而去。

我说，这样才会学会珍惜吧。

陶陶说，你是不是特别想时间赶紧过去，好回去见你的美清。

我笑笑，不置可否，又说，这俩人干吗去了？

陶陶说，转移话题。

又是一阵沉默，陶陶目不转睛地看着我，和她对视的两秒钟，我从她的眼睛中看到了些许期待和爱意，便赶紧躲开了。我拿出手机，打开音乐播放器，点了首王菲的《清风徐来》。有了音乐，就有了沉默的理由。听了三四首歌，响起周杰伦的《上海1943》的旋律时，既明和白露上来了，我们又有一句没一句地聊了会儿，便下了屋顶，道了晚安，睡去了。

那天晚上，我和美清说过晚安后，躺在床上辗转难眠，便翻看起手机，竟看到了陶陶发的朋友圈：周末时光。还配了九张照片，八张风景照围绕一张我俩的合照。那张合照是我俩在屋顶一起烧烤时的背影，想来是既明或白露趁我俩不备，偷拍的。照片做了些处理，给人一种浪漫甜美的感觉，不知情的，定会想一想我们的关系。

以我对陶陶心意之了解，本不奇怪她此番作为，令我没想到的是，美清竟为此条朋友圈点了赞。一闪念，想起当时我找陶陶寻美清的联系方式，她说是没有美清微信的。一个念头由心而生，也斟酌起陶陶发此条朋友圈的真实目的。

第二天回到愿城，晚上和美清去吃烤串。

我说，你看到陶陶的朋友圈了？

美清说，看到了。

我说，你不吃醋？

美清说，不吃。

我说，还点了赞？

美清说，点了。

我说，为什么不吃醋？

美清说，因为我知道你不会喜欢她的。

我说，就算我不喜欢她，也是可以做坏事的呀。

美清笑笑说，我相信你不会的，我了解你。

我装作临时起意说，对了，你们什么时候加的微信？

美清说，参观文学馆那天。

我突然有点儿明白美清为何点赞陶陶的朋友圈了。

回到愿城后，陶陶再也没有跟我联系过，也没再去过书店，但我还能时常看到她的朋友圈。没几天，既明和白露也分手了。我以为是既明和往常一样，腻了，烦了，就把人家给甩了，便骂既明禽兽渣男。

既明笑一笑说，是我被甩了。

27

毕业前的一天晚上,我和美清又在微信上聊到深夜,最后一个话题结束后习惯性地沉默时,我说,我想你了。

美清说,嗯。

我说,想亲你。

美清说,嗯。

我说,考虑得怎么样了?

美清说,什么?

我说,彻夜长谈。

美清说,有点担心。

我说,担心什么?

美清说,你会保护我吗?

我说,当然,要用那个。

美清说,嗯。

两天后,我和美清吃过晚饭,她给她妈妈打电话说晚上同事过生日,结束太晚,就不回去了。我想起当时我和芳菲第一次夜不归宿时,她用的也是同样的理由。我早已在爱琴海情侣酒店订了"告别圆舞曲"的主题房间,房间比普通的标准间大不少,有圆形的水床和浴缸,还有红色的流苏帘子,开一半灯时,氛围尤其好。我很想和美清一起泡泡澡,游戏一番,但她觉得酒店的浴缸不干净,便作罢。

刚进房间时,美清有些羞涩,站在茶桌的沙发旁不知所措。我坐在床边,招呼她过来,让她侧身坐在我的大腿上。她还穿着她的白色棉麻衬衣和藏青色的裙子,我左手环着她的腰,右手伸进她的裙子在她大腿上摸索了一会儿,便开始由上而下地解她衬衣上的扣子。

这时,既明突然打来电话,张口就问我,你喜不喜欢陶陶?

我正要迎来和美清的关键时刻,听了既明此话,一腔怨气,又一头雾水,便说,啥情况?

既明说,你只管回答我。

我实话实说,不喜欢。

既明说,如果我和陶陶在一起,你介不介意?

我突然感觉到既明和陶陶定是有些什么事儿,但同在一张床上的美清正等着我,便没深入地想,只说,当然不介意。

当时,我以为我不会介意,但第二天,当我得知既明和陶陶在一起时,心里多少还是有点儿失落的。一个爱你的女人,不管你爱不爱,突然不爱你了,还跟了别的男人,而且这个男人还是你最好的哥们儿，不介意才怪。男人这一点也是贱。

既明说，好，没事了。说完便挂了电话。

那天既明给我打电话前，正和陶陶在夜市摊撸串，且已酒过三巡。他趁陶陶去洗手间之际，给我打了电话。

陶陶回来后，既明说，没酒了。

陶陶说，再要呀。

既明说，别在这儿喝了。

陶陶说，那去哪儿喝？

既明说，我家里有一瓶上好的红酒，敢不敢去？

陶陶笑笑说，有何不敢？

那天晚上，我想到了既明和陶陶互生了情愫，但没有想到的是，陶陶不仅去了既明家喝酒，还睡在了他的床上。我知道这件事，已是后来的事情了。

那天以后，既明再没回宿舍睡过，也没回家睡过。这一来，不免开支倍增，为了节省开支，他在柠檬情侣酒店租了一个月的房间。但他只住了半个月，就将房间使用权让给了我。

那是毕业前没几天，陶陶给既明发来信息说，一会儿有空吗？我有事跟你说。

既明说，我也正有事跟你说。

陶陶说，那一会儿见了面说吧。

既明说，想吃什么？

陶陶说，吃牛排吧，很久没吃了。

既明说，正有此意，一会儿"东，西餐厅"见。

点完菜，既明说，你有什么事跟我说？

陶陶说，你呢？

既明说，女士优先。

陶陶说，男士优先。

二人又扯了几句，争执不下。既明说，既然如此，不如一起说？

陶陶说，好啊，怎么一起说？

既明向服务员要了两支笔和两张便笺，然后将其中一支笔和一张便笺推给陶陶说，我们将想要告诉对方的事写下来，然后交换。

陶陶笑笑说，好。

很快，他们便写好了。

既明打开便笺，看着陶陶笑了笑说，算不算是一种默契？

陶陶说，算。

既明讲到这儿时，将酒店的房卡交给我说，你没事儿了可以带美清去，还有半个月。

我问既明，你刚说的是啥情况？

既明说，我们在便笺上写了同样的三个字。

我说，哪三个字？

既明笑笑说，分手吧。

在既明和陶陶第一天恋爱时，我就想到了他们会是这样的结局，因为他们谁也不爱谁，他们对于彼此，都只是河对岸的一只渡船，如今各自上了岸，便只剩离别。只是，我没想到会这么快，我以为他们会在河里过些捉鱼吹风看景的日子。

　　那天，既明和陶陶从"东，西餐厅"出来后，既不高兴，也不悲伤，他们没有马上实施他们的"默契"，而是手牵手去了柠檬情侣酒店，并在那里睡了最后一个夜晚。

28

毕业之后,既明踏上了他长期旅行的道路,而我和马拉则合租了房子,继续在愿城讨生活。马拉做过很多工作,编辑、摄影、后期制作、保险、销售等,还给人家辅导班当过作文课的老师,但他什么也干不长久,总是做着做着就厌烦了。马拉一向很忙,认识的人也多,很多时候夜不归宿。这时,我就会叫上美清过来和我"彻夜长谈"。后来,马拉回来的次数越来越少,没半年,他就和我散了伙,说是换了工作,离得远,就不跟我合租了。这样也好,他一走,美清就可以随时过来了。其实,我是想让美清住进来的,但她在她妈妈那儿没有强有力的理由,所以,她还是只能像从前一样,偶尔过来和我"彻夜长谈"。

为了多赚点儿钱,我离开了书店,去了一家自收自支的杂志社做编辑,顺带写些纪实类的稿子。干了三个月,刚过实习期,工资就发不下来了,又拖拖拉拉地混了两个月,总算是见着了一点儿钱,可大半的工资还欠着,掐指一算,还不如在书店赚得多，又不如在书店清净自在。无奈，只好辞掉。没工作的半个月里，我每日陪着美清上班。她忙她的，我一边看书一边思考未来的方向，心里全然没谱儿。

没了收入，钱包里的钱去得分外快。钱包里没了钱，往日的那些文学理想和追求也就淡忘了，一门心思想着多赚点儿钱。机缘巧合，正赶上一家国产4S店招聘销售顾问，便硬着头皮去了。我们学校只是一个普通本科，我的专业又和销售相差甚远，4S店又是行业领先品牌，在全国也是排得上号的，本以为面试要为难一番，结果却轻松过了关。几天后，我已经开始了为期两个月的培训，我才发现，那天参加面试的人，除了极个别的矮的、胖的、丑的、说话不利索的，其余全部过关了。

在消费者的经验里，国产品牌汽车，无论是从外观设计，还是性能、故障率，都深受诟病。但近些年，国产品牌汽车已经开始慢慢崛起，车漂亮了，配置高了，价格又实惠，人们自然是买账的。人们买账，我才有的赚。刚开始时，确实找不着门道，每天累死累活地加班，可车子就是卖不出去。即便是这样，也比在书店赚得多。干了大半年，才慢慢有了一点经验，和客户打交道就像对弈，只有真诚、耐心和微笑是不够的，还得有谋略，该强硬时就绝不能让步，该下套时就得下套，一个不成，就再来一个，等客户入了套，套牢了，就是想跑也跑不掉了。但对客户绝不能有感情和同情心，你的心稍稍恻隐，下个月的房租就没了。客户可不在乎你晚上有没有地方睡觉。和同事的相处大体也是如此，平日里关系再好的两个人，一旦有了利益纷争，也是会下绊子、翻脸不认人。和同事是不能做朋友的。

有一次，我和美清在我的小硬板床上"彻夜长谈"之后，说起了和同事争抢客户一类的事。

我说，我是不是变了？

美清说，人总要变的。

我说，我变成了我以前讨厌的人。

美清说，人总是朝着自己不喜欢的样子变。

我笑一笑说，可能是吧，那你还喜欢我吗？

美清说，喜欢。

我开玩笑说，为什么，你喜欢中年油腻男？

美清说，你变，是因为你吃过亏，我理解。

我一时想起从前同事背地里抢走我的客户、领导和稀泥的种种。我说，确实是吃过亏的。

美清说，我知道生存不易，只要你问心无愧，对我不变，我就喜欢你。

销售行业，没有不加班的，错过末班车也是常有的事。每次我坐在回去的地铁或出租车上，身心俱乏，我总是会想起许多从前和以后的事。这时候，明月就会不请自来，在我的脑子里晃悠。她总是带着那次在镇上超市遇见时的微笑，或是我最后一次见她时的哭泣悲容。有时候，伴随明月而来的，还有一个虚浮的无脸男子，他是明月那死去的未婚夫。

我一直试着忘记明月，但越想忘记，就越是一次次地想起她。这一来，不仅没忘，反而将那些记忆更为深刻地印在了脑子里。

过年时，又回到苏庄，站在姥姥家的院子里，看到南边的房子，一颗心又突突得跳了起来，要从嗓子眼儿跳出来似的，胸口也闷着一口气，不畅快。随即动身去了陈庄村，到了才发现，明月家的大门紧闭着，看大门上的尘土，应是上锁有段时间了。我走到我家院墙边儿，透过低矮的塌陷处，失落地往院子里瞧了瞧，之后又在村子里转了转，便回去了。

晚上，和妈妈、姥姥聊天时，不着痕迹地拐了好几个弯儿，这才打听到明月的事。

妈妈说，明月一家人搬到县城去了。

我说，啥时候的事？

妈妈说，那人死后没多久就搬走了。

以前，虽然明月不见我，但我知道她就在陈庄村，就在我家那破败院子的隔壁，心里的念想也就有了根。若明月是想要远离我努力飞走的风筝，那明月家就是握在我手中的线，线断了，念想便断了。

29

时光荏苒，又到了岁末。我除夕那天才放假，平日里披星戴月，没睡过一个好觉，每天早上闹铃响时，总有砸手机的冲动。本想着要睡饱睡足了，头天晚上还特地关了闹铃，可生物钟早已形成，一觉睡到自然醒，也才八点多一刻。虽说眼睛睁开了，身体却不想动，又开始玩手机，朋友圈、微博、体育新闻、短视频、游戏……手机里有意思的东西太多了。一直磨蹭到十一点，才懒洋洋地起床洗漱。楼下的饭馆全关了，看了一圈外卖也没什么想吃的，便煮了一包方便面。吃完后，简单收拾了行李，确定没什么遗漏，便拨通了老白的电话。跑完这一趟，老白也就回家过年了，但生意不会停。

过年和往年一样，就是一帮亲戚朋友聚在一起吃吃喝喝、玩玩闹闹。我作为平辈中的老大哥，有所不同，我除了吃吃喝喝、玩玩闹闹，还得被催婚、被相亲，被拿来和村子里的同龄人做比较。回家之前我就想到了这一点。好在妈妈沉得住气，虽说也催，但也尊重我的想法。她早就问过我有没有女朋友，那时我虽已和美清"彻夜长谈"，但对未来之事，谁也闭口不谈，十分默契。

年前妈妈又问我，我只说，正在找，暂时还没有。

为了躲避悠悠众口，我初四就回愿城了。妈妈让我再多留一天，我说，初五坐车的人太多了，况且初七就要上班，回去还有好多事要做。

妈妈没再说什么。

我确实有事要做，我和美清早就说好了，要留两天的时间过二人世界，我们要去嵩山滑雪。

年后的节日一个接着一个，城市里处处繁花似锦。先是情人节，朋友圈里全是秀恩爱的，甜言蜜语海誓山盟、情侣照片、各类美食饮品、玫瑰花、520元的红包、昂贵的名牌化妆品、饰品、手表、包包……全是幸福甜蜜爱情的象征。

那天，我晚上八点才下班，但我还是准备了一束玫瑰花和一个精美的蔻驰手提包，中午吃饭时，我还给美清发了一个520元的红包。玫瑰花是下班前网上买的，手提包是半个多月前找代购买的。那时，我住的地方新开了一座商场，晚饭后，我和美清闲来无事，便说去看看。路过蔻驰的门店，美清一眼就看见橱窗里的那款手提包，便进去了。导购员这边介绍手提包的款式和材质，美清那边提在手里挂在肩上对着镜子瞧了瞧。询问了价格，竟近五千元。美清笑了笑，将手提包放回橱窗，对导购说了声谢谢，便拉着我走了。第二天，我便从朋友介绍的一个代购那里买下了那个手提包，便宜不少。手提包是情人节前两天到的，本想马上给美清一个惊喜，但想了想，觉得还是情人节给她好。

那天，我回到住处，一推门，竟看到茶几上有个六寸的芝士蛋糕，蛋糕上有我和美清的名字，名字中间是一颗心，都是用红色草莓果酱写的。除了蛋糕，还有蔬菜沙拉、煎鸡蛋、牛排、红酒和红色的粗蜡烛。当然，还有美清。

我说，你怎么在这儿？

美清说，Surprise（惊喜）。

我说，你怎么进来的？

美清从口袋里掏出一把钥匙，捏在手里晃了晃说，前些天趁你不备，偷了你的备用钥匙，就为了今天使用。

我说，看来是蓄谋已久呀。

美清说，当然，快洗手，尝尝我的手艺。

我将玫瑰花递给美清说，情人节快乐。

美清说，谢谢。

我又从柜子里拿出包装好的手提包说，送给你。

美清说，什么？

我一边进了洗手间一边说，打开看看。

美清见是倾心已久的包包，激动得跳了起来，她搂住我的脖子猛亲了一番，又在我耳边轻声说，我换了一套新内衣，很性感。

我说，有多性感？

美清说，一会儿你就知道了。

那天，美清不仅准备了烛光晚餐和性感内衣，还送给我一块华为的智能手表。

之后是元宵节，我不可避免地又想起明月，时间可真快，竟已三年过去了。那天，我破天荒没加班，六点准时下了班回家休息。美清倒是不凑巧，正赶上他们书店元宵节搞活动，无非是包汤圆、猜灯谜什么的，并无新意。活动结束后，又有同事聚餐。

美清说，人人都去，领导也去，不好推辞。

我平日里也不少应酬，尤其是有领导参加的，更是不好推辞，自是理解，只玩笑着怨她不陪我过节。

美清说，你就一个人乖乖在家休息吧。

我说，那昨天买的汤圆，只好我一人消受了。

美清说，多吃几个。

一个人懒得动手，我没有煮汤圆，而是点了外卖，要了一份黄焖鸡。吃完饭，都已经躺在沙发上准备玩手机了，一侧目，看到茶几上一片脏乱，刚刚吃剩下的黄焖鸡、昨晚吃剩下的焖面、橙子皮儿、苹果皮儿、瓜子皮儿、花生皮儿、开心果的壳儿、薯片的袋子、用过的纸巾……地上也是脏乱一片，着实有点看不下去了，便将手机扔在一边，起身收拾起来。该扔的扔，该扫的扫，该擦的擦，该归置的归置，收拾完，心情确实好了许多。去洗手间洗手时，又看到床上、床边、挂衣服的架子上也是一片杂乱，便一并收拾了。将不常穿的衣服放进衣柜时，竟翻出了明月送我的围巾，这条围巾我还没有用过。一时间，又想了许多和明月的往事。收拾好衣柜，继续躺在沙发上玩手机，不知怎的，以往手机里那些有趣的东西再也无法吸引我了。我盯着屏幕，脑子里想的却全是明月，我再无心安然地躺在沙发上玩手机了，一种前所未有的浮躁和无聊困住了我，怀着一种突如其来的莫名心情，我换了衣服、系上围巾、拿上手机钥匙出门去了。

人民公园里灯火辉煌，热闹非凡，和那次我和明月来时几无区别。天气有些冷，我戴上羽绒服的帽子，双手插在口袋里，低着头走在灯火与人流之间，感觉到一丝久违的宁静和故地重游的沧桑。我既不看花灯，也不猜灯谜，只走着我的路，想着我的事，思绪转了一大圈，又回到了三年前的今天，我和明月并肩而行、吃草莓糖葫芦、在摩天轮上接吻、十指相扣、鱼水之欢……仿佛明月就在我的身边。我思绪纷飞，全然顾不得地上的一双脚，任由它们自行决断，一抬头，却看见天空中那亮闪闪的小房子，才发现它们和我想到了一处去。

时间尚早，但摩天轮的售票窗口前排了很长的队伍，一直延伸到护栏外面，大多是孩子和年轻情侣，还有三五成群结伴而行的朋友。孩子吵闹着，大人哄着，情侣低语着，朋友玩笑着……喧闹之声，不绝于耳。

在那长长的队伍中间，有一处安静的位置，静静地站着一个人，我是看到她前面一个哭闹的小男孩儿时注意到她的。我走近些,看到她身穿驼色的羊绒大衣,一条酒红色的围巾挂在脖子里,她双手插在大衣口袋里,略低着头,眼神空洞,似是在想些遥远的事情。

我加快脚步,再走近些,一颗心悬到了嗓子眼儿。咫尺之间,她略低着的头抬了起来,又微微侧身,一双明目正对上我的目光。那颗悬着的心终于落地了,是明月。四目相望,一时语塞,一千零九十五个日日夜夜的所有情绪,只凝结成一个久别重逢的微笑。

短暂的沉默之后,我说,我没想到你会来。

明月说,我也没想到你会来。

随后,我和明月一边排队一边聊天,聊几句就沉默一会儿,然后再聊几句,断断续续了两三次,我们还站在原地,便从队伍中退了出来。我和明月又如三年前一样,并肩走在了公园的小路上。从我们断断续续的谈话中,我得知明月搬到县城后没多久就来到了愿城,和高中同学一起来的,先是在一家火锅店做了半年服务员,后来又做了手机销售员,一直干到现在。目前租住在西三环的一个小区里,今天正好轮到她休息,就想着来公园看一看。我想问她去年元宵节有没有来公园,但忍住了。我还得知,半年前,明月结了婚。

公园里的人渐渐少了,我和明月就买票上了摩天轮,我们还是聊一会儿沉默一会儿。中间美清给我发了几条微信,我只看了预览信息,就把手机放回了口袋。从公园出来后,我说先将她送回去,她没拒绝,我便拦了一辆出租车。在出租车上和在摩天轮上一样，每说一句话都要缓好大一会儿。晚上的交通畅通，很快就到了明月的住处。

那天晚上，我回到住处，只开了床头的一盏小台灯，我坐在沙发上，脑子里想的全是明月，想着想着，不知怎的，竟无声地哭泣起来。这是我没有想到的。我这才发现，明月在我心底并没有长出一朵花，而是留下了一道尚未愈合的疤。

30

平日里，我工作忙，明月也忙，又都时常加班，虽说重新加了微信，留了手机号，但其实并没有说话的机会。只有在某些个夜晚，将给美清的时间腾出来的时候，才能和明月说上几句不疼不痒的话。有时候，刚说上两句，明月就没了音信，等下次问她时，她就会说，实在太困，眼睛都睁不开了，自己睡着了也不知道。

大概过了两周，我才和明月又见了一面。那天晚上七点，我们约在丹尼斯见面。明月本想在小吃街随便吃点儿，但我觉得这是我们时隔三年后的第一次正式见面，得吃点儿好的，便说最近有点儿上火，吃不了那些油的辣的。明月让我做主，我便带她去了丹尼斯的一家西餐厅。

吃饭时，我和明月不大说话。其实，肚子里憋了好多话，只是不敢说，彼此又不是善谈之人，若硬扯话题，不免有没话找话之嫌，徒增尴尬，不如沉默，专心吃东西。餐厅里本就安静，不说话，其他声音就被放大了，咀嚼声和刀叉碰撞盘子的声音听得真真儿的。倒也不是一句话不说，偶尔也说上两句，都是这个味道如何、要不要再来一点、一会儿干吗去一类的话，全无营养。

之后，我们去看了电影。电影院真是个好地方，黑咕隆咚的，两个人不仅能挨着身子坐在一起，而且谁也瞧不清谁的脸，不用说话，就有引人入胜的故事发生，真希望这电影能演一辈子。

那天以后，每隔几天，我就会和明月见一面，一般都是在晚上，因为白天的时间不好凑，我有空时，她没空，她有空时，我又有工作要忙。有时候，也能赶在同一天休息，但我还有美清，明月也要睡懒觉，或是和朋友一起吃饭逛街，时间又凑不到一起去。每次见面，就是坐在一起吃吃饭、聊聊天、散散步、看看电影。虽说我思想活跃，但身体上从未有过出格之事，就是并肩走在公园漆黑的小路上，也都保持着一尺距离，胳膊从来不会碰到一起去。虽然我肚子里憋了许多话，却不敢对明月讲，也不能像三年前那样，再次将她的手紧紧攥在手里。但就这样，隔几天能和她见一面、吃一顿便饭、说说话、在公园里走一走、静静地坐在一起看一场电影，心里也知足了。

我以为日子会这样一直淡淡地过下去，也希望这样。但人这一辈子不可能长时间在一个状态里，当你觉得日子要安安稳稳地朝着一个方向发展时，总会出点儿什么幺蛾子，让你猝不及防。

那天，轮到我休息，美清专为此和同事调了班陪我，找明月吃晚饭看电影的打算只好搁置一边。那天下午，美清和以往有点儿不一样，若是以往，吃了饭，就直接回我的住处或是酒店去了，偶尔有新上映的感兴趣的电影时，会去看一场电影。但那天下午，美清先是拉着我去博物馆转了一圈，之后又去看了电影，从电影院出来，说是又饿又馋，想去吃夜市，便去了常去的那条夜市街。

吃饱喝足了，美清说，今晚不回去了。

我说，好，打车回去。

美清说，去爱琴海吧，告别圆舞曲。

到了酒店，一如往常，拥抱、接吻、在床上抱着歇一会儿，然后洗澡。我和美清光着身子躺在昏暗的灯光里，正欲行鱼水之欢，美清没由来地说了句，还记得咱们第一次"彻夜长谈"吗？

我说，当然记得，就是在这家酒店，这间房，这张床。

美清说，是啊，时间过得真快，那天咱们也去了博物馆，然后是看电影，吃夜市。

我笑一笑，没说话。

美清侧身过来抱着我说，你爱我吗？

我一愣，然后点点头说，嗯。

美清说，嗯是什么意思？

我说，爱。

美清说，咱们结婚吧？

我没想过和美清结婚,但在这样的时刻又不好拒绝,只好当作玩笑笑一笑,沉默不语。

过了几秒,美清说,她就是明月吧?

听着美清说出明月的名字,心中除了满是愧疚,还有了一丝轻松和疑惑。我不知道美清是如何知道"明月"这个名字的,我从未向任何人提起过明月的事。我继续沉默。

美清说,很漂亮,那天看到你们在一起,看到你看着她的目光时,我就知道,你爱她。

我说,对不起。

美清说,今天我不是来戳穿你的。

她顿一顿,又说,我是来和你告别的,我要走了。

我说,去哪里?

美清说,杭州,书店在那边开了一家分店,要我去做店长,我想去试一试。

我说,嗯。

美清说,好了,不说那些了,你把灯给关了,我现在只想和你做爱。

那天晚上在床上,美清异常主动,声音也比以往大许多。我在黑暗中和她接吻时,发现她脸上湿乎乎的。我试图吻掉她的眼泪,但吻掉一片,总会有新的一片出现,到最后,我脸上也是湿乎乎的一片。

第二天早上,我们在酒店附近的早餐店喝了小米粥,临分别时,美清说,你就不好奇我是怎么知道"明月"这个名字的吗?

　　我看着美清,等她继续说。

　　美清说,有几次,你说梦话,喊了她的名字。

　　说完,美清笑一笑,便转身走了,只留我傻傻地站在原地。

31

美清走后的日子里,我对明月的感情一点一点在心里积攒着、压抑着,但将这些复杂繁多、澎湃汹涌的感情压抑在只有拳头那么大的心脏里,给我带来了生理上的痛苦,我时常因想念明月而感到胸闷、胃痛、眩晕、食欲不振、喘不过气。我知道,这些东西在我心里,迟早有一天会爆发的。

我开始越来越频繁地和明月见面,没多久,就到了每天都要见一见的地步。面对我的邀约,明月倒不大出来了,有时候连信息也回复得很晚。每次见面,临分别时,她总说,你不能老这么单着,得找个女朋友。

很明显,明月在有意躲着我,也是在拒绝我。她知道,我心里还有她。

我妈妈和明月心思一样,也老想让我成个家,但她比明月勤快得多。尤其是近些年,随着我年纪渐长,她三天两头地给我打电话讲人生道理。为此,我去相了不少亲。

后来,我听了明月的话,没老让自己单着。这大半年时间,我前前后后谈了三个女朋友,但是心里还没有完全忘了明月,所以都只当是露水情缘,始终没有安定下来的意思。

每次分手,我都会去找明月聊一聊,喝两杯。这时,明月就会说,你也该成个家了,有了家,日子才有奔头儿,别老这么漂着。

我知道,我和明月经历了那件事情,如今她又是有夫之妇,我们每一次靠近,于她而言都是罪孽。我若再向前,她势必会像当初那样和我诀别,这不是我想要的。我得从心里把她放下,真正地和她保持着这一尺的距离。

32

自我那年在镇上超市遇见明月以后,虽然我不止一次下定决心忘了她,但我始终做不到。尤其是每次和明月并肩走在这座城市里时,我就觉得心安知足,哪怕这辈子永不跨过那一尺的距离,也不会再爱上别的女人。但在时间的长河里,没有什么事情是一成不变的,尤其是人的事儿,谁也说不准。

已是七月,愿城的暑气日盛一日,白天有不少人中了暑,还热死了人;晚上若不开空调,则难以入睡,还有大学里的学生因睡宿舍楼顶坠了楼,也是出了人命。而我,在这日盛一日的暑气中,已连续工作了四十天,且业绩斐然。这日中午,我陪客户试驾完,刚到店里,只觉得头晕眼花,四肢无力,站也站不住,幸亏旁边有一沙发,不然真一头栽地上了。我坐在沙发上,微闭着眼睛,身上不停地冒冷汗。想来是没吃早饭,低血糖的缘故,也可能是在工作上连轴转了四十天,太累了。

我正思忖着头晕眼花、四肢无力的原因，突然感觉胳膊被碰了一下，睁眼一看，竟是郁葱端着一杯水站在我身边。

　　郁葱是我的同事，当初我们一起应聘进来的。其实，长久以来，我们都只是工作上的交情，也就帮领一下快递、顺便带顿午饭、帮忙接待一下客户，直到有一天，我从她平日的关心里觉出一点儿不一样。不知从何时起，她总是在我没吃早饭的时候塞给我一块三明治和一包酸奶，总是在我顾不得吃午饭的时候帮我叫一份外卖，总是在我迟到的时候帮我签到……

　　那时，我刚和美清分手不久。一天晚上，我们几个同事去啤酒花园吃小龙虾，工作上的压力、失恋的痛苦和想念明月的伤感，让我不禁多饮了几杯。人一喝酒，胆儿就大，胆儿一大，就爱乱说乱惹事儿。

　　同事各自散去后，只剩我和郁葱站在马路边儿，她眼睛里带着一点儿勇敢和期待跟我对望了两三秒，仍不移开目光，倒是让我败下阵来。我又上下打量她，修身的牛仔裤勾勒出好看的线条，心头竟生出些许好感和欲望。

　　我说，看什么？

　　郁葱说，看你呀。

　　我玩笑说，你喜欢我啊？

　　郁葱说，对呀。

　　我说，那怎么办？

　　郁葱说，你送我回家。

我笑笑说，引狼入室？

郁葱说，谁是狼还不一定呢。

我和郁葱紧挨着坐在出租车里，能感受到她身上传来的温暖和车厢里越来越浓烈的暧昧气息。酒意使我有些困倦，我闭上眼，身体靠在椅背上。出租车急转弯时，郁葱抓住了我的胳膊，然后脑袋一歪，枕在了我的肩膀上。

到了小区门口，下了出租车，酒已醒了不少。我说，睡够了没？

郁葱说，其实没睡着。

我说，赶快上去吧。

郁葱说，谢谢你送我回来，不上去喝杯茶？

我笑笑说，这大晚上的，你也敢？

郁葱说，就怕你不敢。

我笑一笑说，好吧，你赢了，我确实不敢，赶快上去吧，明天见。

没等郁葱说话，我顺手拦了一辆出租车。我一边跟她挥手告辞，一边钻进出租车，尽快离去了。

郁葱将水杯递给我说，怎么了，你没事吧？

我接过水杯，喝了小半杯水，然后勉强笑笑说，暂时死不了。

郁葱说，你多久没休息了？

我想了想说，一个多月吧，具体我也记不得了。

郁葱说，你说你一单身狗，那么拼命干吗呀？照你这么干，狗也得累死了。

我说，不带你这么骂人的。

郁葱说，不管你了，我要忙去了，一堆事儿呢。

我晃了晃手中的杯子说，谢谢。

郁葱走后，我又闭上了双眼，脑子胡乱想了一通，突然又跳出郁葱的那句话来，"那么拼命干吗呀？"细细想来，虽然工作减轻了我因迈不过和明月的那一尺距离而带来的痛苦，还获得了领导的褒奖，钱包也越来越厚，但除了吃喝拉撒睡以外，我就只剩工作了，甚至连书店也很少去了。倒不是说努力工作不好，但为了工作把自己搞到晕倒，却是不值当。即便不晕倒，只是一味吃喝睡觉工作，也不是我想要的生活。不禁想起许巍的那句歌词：生活不止眼前的苟且，还有诗和远方的田野。突然脑子里冒出一个想法：我得出去转一转。

我又在沙发上了闭着眼休息了几分钟，便起身向领导办公室走去。我跟领导请假时才知道我已经连续工作四十天了，领导见我面色苍白，满额头冷汗，说话也有气无力的，也是吓了一跳，可能也是怕出了人命，便爽快应允了。临走前，他还夸我最近表现不错，让我好好休息，回来后继续努力。

从领导办公室出来后，我又找到郁葱，将手头几个有意向的客户移交给了她。

我说，这些客户我都已经谈得差不多了，不出意外的话，这几天应该就能成，回头我再跟他们说一声，到时候你替我接待，业绩嘛，算你的。

郁葱说，什么情况啊，怎么跟料理后事似的？

我说，乌鸦嘴，你就不能盼我好点儿？

郁葱说，那你这是几个意思？

我说，我就是请假了，休息几天。

郁葱说，请假也不至于送我这样的大礼吧？

我说，你的杯水之恩，我肯定得涌泉相报啊。

郁葱说，不愧是前男友，果然够义气。

我装作嫌弃的样子哼了哼，没说话。

郁葱说，请了几天假？有何重大计划？

我说，七天，就是临时起意，没想好呢，先回家睡上三天三夜再说。

郁葱羡慕说，真爽啊，我也好想回家睡个三天三夜。

我本打算睡三天三夜，但我只睡了一下午，就睡不着了。又想着第二天终于能睡个懒觉了，但闹铃还没响，便自己睁开了眼睛。这样也好，可以将更多的时间留给诗和远方的田野。

关于去哪儿转一转这件事，并没有让我为难。因为在这个想法产生的时候，目的地就随之而来了。随即不禁心中自嘲，瞧，你还是忘不了她。

我准备去北海涠洲岛。明月来愿城找我看花灯的那天晚上，在酒店昏暗的房间里，她躺在我怀里，告诉我说有机会想去海边走一走，还特地提到了涠洲岛。后来，再见到明月，有几次我隐隐约约透出点儿想和她一起去涠洲岛的意思，但她都没接茬儿。

那是明月第一次看见大海的地方。

我本想第二天下午就出发，但下午的机票比早上的贵了一倍还要多，不过早上有一点不好，从市区赶到机场，时间上不方便，我得四点起床才行。便又预定了机场附近的酒店。即便如此，还是能省下二三百块钱。

不过，就算是住在机场附近的酒店，时间上也是不从容的。五点半，我便从床上爬了起来，匆忙地洗漱、退房，早饭压根儿没想起来，六点准时坐酒店的专车赶往机场。到了机场，又得排队取票、过安检、登机，一切都在匆忙之中。不禁又感慨起来，我这是出来散心，还是出来找罪受？这打折机票呀，就是这样，除了便宜，哪儿都不好。

上了飞机，一边小步腾挪，一边左顾右盼地找到了座位，先从双肩包里拿出了一本博尔赫斯的《恶棍列传》，又将包放在行李架上，落了座，一直因赶时间而紧绷的神经这才放松下来。这是我第一次坐飞机，虽不至于吓得腿软，但还是有些紧张。我的座位正挨着窗，透过平底锅般的窗口，正好看见机翼，轻飘飘的，脏兮兮的，毫无光泽，起飞的时候，还小幅度地晃着。想着被这样一个没安全感的大家伙托向万米高空，真不是明智的选择。又转念一想，破点儿也是好事儿，破，说明飞得多，飞得多，就有经验，有经验，就不容易犯错，就越安全。

　　我正胡思乱想，一扭头，竟看到一个熟悉的身影。只见她穿一件白色T恤和一件泛白色的牛仔短裤，戴着墨镜，细长的脖子里挂一条宝石红色的四叶草吊坠，我知道那个品牌叫梵克雅宝，法国的，价格不菲。她的双腿白皙而修长，在从窗口投射进来的七月清晨的天光和机舱里的灯光下熠熠生辉，使人不禁多看几眼。她正举着一个粉色的拉杆箱，试图将它放进行李架上，也因此，露出了腰间的一圈皮肤。我看到了她平坦腹部上小巧可爱的肚脐。

33

我叫了一声"玲珑"。

玲珑先是惊讶地朝我这边看了一眼,又动了动行李箱,放稳了,这才摘下墨镜说,苏青云?

我本已挺直的身体又往前倾了倾说,你在哪儿坐?

玲珑看看机票,又看看我旁边的空位说,这儿,这也太巧了吧。

我笑笑说,只能怪世界太小。

玲珑侧身走过来,坐在了我身边。玲珑说,你这是干吗去?

我说,没啥事儿,出来散散心。

玲珑说,你不是要去涠洲岛吧?

我说,对呀,你怎么知道?

玲珑说,我也要去那里。

我说,啥也不说了,都是缘分。

玲珑说,这比缘分还奇妙。

我说，你现在在哪儿高就呢？

玲珑说，滨湖小学，三年级二班。

我说，原来是我们辛勤的园丁啊，祖国的花朵有救了。

玲珑说，你呢，在哪儿上班？

我说，我现在干销售，卖车。

玲珑说，你以前不是在书店？

我说，是啊，毕业没多久就辞掉了，活不下去，没办法。

玲珑说，也是，现在哪儿还有人读书啊。

我拿起手边的书说，这不就有一个嘛。

玲珑说，可能也就你这一个了。

我笑了笑说，你怎么一个人出来玩儿啊？

玲珑说，没人陪呗。你呢，怎么也一个人？

我学着玲珑的口气说，没人陪呗。

玲珑叹息一声说，看来是同病相怜。

我说，我正愁一个人玩儿没意思呢，你要不嫌弃的话，凑个伴儿呗？

玲珑说，正有此意。

这时，机舱里响起了播音员动听的声音，我和玲珑系上安全带，关了手机，又为这次巧遇的缘分而笑望了对方一眼。接着，飞机动了起来，越来越快，之后在极速中离开了地面，钻进云里，朝大海的方向飞去。

本想和玲珑探讨一下此次旅行的计划，但她对美食、景点和路线全没做功课，甚至连酒店也没订。

玲珑说，你订了？

我说，订了啊，不订你住哪儿？

玲珑说，到了地方再订也不迟。

我说，现在正是暑假，酒店还是比较紧张的，尤其是当天的，而且还得看位置，得方便咱们的计划路线才行，不然时间都浪费在路上了。

玲珑说，你订的哪个？

我手伸进裤兜里摸出手机，这才意识到关了机。我想了想说，好像是叫什么KK，看照片和评价，还不错。

玲珑说，下了飞机我也订一间。

我说，希望还有房间。

玲珑说，放心吧，肯定有。

在天上飞了两个多小时，下了飞机，心情和脚步都轻盈了不少，我和玲珑的关系也拉近了不少。我们先在机场简单吃了点儿早饭，又买了些零食，之后坐大巴赶往南宁高铁站。高铁站的人不少，每台自助机前都排着长长的队伍，为了提高效率，我们分别排了不同的队，等了近半个小时，才在我这边买了两张去往北海的动车站票。

上了车，我们沿着走廊徐徐前进，走了两节车厢，终于在车厢的连接处找到一方无人空间，像是夜晚里在山林中极度疲惫时找到了一处山洞，心情立刻大好。玲珑从行李箱中扯出一块一米见方的红色格子布，对折一下，铺在了地上。我们肩膀挨着肩膀坐在上面，背靠着白色的车厢，一边吃零食一边聊了起来。

我说,你是不是早就知道买不着坐票,故意带块儿格子布?

玲珑说,对呀,我出门前掐指一算,火车买不着坐票。我心说,那可不行,本姑娘怎么能站着呢,本来是想带沙发的,但行李箱实在放不下,只能退而求其次,就带了这个。

我说,那你有没有算到会遇见我?

玲珑说,当然了,买机票时,我又掐指一算,算到飞机上会遇到你苏青云。心说,都是一个班的,又许久未见,坐一块儿得了,还能说说话。我又算了算你的位置,于是乎,我就订了你旁边的位置。

我说,原来是这样。

玲珑说,不然呢,你真以为这么巧啊?

我说,那你再掐一掐,算一算,看看咱们后面有啥奇遇没?

玲珑说,我之前掐太多,功力都用完了,必须七七四十九天以后,才能再掐。

我将薯片递给玲珑说,快多吃点儿,补充一下功力。

玲珑接过薯片,捏了一片塞进嘴里说,薯片确实是恢复功力的灵丹妙药。

我突然想起了什么似的说,对了,赶紧订酒店,一下飞机就该订的。

玲珑说,你不说我就给忘了,你把链接发给我。

我将酒店的链接发给玲珑说，不知道还有房间没了？

玲珑翻看着手机，过了几秒说，貌似没有了，现在酒店生意这么好吗？

我一边翻看手机一边说，暑假里学生没事儿，都是出来玩儿的，你看看附近的酒店还有房间没？

玲珑说，我看看。

我说，比较近的几家酒店也没房间了，看来只能换远一点的了。

玲珑说，你订的是什么房间？

我说，标间，本想订大床房来着，但当时只剩标间了。

玲珑说，那就不用麻烦了，两张床，正好你一张，我一张，咱俩一人一张。

我挑挑眉毛说，你不介意的话，我当然没问题。

玲珑说，这有什么介意的，不就是两个清清白白的单身狗，出于无奈，在一间房里的两张床上睡一晚嘛。

我说，也确实是这么回事儿。

玲珑说，本来就是这么回事儿。

我说，还有，你是单身狗，我是单身贵族。

玲珑瞪了我一眼说，滚。

动车疾驰了一个半小时，终于到了北海。

我和玲珑先去酒店放行李。刚进房间，玲珑就将行李箱丢在一边倒在了床上。

玲珑说，累死我了。

我将背包放在沙发上，一边走向阳台一边说，先歇会儿，一会儿附近转转，看看有什么好吃的。

阳台不大，半开放式的，只有到人胸口那么高的围栏围着，站在阳台能感受到阵阵海风吹来，很舒爽。阳台一角放了一张玻璃面小圆桌和两把藤椅，中指从上面滑过，一点灰尘也没有，我想象了一下晚上和玲珑坐在这儿喝啤酒边聊人生的画面。楼下面是一个很大的游泳池，没有水，蓝色的方形瓷砖看上去有些破败，想来是很久没使用了。站在阳台的护栏边，可以眺望远处的海，这也是我当时订这家酒店的原因，离海近，晚饭后可以在海边吹吹风、散散步，想一想心事。

这时，玲珑走了过来，说她有些饿了，还说这风吹着真舒服。我们靠在护栏上，一边看远处的天空和海面，一边吹海风，一边讨论一会儿吃什么，还没讨论出结果，天空就哗哗地下起雨来。雨来得快，去得也快，没多大会儿，便停歇了，我和玲珑拿了把伞出了酒店，在附近的一家无名小店里一人吃了一碗海鲜粉，玲珑结的账。

玲珑说，今天的住宿你管，饭必须我管。

下午，我们本想去银滩，但天公不作美，总是隔一小会儿就下一场雨，又刮着不小的海风，伞也撑不住，实在不便，就作罢了。但来也来了，总不能因为下雨就躲在房间哪儿也不去，便就近去了海洋馆。海洋馆也不错，里面有许多奇奇怪怪的海洋生物，还有游客雇了讲解员，倒是获益不少。

玲珑说，虽然没有多少意思，但有一点是好的。

我说，什么？

玲珑说，这里面不下雨，不刮风。

从海洋馆出来，雨还在下，我和玲珑实在无处可去，只好回酒店躲雨，顺便商量一下明天去涠洲岛的事情。回到房间，打开手机才发现船票已经售完，只好推迟一天，预订了后一天的船票。

我长叹一声说，计划永远赶不上变化，咱们的计划全乱套了，银滩没去成，还得晚一天上岛。

玲珑说，倒也无所谓了，出来玩，心情最重要，要放松，走哪儿是哪儿也挺好。

我说，你倒是好心态，我是不行，没个计划，总觉得心里没底，没安全感。

玲珑说，你啊，真是充分体现了现代人的焦虑和不安，就算出来玩，也是紧张兮兮的。不过这也不能怪你，都是生活给逼的。

我说，你就不焦虑？

玲珑说，不焦虑啊。

我说，大家都焦虑，你为啥不焦虑？

玲珑说，我也不是不焦虑，以前我也焦虑，焦虑死了，可是我没办法啊，但凡事都有两头，这一头没办法，那就从另一头下手呗。

我说，另一头是什么？

玲珑说，降低诉求啊，别想那么多。现代人的焦虑，都是欲望在作祟，各种各样的欲望，欲望多了，就不容易得到满足，欲望得不到满足，肯定焦虑。你不想那么多，就没那么多欲望，没那么多欲望，自然就不会焦虑了。

我说，有道理，不过怎么觉得有点儿安于现状、破罐儿破摔的意思啊？

玲珑说，悟性真高，说白了，就是这么个意思。

我说，行，那我也向你学习，降低诉求，排除欲望，啥也不想，就从现在开始，咱们走哪儿算哪儿。

玲珑说，这就对了，别那么紧张，车到山前必有路。

从海洋馆回来，我们躺在两张床上，一边听屋外的雨声，一边看着电视节目，一边天南海北地胡侃，不知不觉竟睡着了。醒来时，已近六点，雨也停了。可能是中午吃得多，又动得少，我们都不饿，便穿着房间的拖鞋去了海边，想着看到什么就吃点儿什么。

我们沿着海边修建的堤岸漫步，起初还带着一股新鲜劲儿，聆听着海的声音，享受着海风拂面。但走了一会儿，眼前的风景始终如一，天色也渐渐暗了下来，玲珑觉得无趣，我们便下了堤岸，拐到了一条安静的小路上。穿过小路，眼前突然横出一条热闹的小吃街来，有点儿误入桃花源的感觉。看着眼前熙熙攘攘的行人，一家挨一家的小吃门店，本来平静的心情顿时兴奋起来。玲珑先是拍了几张照片，又让我给她拍照片和视频。我们边走边拍，途中买了两大杯冰奶茶，最后选了一家还算热闹的海鲜烧烤店。海鲜种类很多，价格不菲，想尝鲜，又怕不好吃，最终，本着不浪费的原则，选了几样平日里吃得多的螃蟹、生蚝、扇贝、花甲和鲜虾。我本想再要点儿别的，但玲珑不让，说是要留着肚子再去别家吃。玲珑说话算话，从烧烤店出来后，果然又零零碎碎地吃了许多小吃，真应了林宥嘉那首歌——《看见什么吃什么》。

回到酒店时，已过了十二点，我们简单洗漱后，没说几句话，玲珑便背对着我睡着了。一天内，连续坐飞机、大巴和火车，又在陌生的环境里乱跑一通，下午那一会儿小憩，确实不足以缓解疲惫。我蜷着身体，看着玲珑从被子里伸出的半截后背和后脑勺，又想起了刚进大学时暗恋她的时光，想着想着，也睡着了。

34

第二天上午,我和玲珑去了银滩,下午去了滨海公园,一路上走走停停,吃吃喝喝,开开玩笑,拍拍照片,时间倒也过得很快。

晚上,我们没有在外面吃,而是打包带回了酒店。一是因为那家店的环境实在不敢恭维;二是因为累,就想早点回酒店歇着;三是因为要了啤酒,等喝得晕晕乎乎,就直接躺床上睡了。我们吃的海鲜,还是老几样,配了点儿青菜和主食。

有了酒,就想讲故事。两罐啤酒后,玲珑跟我讲了她和前男友的故事。

玲珑说,谈了三次恋爱,这一次伤得最深最痛,当时初恋男友给我戴绿帽,都没有这么痛心。

玲珑喝一口啤酒,继续说,我们是在一次旅行中认识的,那是前年夏天,我参加了一个朋友组织的旅行团,八个人,四男四女,去敦煌的沙漠看星星。那时,他瘦瘦高高的,中长发，形象谈不上好，但也过得去。他穿一套专业的旅行装备，据说是老驴友，他眼睛里有一种与年龄不符的沧桑和稳重，一路上有他在，就觉得有安全感。我们另外七个人，有什么事儿了也就不自觉地先问他。他呢，对我也很照顾。其实，他对每个人都很照顾。所以，我也没多想。回来以后，我们一行人在火车站寒暄告别，待其他人都走了，他却说要请我吃饭，还说要我做他女朋友。我对他是有些好感的，面对这么突然的表白，自然是心中欢喜，但我还是有点措手不及。那天，我和他一起吃了饭，但没答应做他女朋友。之后的几天，他每天都来找我，然后我们一起吃饭、看电影、看话剧、看画展、在城市里乱跑，他总是能找到有意思的事情做。这样的日子大概有半个月，终于，我没抵挡住他的热情，答应了他的追求。他是个闲不住的人，后来，我们又一起出去旅行过很多次，去了很多地方，有时组团，有时就我们两个。现在想一想，那真是一段快活的日子。可突然有一天，他就消失了，微信不回，电话不接，他住的地方也没人。你说一个人，一个你最亲近的人，一个前一天还跟你说情话的人，怎么就那么毫无征兆地消失了呢，一点儿痕迹都没有，就好像这个人从来没有出现过。我也不是说忘不了他，我就是不甘心，就算是不想在一起了，好歹说一声，随便给个理由，也算是了结。大家都是成年人，好聚好散的，谁也不会纠缠谁，对不对，你玩失踪算怎么回事儿？真是渣男。

说到这儿，玲珑有些激动，本就有些微醺的她又将半罐啤酒一饮而尽。我知道,这个时候,玲珑需要的不是安慰,安慰对于失恋的人来说毫无用处,而是应该和她站在同一战线,恨她之所恨,骂她之所骂。

我从地上拿起一罐啤酒打开,放在玲珑面前说,对,真是渣男,玩失踪,太不要脸。

玲珑说,你说他怎么就不能跟我说一声呢,他怕我缠着他啊?他以为他是谁啊。

我说,这种渣男,你不能按正常人的逻辑去想他。不,你就不能按人的逻辑去想他,这就是禽兽,你跟禽兽讲道理,那不是给自己找不痛快嘛。

玲珑说,你说得对,人怎么能跟禽兽讲道理呢。

我说,本来就是嘛。

玲珑喝了一大口啤酒说,可我还是不甘心啊。

我说,得,白说了。

其实,我多少也理解一些玲珑的心情,就像当时明月那样决绝地离开我,明知再没有挽回的余地,可还是想得到一个理由。有了理由,才能让自己甘心,不然心里总揳着一根钉子,一想起来就会疼。

玲珑说,你也讲讲你的失恋故事啊,光听我卖惨了,你也把你的伤口撕开来让我瞧瞧,比一比,咱俩到底谁惨?

脑子一晃,突然想起周星驰的电影《唐伯虎点秋香》里比惨的经典桥段。我喝了口酒笑笑说,要比惨的话,你肯定比不过我,谁能有我惨。

玲珑说，少来，惨不惨，你讲了之后才知道。

于是，我跟玲珑讲了我和明月的故事。这是我没想到的，这是我第一次将我和明月的事说给别人听。讲明月的事之前，我有些犹豫要不要讲，或者要不就拿一段别的感情回报玲珑。我知道，我之所以心中犹豫，是因为我还没有忘了明月。心里记着一个人，一个爱而不得的人，就不想让别人知道。但我还是决定讲明月的事，作为对玲珑故事的回报。因为，玲珑将她最深最痛的伤口揭开给我看，我也得拿我最深最痛的伤口回报她，我得讲义气。

以往，每次想起明月，总是心痛无比。但这次我将和明月的事实实在在地讲给另一个人听，讲完了，内心倒是不像从前那样痛了。想来是喝了点酒的缘故，也可能是有些日子未见明月，时间让她在我心里淡了一些。

讲完了，玲珑说，真没想到，你身上还藏着这么深的故事，你一定很想她吧？

我笑了笑说，想有什么用，一切都过去了，而且无法挽回。

玲珑举起啤酒罐说，过去的就让他过去吧，来，喝酒，干了。

我也举起啤酒罐，和玲珑碰了一下说，干了。

玲珑将空啤酒罐扔向墙角的垃圾桶，没进，落在地上，发出叮叮当当的声响，这让她懊恼不已，以至于张口说出了F开头的英文单词，像是篮球比赛的最后时刻投丢了绝杀球。

我将手里的空罐子递给玲珑说，你喜欢篮球？

玲珑接过空罐子说，你怎么知道？我可是库里的脑残粉儿。

我笑笑说，热爱篮球的人，自然能体会出那种投丢关键球的懊恼心情。

玲珑又将手里的空罐子朝墙角的垃圾桶扔去，空罐子和垃圾桶擦肩而过，砸到墙上后弹落在了地上，又发出令人讨厌的叮当声。不过，这次的叮当声并没有让她更懊恼，她随即一笑，释怀了似的说，今天手感不好，库里也有手感不好的时候。

我说，尤其是打湖人的时候。

玲珑说，哎哟，行家啊。

我说，那是，看球很多年了。

玲珑说，那你最喜欢谁？

我算是比较理性的球迷，看了这么多年NBA，倒也没有说最喜欢哪个球员，优秀的球员我都喜欢，没理由不喜欢。上学的时候，老能碰见两个同学为"科比和詹姆斯谁更厉害"而抬杠，抬到最后，弄得老死不相往来，更有甚者为此大打出手，头破血流。网上就不用说了，尤其是那些被"非此即彼"逻辑控制大脑的球迷，疯了似的，逮谁咬谁，言语之恶毒，亘古未见。

我想了想说，我要是不说库里，你会不会打我？

玲珑面露凶光，摩拳擦掌说，这个你放心，我虽然是库里的脑残粉，但我也是很包容身边其他粉丝的，我向你保证，保证——不打死你。

我笑说，特别巧，我最喜欢的也是库里。

玲珑说，不错不错，求生欲很强嘛。

说完，玲珑又拿起手边几个空罐子，一个接一个地扔向了墙角的垃圾桶，竟然全进了。

我说，果然是库里的脑残粉，确实变态准。

玲珑满足地笑了笑，抛给我一个骄傲的眼神说，那是，来，吃菜吃菜，这么新鲜这么贵的海鲜，别浪费了。

玲珑说着话，便捏起一只白灼虾，剥干净，放进料汁，然后用筷子夹起来，填进了嘴里。

我放下啤酒罐，吃了一只烤扇贝。

酒越喝越多，人越来越迷糊，话也就越聊越深远。

那天晚上，我和玲珑喝了很多酒，说了很多话。后来，我觉得阳台上的藤椅不舒服，便拿着啤酒罐靠着一只枕头坐在了床头。没一会儿，可能玲珑也觉得藤椅不舒服，和我隔着距离喝酒聊天也不方便，便也拿着啤酒罐坐在同一张床的床尾。再后来，我们就迷迷糊糊地横躺着睡着了。

35

我是被一泡尿憋醒的。我刚睁开眼，就看到了躺在我身旁的玲珑，她抱着一只枕头侧身躺着，面朝我，她微张着嘴，呼吸均匀，脸上蒙了一层薄薄的油光，看上去很安详。我翻了个身，坐起来，准备去洗手间。床垫的微微晃动，惊动了玲珑，她翻了半个身，平躺在了床上。玲珑突然发出微弱的声音，问我几点了。我看看手机，告诉她十点零八分。随后，我去了洗手间，洗漱时，门缝里传来了一首不知名的歌声和烧水壶烧水的声音，想来是玲珑也起来了。

我一边帮玲珑收拾东西，一边和她闲聊。刚到酒店时，她就从那个粉色的小行李箱里掏出许多零零碎碎的小东西，尤其是她那张脸用的，光大大小小的瓶子，竟有七八个，只是记住它们的名字就够呛了，还要记住它们的用途和使用顺序，真是令人头大。看着玲珑熟练地使用它们，犹如庖丁解牛，不由惊呼赞叹，深感佩服。

玲珑说，我能熟记这些东西，就像你能记住那么多球员的名字和他们的数据一样，这一切都源于兴趣。不感兴趣的人自然不会花时间去了解，不了解，自然觉得厉害。

我说，话虽如此，但看着你使用这些瓶瓶罐罐，还是觉得精彩。

中午，我和玲珑又在那家不知名的小店吃了海鲜粉。玲珑说她特别喜欢他们家的泡椒，脆脆的，甜甜的，辣也恰到好处。临走时，还向老板买了一罐头瓶的。和老板告别后，我们便打车去了码头。

北海的天气有点儿怪，昨天还阴雨连连，今日却晴天了，而且太阳毒辣，丝毫没有雨后的清爽。码头和想象中的不太一样，想象中，总会给不熟悉的地方染上些浪漫主义色彩，但到了才知道，这和愿城的汽车站无甚区别，人多、杂乱，唯一的区别是愿城的汽车站没有船，这里有船。船也和想象中的不太一样，想象中的船是泰坦尼克号的样子，但要小一些，这里的船是愿城汽车站大巴的样子，还更破败些。我和玲珑本来怀着舒畅的心情想在周围转一转，但取了票，拿着冷饮冰棍儿站在空调口，就顿时打消了念头。

玲珑说，出来玩嘛，心情最重要，也不是说去的地方越多越好，坐着不动就不好。

我说，深以为是。

坐着不动也很好，身体休息着，思绪就会忙起来，思绪忙起来，才能想到许多事情。我和玲珑坐在空调口，吃了一根冰棍儿，终于想起了还有重要的事情未办：预订酒店。我一边拿出手机一边想,我们要是拎着行李顶着大太阳出去转转,一定会因此出很多汗,湿透衣服,到时又难受又疲惫,定会无暇顾及预订酒店的事。

我说,你手机有信号吗?

玲珑也在看酒店,她说,没有,软件打不开。

我说,你什么卡?

玲珑说,联通的。

我说,我也是联通,联通的信号就是不好,我在单位和住的地方都没信号。

玲珑说,你打电话投诉,我住那地方,以前也没信号,投诉后没多久就好了。

我说,我也投诉过,我们同事也投诉过,但没用,还是没信号。

玲珑说,那真是没辙了,换卡吧。

我说,看来只能到酒店再订了。你看这些人,都是去岛上的,估计酒店比较紧张。

玲珑说,你有目标酒店没?

我说,我之前看了一家民宿,图片、评价都不错,价格也不贵,还能自己去海鲜市场买海鲜,让老板做,听说只收十块钱工费。他们还出租电动车,咱们到时候可以一人骑一辆,既能欣赏美景,又能节省体力。

玲珑说,我不会骑电动车啊,尤其是那种大的,完全把控不住,以前朋友新买的电动车让我试骑,刚上去就摔了,后视镜都折了,给她心疼的。

我说,那就我骑一辆,你在后面追,也行。

玲珑哼了一声,给了我一双白眼。

风吹得海面波涛汹涌,船在海里摇摇晃晃的,船一摇晃,我就跟着摇晃。刚开始还挺好,优哉游哉的,可晃了一会儿,我胃里就开始翻腾,就想吐。晕船的乘客不在少数,工作人员到处分发着塑料袋子,"啊啊哦哦"的声音响彻全船,那味儿,那场面,不晕船的也想吐了。玲珑倒是没事儿,她坐在我对面的沙发座椅上,一会儿给我支支招儿,让我身体后仰,靠在座位靠背上闭着眼;一会儿给我递递水,让我压一压。闲暇之余,她还能看看窗外的风景。其实窗外也没啥风景,除了一望无际的海,还是海,偶尔能看见远处一艘和我们乘坐的一样晃晃悠悠的船。我估计,玲珑也不是看风景,她只是不想看见周围那些"啊啊哦哦"的人。玲珑的招儿很管用,我自己也做了些努力。一路上,我靠在座位的靠背上,闭着眼,我的胃里翻江倒海,生怕在玲珑面前"啊啊哦哦"地乱吐一通,损了自己的形象。我始终没让自己吐出来,保住了自己形象,这一点,我很满意。

下了船,到了地上,翻江倒海的胃才渐渐平息下来,我也终于有心思看看周围的风景,跟玲珑说几句话了。我们像大多数游客一样,站在码头眺望了一会儿海面,拍了几张照片,不得不说,涠洲岛的海还是很漂亮的,海水很蓝,那种心旷神怡的蓝。一时又想起还得尽快赶到民宿酒店,便赶紧从心旷神怡的蓝里抽出身，加快脚步，在人群中疾行起来。

出了码头，我和玲珑上了一辆三轮车，司机师傅是个急性子，在干净狭窄的柏油公路上风驰电掣，拐弯的时候也不减速，给人一种时刻要翻车的感觉。一路上，我和玲珑享受着清爽的海风，欣赏着路边的风景，在种类繁多的植物中，只认出了波罗蜜和香蕉。正说着晚会儿可以买点儿波罗蜜吃的时候，三轮车停在了一家小院门口。

院子里有座三层小楼，正是我们要找的民宿酒店，楼前是一间宽阔的低矮平房，通过敞开的大铁门，可以看到一台白色冰柜和四张暗红色桌子，想来是网上评论里说的餐厅。餐厅旁边是蓝色铁皮搭建的棚，里面停了七八辆电动车，有几辆正在充电。院子的一角，还有一棵茂盛的大树，主树干粗壮，枝干七拐八拐自由伸展，上面挂了几颗比西瓜还要大的波罗蜜。

我和玲珑进了三层小楼办理入住，老板娘是个四十岁上下的女人，长发，纤瘦，穿着藏青色圆领棉麻T恤和米色的棉麻裙子，她手边放了一本米兰·昆德拉的《好笑的爱》，中间位置夹了一支木质书签。闲谈之中，得知她不是本地人，两年前，脑袋一热，便辞了工作到这里来租了人家的房子干民宿，虽然没以前挣得多，但自由自在。老板娘说，人总得为自己活几年。我和玲珑频频点头，深以为是。我跟老板娘说要开两间房时，她眼神中闪过一丝迟疑，只一瞬，便消散了，想来是她误会了我和玲珑的关系。

房间都在三楼，两间大床房，挨着。我和玲珑先回房间放了行李，然后下楼找老板娘租了一辆天蓝色的电动车，本来是按半天收费的，但老板娘慷慨，免了半天的租车钱。我和玲珑连连道谢。之后，我们又打听了各个景点和海鲜市场的位置，本就听了个大概，骑上车，上了路，一高兴，一个字也记不得了。

那天下午，我骑着天蓝色的电动车，载着玲珑，不可避免地又找到了恋爱的感觉。我们一边海阔天空地聊天，一边在涠洲岛的小路上尽情飞驰。我们一会儿大叫，一会儿唱歌，一会儿停下来拍几张照片。我们还在一片荒芜的沙滩上挖了一个很深的洞，将所有的哀愁都倒进去，埋起来，海水一来，了无痕迹。天黑之前，我们找到了海鲜市场，买了几样叫不出名字的海鲜。

我和玲珑在涠洲岛住了三个晚上，闲闲散散地去了许多地方，拍了许多照片，吃了许多海鲜和波罗蜜。到了晚上，我们又坐在一起谈天说地，畅聊人生。每到这时，我总是忍不住想起那些曾经暗恋玲珑的日子。我知道，曾经已经熄灭的暗恋火苗，自在飞机上遇见玲珑的那一刻起，又一点一点燃烧起来。我还知道，我之所以将我和明月的事情讲给玲珑听，不全是因为坦诚相待，更因为我想讲给她听。

最后一个晚上，我和玲珑又坐在一间房间里喝酒聊天。酒过三巡，玲珑又玩起了往垃圾桶里扔啤酒罐的游戏。一个沉默的空当，正遇上玲珑微醺的眼神。我犹豫了一下说，告诉你一个秘密吧。

玲珑迎着我的目光,和我对视两三秒,然后笑笑说,让我猜一猜。

我说,好,你猜。

玲珑笃定地说,你喜欢过我。

惊叹于玲珑的一语中的。我说,想不到你不光往垃圾桶里扔啤酒罐准,看人心思也这样准。

玲珑笑笑说,看人心思比往垃圾桶里扔啤酒罐容易多了。

我说,你怎么知道的?

玲珑说,很久以前,我就知道。

我说,很久以前是什么时候?

玲珑说,你上课时偷偷看我的时候。

我笑了笑,不说话,算是默认。

玲珑说,那时,你上课的时候总爱偷看我,放学了,还等我一起出教室,偶尔还会假装不小心地碰到我。

我说,我没有告诉过任何人。

玲珑说,我又不瞎。

我笑笑说,只能怪我演技不好。

玲珑笑一笑,颇为神秘地说,我也告诉你一个秘密吧?

我身体前倾,将举到一半的啤酒罐放下来说,什么秘密?

玲珑喝了一口啤酒,顿了顿说,我也喜欢过你。

我不可思议地"啊"了一声说，什么时候啊？

玲珑说，大一下学期刚开学的时候吧，体育课上，你穿着黑色的运动装，一边打乒乓球一边和既明讨论张爱玲。当时我和珍珍就在你身后的石凳上坐着，我一边看你们打球，一边听你们讨论，一边又想起你上课时偷偷看我的样子，心里的感觉突然就不一样了。

我叹息一声，不无遗憾地说，那时候，我也正喜欢着你，早知道该向你表白的。

玲珑说，可惜时间不会倒流。

我又叹息了一声，举起啤酒罐说，喝酒喝酒。

玲珑举起啤酒，和我碰了一下说，其实，遗憾才是最美的。

我说，你那个时候不是有男朋友吗？寒假前我还在学校里见过你们。

玲珑说，你是说在学校里遇见那次吗？

我点点头说，对呀。

玲珑说，其实，那个时候，我已经跟他提出分手了，他是来找我复合的，我没同意。

我说，就是给你戴绿帽那个渣男？

玲珑点点头，嗯了一声。

我说，那个时候，我一直以为你有男朋友。

玲珑说，如果，当时你知道我没有男朋友，会跟我表白吗？

我想了想说，也许会——嗯——会。

玲珑说，如果我知道是后来的结果，我也一定会早点告诉你。

我说，什么意思？

玲珑说，我本来是打算告诉你的，但我晚了一步。那是暑假前，有一天下午放学，我鼓足勇气向你走去，想让你带我去你工作的那家书店，但刚迈出第一步，就看见你身边站着一个女孩儿，穿着天蓝色的连衣裙，很漂亮。后来，我听说，她叫芳菲。

我说，都是造化弄人，

玲珑说，有缘无分，完美错过。

我说，那你说老天这次让咱们再次遇见是什么意思？

玲珑说，可能就是为了让咱俩把话说开，给故事画上一个句号。

我说，也许是新的开始呢？

玲珑笑笑，不说话。

回到愿城，我和玲珑在地铁站告别，因为心里有了爱情的顾虑，不似在涠洲岛时那般能说会道了。

我说，那再见了。

玲珑点点头说，再见。

我站在原地动也不动说，再见。

玲珑也站着不动。她说，走呀，傻站着干吗？

我说，我还有话。

玲珑笑一笑说，有话就说呀。

我说，我已经错过你一次了，不想再错过你第二次。玲珑，我喜欢你，做我女朋友吧？

玲珑说，就这？

我说，就这。

玲珑说，我知道呀。

我说，所以呢？

玲珑说，所以你得送我回家呀，难道你要让你女朋友自己回家吗？

36

从北海回来后,我开始重新上班,白天忙碌,只有晚上下了班,才能和玲珑一起吃个饭,聊聊天。暑假结束后,玲珑也上班了,再者他们学校比较偏远,这一来,就不能天天见面了,得等到周末。不见面时,我们就视频聊天,不知是不是刚恋爱的缘故,我们总是有说不完的话,也总舍不得挂断视频。

九月的最后一个周末,我正和玲珑看电影,突然接到既明的电话,喊我喝酒。毕业后,既明的文学事业可谓是风生水起,一连出了两本短篇小说集、四本长篇小说和两本游记。虽然名气不如当下的那些文学明星,但也积累了不少忠实粉丝,经济上更不用说了。

我压低声音说了两句,引来不少人往这边看,既明那边也埋怨我声音小,听不清,无奈,只好弓着身子走过一排大腿,出了放映厅。

既明说,你干吗呢,声音那么小。

我说，看电影呢。

既明一声怪笑说，哎哟，跟谁啊，女朋友啊？

我说，是啊。

既明说，那正好，晚上一起吃饭。

我说，你就这么喜欢当电灯泡？

既明说，谁当电灯泡啊，我也带上女朋友。

我长叹一声说，不知道你又骗了谁家小姑娘。

既明说，少废话，七点半，学校门口见吧。

我诧异地说，干吗在学校门口见啊？

既明说，咱们多久没回去过了，突然有点想吃学校门口的烧烤了。

我细想一下，确实太久没有回学校看过了，便答应了。

看完电影，已近六点，我和玲珑手牵手出了电影院，先是买了两杯果饮，一边喝一边四下里转了转。玲珑到了化妆品的橱窗前就走不动，挑来挑去，最后落在两支颜色相近的口红上，她十分纠结，左右手分别拿一支，问我哪个颜色好看。我稍作对比，颜色是有不同，可涂在嘴唇上，却差别不大，真不好说哪个好看。可又非说不可，便按照男左女右的国际惯例，选择了她左手的那支。选完了，她又觉得右手这支更好看。其实，我也看出来了，玲珑是这两个颜色都喜欢，选了一支，总会觉得另一支更好看。不禁想起张爱玲的《红玫瑰与白玫瑰》，好在口红不是爱情，爱情里只能选择一个人，口红却可以选两支，如果我有足够的钱，我一定把这些口红都买下来,让她回去慢慢地幸福地纠结。

我说,那就两支都买了。

玲珑说,那太贵了,要五百多呢,能吃好多好吃的。

我说,给女朋友买,一点儿也不贵。

玲珑笑笑说,不用,买一支就好。

我说,你做我女朋友这么多天了,我还没有送过你礼物呢,这算我送你的第一份礼物吧。本来也是想送你点什么的,若是我自己去买,未必能挑到你喜欢的。

说着话,不容玲珑再开口,便让销售员开票去了。

玲珑心疼却满意地拿到了两支口红。刚出了化妆品店,她突然想起了什么似的,一边挽起我的胳膊一边说,差点儿把正事儿给忘了。

我说,什么正事儿?

玲珑说,一会儿你就知道了。

说完,玲珑便拽着我上了电梯,到了三楼,又拽着我拐了几个弯儿,然后进了一家日文招牌的服装店。服装店一侧的墙上挂满了各种颜色和款式的T恤,且每一个颜色和款式都有大小两件。我打眼一看,随即明白了,这是家专门卖情侣装的。

我和玲珑试了几件颜色鲜亮、款式个性的,每次走出试衣间,并肩站在镜子前看着自己,总觉得差点儿什么。最后决定一切从简,选了两件纯白色的。这次站在镜子前,看着自己总算是有些顺眼了。

新衣服上了身，便没有再脱下来，直接让销售员剪去了标签。我左手提着玲珑的包和放旧衣服的袋子，右手揽着她的肩膀。玲珑手里捧着未喝完的果饮，时不时喝一口，时不时喂我一口。我们走在熙熙攘攘的商场和街头，感觉全世界都知道我们是一对恋人。

见了既明，他见我身边的女子是玲珑，一边惊奇，一边感叹命运之神奇，随后口风一变，骂我们是对狗男女，谈了恋爱也不告诉他。在烧烤店落了座，一聊大才知道，既明根本不是情怀上身，想吃学校门口的烧烤，而是他给我打电话时，就在学校附近。因为他新交的小女朋友，正是我们学校的小师妹。小师妹姓周，名雅南，浓眉大眼，小脸圆圆，穿一件中长款白色连衣裙，吃饭时也不忘拽着既明的胳膊，还时不时地给既明剥小龙虾。玲珑和她搭伴儿去洗手间时，既明告诉我，雅南正在读大二，也是汉语言文学专业。不久前，她在图书馆看到既明的小说，见是同校学长写的，便拿来翻看。虽谈不上喜欢，但还是怀着好奇的心情加了小说里主人公的微信号。我知道，那是既明的微信号，他常把自己的个人信息写进小说里，手机号、微信号、QQ号、微博名字……一个不落，全写了。二人先是聊天，越聊越起劲，没几天，终于忍不住见了面。见面后，既明见雅南形象好，人也平和安静、可爱善谈，对文学也颇有见解，便喜欢上了。雅南也说有相见恨晚的感觉。

第二天，他们又见了面。第三天也是。

那天晚上，既明和雅南从美食广场走到学校，又从学校走到附近的公园，他们在公园里走了一圈又一圈，被蚊子咬了一个又一个包，但谁都闭口不提回去的事儿。不知第几圈时，既明在黑暗中钩了钩雅南的小手指，雅南没有躲，既明就牵起了她的手。

玲珑和雅南从洗手间回来后，又闲聊了一会儿，既明才道出这次约我见面的真实目的。

既明说，你现在工作咋样？

我说，就那样吧，还行，就是忙了点儿。

既明说，那你喜欢现在的工作吗？

我说，不喜欢还能咋的？

既明说，不喜欢就别干了。

我说，不干吃啥，喝西北风去？

既明说，还记得咱们上学时的约定吗？

我说，开一间书店？

既明说，对呀，我最近正琢磨着开一书店，正缺人手，干脆你辞职跟我干得了，我给你百分之四十九的股份，哥们儿够意思吧？

我说，你可拉到吧，现在愿城的私人书店有几家赚钱的，不赔钱算不错了。再说了，就你经济头脑，我跟你干，我脑子又没进水。

既明说，话不能这么说，不试试，怎么知道不行。咱们当时可是约定好的，男人，得说话算话。

我说，我今天要是不答应你，还不是男人了？

既明说，差不多，就是这意思。

我说，房租、水电、装修、书、各类设备、饮品制作、员工工资、日常花销，你算过这得多少钱吗？我可没钱陪你玩儿，我还得攒钱买房子娶媳妇儿呢。

既明说，钱的事儿你不用操心，不花你一分钱。

我说，你找到地方了吗？

既明说，没呢。

我说，做策划书了吗？

既明说，没呢。

我相信，以既明现在的资源，开一间书店绰绰有余，但话到此处，多少也听出了他的意思，没有场地，没有策划，想来是他一时心血来潮，想起了当年的约定，就想着拉我入伙。说不准，晚上回去三思之后，觉得说起来容易做起来难，就作罢了。退一万步讲，如今什么都没有的情况下，即便我真的跟他干，可能也是很久以后的事情了。

我说，啥都没有咋干啊？

既明说，有的话你干不干？

我说，你先有了再说吧。

既明说，你就说，要是有了地方，有详细的策划，你干不干？

我说，不干。

既明说，干不干？

我说，不干。

既明突然有点儿失落，略伤感地说，当年宿舍的兄弟，现在只有你和马拉在愿城了，其实干什么不重要，重要的是我们一起，就像当年咱们一起干过的许多傻事儿，正因为有了你们，那些傻事儿才变得有了意义。

听了既明此话，不禁想起许多我们一起干过的傻事儿。朋友，不就是愿意陪你一起干傻事儿的人吗？

我说，好吧，你要是找到地方，我就干。

既明瞬间化悲为喜，忙说，好，一言为定，雅南和玲珑做证，碰杯为誓。

见既明翻脸比翻书还快，我就知道又上当了。我一脸无奈，只能给他个白眼。但他跟没事儿人似的，只是沉浸在用表演说服我的喜悦之中。

我说，先找到地方再高兴吧。

既明说，我已经找到了，你明天就可以辞职了。

37

既明的车子打起右转向灯,拐进一条南北向的小路。路两边是茂盛的法国梧桐,翠绿的叶子遮天蔽日,风一吹,呼呼啦啦地响,路面上零零星星的光影也一闪一闪的。小路西侧用白色的油漆画出一溜停车位,既明刚停了车,就有位穿着橙黄色马甲的大叔过来收费。既明交了费,又在旁边的小超市买了两瓶可乐,然后向路对面走去。

走了差不多二十米,既明在一扇挂了"幸福社区"牌子的玻璃推拉门前停下说,到了。

我说,社区的房子?

既明推开玻璃门说,对,三楼。

我说,怎么找到的?

既明说,有一朋友,也是个文学爱好者,在这社区上班。前两天,他打电话说社区要搞文化建设,想弄一书店,但没人懂,也没人手,就想找人合作,他早就知道我想弄一书店,就问我有没有兴趣,我当然有兴趣了。

我说，难怪你敢这么给我下套。

既明说，是啊，我跟社区的人谈了谈，觉得有搞头，一定下来，这不马上就来给你下套了嘛。

我说，你这……净尽着亲戚朋友坑。

到了三楼，既明从裤兜里摸出一串钥匙，打开仅有的一扇门说，请吧，苏店长。

进了门，只见眼前十分开阔，地板、吊顶、书架、沙发、卡座、长桌、椅子、投影仪、讲台、吧台……已应有尽有，除此之外，还有三处独立的空间，每一处都有三四十平方米。

看着眼前的一切，想到自己就要成为这间书店的店长，心中不禁激动起来。我问既明，这得多少平方米啊？

既明说，四百多。

我说，这么大地方，得多少钱啊？

既明笑笑说，人家不要房租，咱们交水电费就行。

我说，这些装修、设备呢？

既明说，也是人家社区弄好的。

我说，怎么跟白捡一书店似的？

既明说，咱们得进一批书，还得买一套做饮品和收银的设备，还得再招两个店员，还得再添置一些杂七杂八的东西，桌布啦，花瓶啦，海报啦……事儿多着呢。

我说，店名想好了吗？准备啥时候开业？

既明说，没呢，你也帮忙想一想。至于开业，那就看你了。

我说，我就算现在辞职，也不能拍拍屁股就立马走人啊，忒不地道，也不合规矩，怎么着也得一个月。

既明说，我知道，这不一定下来，马上就来找你了。晚点儿开业也行，时间充裕，咱们给书店好好收拾一下，招聘店员也能挑一挑拣一拣，有没有责任心，爱不爱书不要紧，关键是得长得好，得漂亮。

我说，滚。

既明突然想起了什么似的说，对了，带你去一个好地方。

我跟上既明的脚步说，什么好地方？

既明来到书店的另一头，拉开一扇墨绿色的落地窗帘，随后又摸出钥匙，打开一扇门说，请。

穿过门，只见一方露天阳台，二三十平方米。天台两面是墙，另两面是枣红色的木制围栏，一面围栏上还爬满了藤蔓植物。一根根绿藤，一片片绿叶，错落有致，分布均匀，紧紧缠绕着围栏，想来是有人常打理的。天台中间立了一把蓝色的大伞，伞下是一张大圆桌，两面墙的角落里摞着一叠黑色的塑料座椅。

我说，果然是个好地方。

既明说，以后咱们可以在这儿搞一些烧烤喝酒聊人生的活动。

我点点头说，我看可以，咱们当年的理想生活，不就是大口吃肉大碗喝酒仗剑走天涯吗？这以后，和书店绑定了，仗剑走天涯估计是难了，大口吃肉大碗喝酒嘛，曙光依稀可见啊。

既明说，天涯都在书里呢。

我说，你觉得空中花园怎么样？

既明愣了一下说，书店名吗？

我说，我记得你有一篇小说，就叫《空中花园》，意为天空中的花园，就像我们的梦想一样，遥远、艰难、缥缈，但也美好，让人向往，并为之奋斗。这间书店不就是我们曾经共同的梦想吗？

话到此处，不禁想起明月。明月，那个女孩儿，也曾是我的一个遥远、艰难、缥缈，但也美好，让我向往，并为之奋斗的梦想吧？我已经很久没有见她，没有联系她，也没有想她了。

既明思索一会儿说，可以。

九月底，上午的阳光依然毒辣，我和既明在天台站了几分钟，又回到书店。之后，我们又就书店的未来进行了近一个小时的展望。既明的意思是，书店要经常搞活动才行，有活动才有人气，有了人气才能卖书卖饮品。他还说，他的长篇新作即将出版，到时候可以以他的新书分享会作为书店开业的第一场活动。至于书店里的三处独立空间，既明也想好了，既可以自己办一些类似桌游的活动，也可以将它们租给那些想办音乐、美术、书法、陶艺等各种学习班的人。既明还说，为了增加盈利点，可以做一些书店的延伸产品，比如T恤、手提袋、陶瓷杯、手账本、明信片等。当然，在如今这样一个网络信息时代，我们还得有自己的网络平台，尤其是微博、微信公众号和抖音，已经可以开始着手准备了。

锁了门，下楼时，既明说，还有件事也可以着手准备了。

我说，什么事？

既明说，招聘店员。

我说，最近我得上班，帮不了你。

既明说，这个我来弄，晚上回去我把招聘信息挂网上，你要是有合适的朋友也可以来。

我说，准备招几个？

既明说，目前两个就行，再加上咱俩，足够了。以后生意好的话，可以再招。

我说，有没有啥要求，年龄啊、性别啊、学历啊什么的。

既明想了想说，也没什么要求吧，刚毕业的大学生最好，或者和咱们一样的同龄人，大几岁也无妨，相处起来也容易。学历没啥要求，只要人品好，有责任心，甚至爱不爱读书都无所谓，爱读书的最好。至于性别，你懂的。

我拿出手机，佯装打电话说，我要不要打个电话给雅南，问问她懂不懂？

说着话，已到了路边。过了马路，上了车，既明问我，你去哪儿？

我系上安全带说，当然是回去上班了。

既明说，你不是请了一上午假，这还不到十点呢。

我说，本来是想回家歇会儿的，但一会儿还得见客户。你去哪儿？

既明说，我去找雅南。

我说，饮品怎么办，尤其是咖啡，我可是一点儿不懂。

既明说，正想跟你说呢，我有个朋友是开咖啡厅的，我已经打过招呼了，随时都可以过去，说是好学。

我说，我现在只有晚上下班以后有时间。

既明说，行，今天晚上我带你过去。

晚上下班前，我跟领导说了辞职的想法。我以为我平时业绩好，又卖命，领导定会对我进行一番洗脑规劝，但他连一句挽留的话也没说，他喝了几口红枣片儿和枸杞泡的水，虚情假意地夸了我几句就爽快答应了，只说让我把手上的工作交接清楚。对此，我有些失望，我感到这些年的努力和拼搏，在别人眼里，一文不值。

既明倒是很高兴，他说，不要活在别人的眼光里。

我说，理是这么个理，但做到，谈何容易。

既明说，看来不用等一个月了，我得重新安排清空购物车的时间了，你最近多吃点儿肉，后面有好多东西要搬，尤其是书。

此后，我白天去店里办离职手续，交接工作。到了晚上，就和既明去他朋友的咖啡厅里学做各种咖啡，周末时也带着玲珑。既明的朋友是个叫一一的姑娘,咖啡厅里的员工都叫她一姐,不知道是不是真名。一一脸蛋漂亮,气质出众,小既明一岁,听说是法国留学归来的文学硕士。每次见面,既明和一一总是乐此不疲地斗嘴,既明从不让她,一一不是对手。一一词穷,就动手,掐既明的腰和胳膊,既明也不躲,只是大声叫喊,从他那夸张的演技里可以看出,一点儿也不疼。以我对他的了解,要是真疼,他就不叫了。

我问既明,你们是否有过一段情缘?

既明笑笑说,初恋。

咖啡和茶、红酒一样,是一门大学问。虽然一一讲了许多关于咖啡的故事和知识,我也看了一些关于咖啡的书,但仍是一知半解。好在用了近两周的时间,依样画葫芦地学会了几种常见咖啡的做法。

那天,我将刚做好的一杯拿铁端到一一面前说,尝尝,味道如何?

一一品了一小口,点点头说,嗯,可以。

我说,可以卖吗?

一一说,足够了,只要不是给那种味觉特别敏感,对咖啡特别挑剔的人喝,没问题的。

这时,既明也端过来一杯美式咖啡,对一一说,快尝尝我的。

一一凑近闻了闻说,快把你的板蓝根拿开。

38

如既明所言,没等一个月,只一个星期,我便把工作交接清楚。说来也巧,那天下午,我刚办妥离职手续,既明就发来了微信说招到了人,美女。自既明将招聘信息挂在网上后,陆续有人来面试,因工资较低,故应聘的多是在校大学生和刚毕业准备考研的,只是没一个合适的。他们不是想做兼职,就是想找个安静优美的学习环境,心思全不在工作上。倒是有两个离开校园工作了一两年的,但一看就是将书店作为暂时的过渡阶段,干不了几天就得走人。既明说还有两个家庭主妇,孩子大了,住校,没事儿了就找个活儿干干。

我说,你就是嫌弃那些人不够好看。

既明说,人艰不拆(人生已经如此艰难,有些事情就不要拆穿),明日开工。

我说,就一个?

既明说,就一个,以后有合适的再说,目前三个人也够用了。

我说，我今天刚离职，你不给我放两天假？

既明说，不给，明日上午九点，书店见。

那天晚上下班，我叫了郁葱和另外两个要好的男同事去吃海底捞，算是告别。他们说书店开业了说一声，他们去捧场。我趁热打铁，赶紧给自己招揽生意，让他们到时一人办一张会员卡。那天晚上从海底捞出来，两个男同事默契地先行一步，留下空间让我和郁葱话别。我知道，他们想多了，我和郁葱只寒暄了几句，便告辞了。

回去的路上，我坐在空旷的地铁上，心中略感不安。自做销售工作以来，还从未有过这样的感觉。这些年，我在工作中和各色人等打交道，客户无理、同事给穿小鞋、领导和稀泥，凡事种种，可谓身心疲惫，几乎每天都想两手一甩，大喊一声"老子不干了"。如今，真的辞职了，和一些讨厌的人说了再见，不必再竞争，不必再受委屈，心里倒是不安起来。细细想来，我再不喜欢这份工作，也不能否认它改变了我的生活质量。它让我有了一份稳定且不错的收入，让我每个月不必为房租水电发愁，舍得让自己吃得住得好一点，偶尔为自己添一件新衣服，谈恋爱时也不必在意电影票和餐厅是否打折，时间紧迫时也舍得叫一辆出租车，生了病也不害怕，敢去医院。除了日常开支，我每个月还能存点儿钱。不得不承认，孤身一人在这城市里，有了钱，心里才踏实些。

一下地铁,玲珑的电话就打了过来。玲珑说,办妥了?

我说,办妥了。

玲珑说,是不是特别爽?

我说,爽里带着点儿失落,心里也没底。

玲珑说,理解。什么时候去书店?

我说,明日开工。

玲珑说,嗯,既然辞了职,多想无益,尽快将书店搞起来才是正事,苏店长,加油。

我说,我想你了。

玲珑说,我也想你。

第二天早上,下了公交车,我一边往社区走,一边给既明打电话。他说昨晚熬了夜赶稿子,定了五个闹铃也没叫醒,起晚了,他还说新招的小美女应该也快到了,让我们上楼先收拾着,他不会迟到太久。

我说,你是自己赶稿子,还是和雅南一起赶稿子?

既明笑笑说,我先是自己赶稿子,然后又和雅南一起赶了稿子。

我说,就知道你不会闲着。

挂了电话,在路边小卖部买了瓶酸奶,一边喝一边继续向社区走去。刚推开玻璃门,就看到走廊里站着一个女孩儿,只见她扎着马尾辫,戴一顶黑色白标的洋基队棒球帽,衣着也简单,蓝色的格子衬衣里是一件白色T恤,下身穿一件蓝色的修身牛仔裤,脚上踩一双崭新的蓝色帆布鞋。她听见玻璃门有响动,猛地一转身,一双清澈的眼睛正遇上我的目光。竟是明月。

我惊讶地问,明月,你怎么在这儿?

明月说,我来上班啊。

我说,上班?你不是在……

明月说,我辞职了。你来这儿干吗?

我说,我和朋友开了间书店,就在三楼。

明月像是明白了什么似的说,你就是老板说的苏店长?

我恍然大悟,你就是既明说的新招的店员?

明月说,你是说宋老板吗?原来他叫既明。

我突然想起既明在网上挂的招聘信息,联系人是宋先生,心说可不就是宋老板嘛。

我和明月一边寒暄一边上楼,可能都心知肚明对方将自己当作朋友,气氛倒也不尴尬。

明月说,你什么时候辞职的?

我说,昨天刚办好离职手续,今天就来了。你怎么也辞职了,干得不舒心?

明月说,干这么多年了,每天都在说同样的话,干同样的事情,时间久了,就觉得没意思,每日面对的,也多是钩心斗角,心太累,人不能老这么活着,一狠心,就辞职了。

我说,你真是任性。

明月笑笑说,那你为什么辞职?

我无奈地说,我是被既明,就是你说的宋老板,给坑过来的。

明月说,我们卖手机都那么多钩心斗角,你们卖车的应该也好不到哪里去,十有八九比我们更甚,想来你也是早就不想干了。

我说,知销售者,销售者也。

说着话,到了三楼。我摸出钥匙开了门,一只脚才踏进去,就看见旁边的空地上堆满了如山的快递,看包装箱上的标志可知,大多是书。本以为既明整日只顾写小说、谈恋爱,忙着和雅南在酒店的房间里赶稿子,今日一见,才知着实是冤枉他了。我和明月看着一堆快递,一时不知从何处入手,只好先将一部分快递拆开,视情况将它们摆在该放的地方,抱枕放在沙发上,桌布和大花瓶放在桌子上,小花瓶放在窗台上,玻璃杯、陶瓷杯、咖啡勺、吸管放在吧台里面的橱窗里……那一箱箱的书暂没拆封,这得等收银系统装好以后再说,到时还得一本一本地输进系统,几千本书的工程,想一想就觉得手要抽筋儿。

我和明月正收拾着,既明拎着一包东西推门进来了,我拿出手机看了看时间,九点二十四,果真如他所言,不会迟到太久。

既明将手里的东西随手放在地上说,你们吃早饭了没?这里有零食和饮料。

明月站起身,笑笑说,吃过了。

我翻了翻零食和饮料,递给明月一盒酸奶,自己拿了一罐可乐。我说，午饭没吃。

既明一边从一堆快递中搬出一个箱子，一边用下巴指指地上的零食说，这里面也有午饭，随便吃。

我"切"了一声，没说话。

我瞟了一眼既明手中的箱子，是台联想的显示器，想来他是要安装收费系统，便将旁边的主机也搬了出来。

既明说，你们应该已经认识了吧，用再介绍一下吗？

明月笑着点了点头，嗯了一声说，不用了。

我说，等你介绍，黄花菜都凉了。

我们三人一边闲聊一边收拾吧台，时间匆匆而过。中午，我们去了附近的一家重庆小面，味道不错。既明说，中午先将就一顿，晚上请吃海底捞。他这话，当然不是说给我的，他才不会这么惯着我。他是说给明月的，因为明月是新人，又是漂亮姑娘，礼数自然要周到。他总这样，遇见漂亮姑娘就分外大方热情。下午，我们先把地板、书架、桌椅擦了两遍，一边擦一边又想起许多主意，主意一冒出来，就发现缺好多东西，既明就赶紧去网上搜罗，然后下单。这一来，手头可干的事儿倒是不多了，便开始整理书籍。我们将一箱箱书拆开，摆在桌子上分类归置后，又摆在书架上，摆好了，再由明月一本一本录入系统。一直忙活到六点，直到既明接了雅南的电话，这才结束。

锁了门，下楼时，既明说，你叫上玲珑吧。

虽然我已将明月看作朋友，也断掉了爱情的念想，但听到既明在她面前说玲珑的名字，心中还是一紧。我瞟了一眼明月，心想，她一定猜出了既明口中的"玲珑"与我的关系非同一般。明月的表情并无任何变化，只自顾自地下楼，似是什么也没有听到。

我说，她今天开会。

既明先开车载我们去学校接雅南，随后去了海底捞。热情的服务员将我们带至一张四人台的卡座，既明牵着雅南的手在一侧坐下后，我和明月坐在了另一侧。落了座，不禁想起，上一次和明月坐在一起吃饭，已经是很久以前的事情了。

接下来的几天，我和既明、明月每日朝八晚七，一直到周五下午，总算将书店大致收拾妥当，可以开业了。既明看了看皇历，决定将开业的日子定在下周六，一来是图个吉利，二来是周末，大家都有时间，三来是有充裕的时间做推广。

既明说，正好也周末了，给你们放两天假，下周一开始试营业，顺便做一下推广工作，下周六正式开业。

39

晚上,已过了十点,我在家抱着玲珑窝在沙发上看最新的综艺节目。我们已经在附近的西餐厅吃过了牛排、鸡翅、薯条、洋葱圈和蔬菜沙拉。玲珑请的客,她说我现在的工作前途未卜,她得先养着我。到家后,我们还一起冲了澡,做了爱。我们说好了睡前再来一次。

我对综艺节目无甚兴趣,只是一边跟着玲珑看,一边在脑子里想自己的事。这几天,我一直在想的一件事,就是要不要将明月在书店工作的事告诉玲珑。不说吧,心里觉得愧疚。说吧,虽算坦诚,但又不免有不打自招之嫌。想来想去,还是得说,总比让玲珑自己发现的好。

我挪了挪身子,坐直一些说,有件事想跟你说一下。

玲珑坐起身,抱起一个抱枕说,什么事?

这时,玲珑的手机突然响了起来,她拿起手机看了看,是一陌生号码,她示意我稍等,然后接通了电话。我拿起电视遥控器,按了静音键。

我听到听筒里传来一个女孩儿的声音。女孩儿说，你是玲珑吧？

玲珑说，你是……

女孩儿说，我是高昂的朋友，他住院了，你过来看看他吧。

我知道，玲珑的前男友，那个从她身边突然消失的男人，就叫高昂。

玲珑看了看我，身体微微侧向另一边说，他怎么了？

女孩儿说，他病得很重，他很想你。

挂了电话，玲珑的表情沉重且焦急，她看了看我，她知道，我听到了电话里的内容。可能是考虑到我的感受，她尽力地将焦急藏在沉重后面，但显然不是很成功。不知为何，我不由自主地将此种情景代入到了我和明月身上。如果此时，接到陌生电话的不是玲珑，而是我，一个陌生的男子告诉我明月生病了，病得很重，很想我，我想我也会沉重且焦急，也一定会抛开一切去医院看她。

不等玲珑开口，我便站起身说，我陪你去。

到了医院，和女孩儿见了面，听了她和玲珑的谈话，才知道高昂患了胃癌。借着走廊里的灯光，玲珑隔着病房门上的玻璃窗口看着里面。我站在她身旁，也顺着她的目光看去，一个瘦弱的男子静静地躺在黑暗中，他已经睡着了，想来他并不知道女孩儿给玲珑打电话。

女孩儿说，高昂这些年很辛苦，也不懂照顾自己，为了工作,总是熬夜,饮食也不规律,有一顿没一顿的,早餐就更不用说了,基本没吃过。他又爱旅行,饮食作息更是乱套。其实很早以前,他就有胃疼的习惯,总说去医院检查一下,但工作忙起来,就什么都忘了,不忙工作的时候,又忙着旅行,总是说回来了再去医院。大概一年前,就是他突然从你身边消失的那段时间,有一天晚上实在疼得受不了,吃了一把止疼药也不管用,就去了医院,已经是晚期了。他知道这病治不好,所以当时才那样绝情,一声不吭地离开你,他也很难过。

女孩儿还说,他跟我说过你们的事,有时候他会看着你们的照片发呆,看得出来,他很爱你。

玲珑说,你是……

女孩儿说,我爱他。

玲珑说,我想进去看看他。

女孩儿轻轻推开病房的门,玲珑进去后,又轻轻地关上了。我在旁边的椅子上坐下,想象着玲珑在病房里和那个瘦弱男子见面的情景,他睡着了,他也许会醒,他们也许相顾无言,唯有泪千行,也许会相视一笑,聊上几句。我脑子里思绪乱飞,想了许多种他们见面的情景,想着想着又想起了明月,然后将这种生离死别的情景套在我们身上,虽然知道自己是胡思乱想,但我还是难过极了。

过了一会儿,玲珑从病房出来了。我站起身走到她身旁,看到她眼圈有点红。玲珑抬眼望着我,眼圈里又渗出了泪水。她紧拥着我,脸颊贴着我的胸口,泣不成声。

过了一会儿,玲珑说,对不起。

我当然知道这声"对不起"意味着什么,玲珑做出了选择,她还是爱那个病房里生命垂危的男子多一点,也许她从来没有真的爱过我。我紧紧地抱着玲珑,不知道该说些什么,这个时候,我能说什么呢?我一面沉浸在分别前的失望和伤痛之中,一面又为玲珑高昂的爱情感动和惋惜。失望和伤痛,是因为自己是被舍弃的那一个,失去了爱情;感动和惋惜,是因为我一想到这样的境遇落在我和明月身上,就感到绝望和无助,止不住地流眼泪。

我怀着复杂的心情离开医院,上了出租车,在微凉的夜风里,我不情愿地发现,我并没有因为玲珑没有选择我而太过于伤心难过,反而从她的那声"对不起"中得到一丝轻松和庆幸,因为我发现,我还爱着明月,我一直爱着她。

后来,春暖花开的时候,玲珑到书店找过我一次,她说,过了年,他走了。她没有参加他的葬礼。玲珑告诉我,那天晚上她走进病房,看到高昂的脸十分消瘦,因化疗的缘故,他剪了头发,戴着一顶红色的帽子,他的左手背上扎着滞留针。她坐在床边,将他的右手轻轻握在手里,安静和黑暗使她想起了和他在一起时的点点滴滴,不禁潸然泪下。她爱他。她说当她接起电话,听到那个女孩儿说出高昂的名字时,她就发现了这一点。恍惚之中,她感觉到手中的手动了动,随即,他的身体也动了动,他醒了。她的一滴眼泪掉在了他的手背上。

高昂看见玲珑，笑一笑说，你怎么来了？肯定是小美告诉你的。

玲珑这才知道给她打电话的女孩儿叫小美，她从手提包里摸出一张银行卡放到他手中说，你该早点告诉我的。

高昂玩笑说，不用，这些年还是赚了点儿钱的，不然都对不起得这病。

高昂越是玩笑，玲珑就哭得越厉害。她说，总得让我做点儿什么吧。

高昂说，你有空的时候，过来看看我就行。其实，挺想你的。

玲珑已伏在床边，泣不成声。高昂轻轻抚了抚她的背，也哭了。

之后的日子，玲珑尽量多陪着高昂。她每天有模有样地去上班，但心思全没在工作上，这就免不了出这样那样的错误，为此，领导还找她谈过两次话。她也只是口头应付着。

起初，玲珑来看望高昂，高昂的父母并不奇怪，但一连来了好几天，每次又都尽心地照顾，他们就有点儿不明所以了。又过了几天，他们一看见她来，就找这样那样的借口离开，想来是他们看出了什么。平日里，玲珑只有晚上陪着高昂，到了休息日，才能一整天都陪着他，有时候天气好，她就推着他在医院里走一走、晒晒太阳。有一次，他们在花坛旁边晒太阳，玲珑一边喝着可乐一边和高昂扯闲篇儿。

玲珑一时兴起,突然拿起可乐罐的拉环,单膝跪在高昂的轮椅前,玩笑说,娶我好吗?

高昂看着玲珑手中的拉环,鄙视说,一个拉环就想让我娶你啊,想得美。

玲珑说,事发突然,将就一下。说着便将拉环套在了高昂左手的无名指上。

高昂看了看玲珑为他戴上的可乐拉环,然后转过头去,看着远处的高楼,眼睛里含满了泪水。

高昂的身体一日不如一日,因治疗带来的生理上的痛苦耗去了他大半的精力,每一分每一秒都成了煎熬。高昂难熬,玲珑和他的父母看着他难受,更难熬。再后来,高昂虚弱得连说话的力气都没有了。就这样,高昂挨到过了年,走了。

几天后,玲珑收到一个快递,没有寄件人的姓名。她回家打开后,里面有一封信和一些机票、火车票、汽车票、景区门票和电影票,还有一本相册。信封上写着"玲珑收"。她打开信:

玲珑,这辈子能认识你,和你在一起,我很知足。尤其是最后这段日子,是我这辈子最幸福的时光。

看到这一张张票了吗?这些都是我们坐过的飞机、火车、汽车,我们去过的地方、看过的电影,每次拿回去,总舍不得扔,就收集了起来,够无聊的吧?我还将我们的合影洗了出来,做成了相册,离开你以后,我时常拿出来看一看。

对了,那天在医院里,你向我求婚,让我娶你,我很开心。如果下辈子还能遇见你,我一定实实在在地把你娶回家,跟你过一辈子。

玲珑,忘了我吧,别因为我的离开而伤心,你要好好生活,你过得好了,我才能安心。

又过了几天,玲珑去了高昂坟前看他,她告诉他,她会听他的话,忘了他,好好生活。玲珑将那些机票、火车票、汽车票、景区门票、电影票和相册封存在一个精致的铁盒里,放在那个她专放老物件儿的箱子里,她不知道何时会再拿出它们看一看。她渐渐地从高昂离开的悲伤中缓过劲儿来,她说她偶尔还是会想起他,但已不会像从前那样因他的离去痛苦,而是一种淡淡的温暖和欣慰。因为他们曾经那样爱过对方。

那天,玲珑临走前问我,还记得那天晚上吗,你想告诉我什么事情?

我笑了笑,假装回想说,忘了,不重要了。

玲珑笑一笑,一边起身一边说,好吧,那再见了,咖啡很好喝。

我说,再见。

玲珑转身,向门口走去,经过吧台时,她看了一眼坐在里面看书的明月。明月听到脚步声,抬起头,出于礼貌,对玲珑扬了扬嘴角。

我收拾起两个咖啡杯,去吧台里清洗。明月冷不丁地问了句,她就是玲珑?

40

开业那天,很是热闹,既明的文友、粉丝、在"书是生活"时结交的朋友、附近居民……来了不少人。郁葱和我的两个前男同事说话算话,也来了。大家都很给面子,许多人不仅买了既明的新书,还办了会员卡和借书卡。既明忙着招呼来客,而我和明月在柜台里,又是结账,又是办卡,又是做咖啡饮料,忙得不可开交。好在有雅楠和她的两个同学帮忙,又有朋友帮衬着,这才不至于乱了阵脚。

中午,既明请几个要好的朋友们去附近的酒楼吃饭,而我和明月继续留守书店。

人散了之后,明月说,你应该去的,店里顾客不多,留我一个人就可以。

我笑笑说,那些都是既明的朋友,都是搞文学的,我不熟,又插不上话,去了也不自在。

明月说,是让你去吃饭,又不是让你去说话。

我说,那一大桌人,还不如在这儿点外卖来得舒服。

明月说，倒也是。

我说，你想吃什么？既明说了，不用客气，也不用省钱，他请客。

明月说，我都行，你看着点吧。

我说，必胜客怎么样？

明月说，可以。

我没跟既明客气，也没给他省钱，拿出了他在我请客时的气势，直接点了份四人套餐，比萨、意面、小吃、沙拉、甜品、饮料，想吃的想喝的全有了。

过了两点半，既明人没来，电话倒是来了，从他醉醺醺的声音里，听出他喝了不少酒。

书店里只剩了几个陌生人和"书是生活"的老顾客，他们点了咖啡，每人手里都拿一本书，零零星星地分散开来，谁也不打扰谁。我和明月坐在柜台里，也给自己做了咖啡，我们时而看看书，时而看看手机，时而看看电脑，时而看看那些看书的人，享受着书店第一天开业的静静的下午时光。

近九点时，人走完了，我和明月就开始清算账目、归置书本、打扫卫生、清洗杯具，这些都是我在"书是生活"时轻车熟路的工作，做起来自是得心应手。九点整，我和明月准时下班。

锁门时，我问明月，你怎么回去？

明月说，坐地铁。

我说，我也坐地铁。

明月说，你不是坐公交车吗？

我说，地铁也行，虽说要多走些路，时间上却差不多。

我和明月中间隔着一尺的距离，一边随意聊天一边向地铁站走去。早已过了下班高峰期，地铁站里冷冷清清的，只有坚守岗位的工作人员和偶尔几个乘客进进出出。

我说，你往哪边走？

明月向左指了指说，这边。

我说，一样。

明月笑了笑，没说话。

我看了一眼吊在头顶的显示器，距离下一班地铁到来还有五分钟，便示意明月坐下来。明月坐下后，我也在她旁边的座位上坐了下来，但我没敢挨她太紧，而是将我的另半边屁股搁在了我另一侧的座位上，留出了和她之间的那一尺距离。我一边和明月聊天一边注意着头顶显示器上的时间，她也时不时抬头看一眼，还剩一分钟时，她站了起来。

地铁停靠后，先是外面的一层防护门缓缓打开，接着是地铁的门。我和明月刚走进车厢，车厢里仅有的一对情侣就下去了。明月就近坐下后，我挨着她也坐了下来。

地铁的呼啸声和我们之间的沉默使我失去了时间概念，不知过了多久，过了几站，只记得每次停下时，能看到玻璃门外的不同的广告，明月说，我该下车了。

我点点头，嗯了一声。

明月说，你到哪儿下？

我抬头看了看站牌说,下一站。

下了地铁,我没有出站,而是上了对面那趟开往另一个方向的地铁。我对明月说的"坐地铁也行"不假,"虽说要多走些路,时间上却差不多"也不假,只是方向相反。

41

热闹总是短暂的。开业那天之后,"空中花园"像愿城所有的民营书店一样,虽有进账,但也仅够维持,说半死不活也不算夸张。这一来,起初想再招一名店员的想法就完全没有必要了。

每天,我和明月都在柜台里坐着,她坐在电脑前,我坐在她旁边一米的位置,我们或是各自看书,或是一起看部电影,或是就刚看过的书和电影聊上几句。中午时,各自点一份外卖填肚子。晚饭时,我会从椅子上站起来,问明月吃什么,然后去附近的粥铺买两份南瓜粥或小米粥,配着煎饼果子,或鸡蛋灌饼,或肉夹馍,或素馅包子。可能是因为方便,也可能是因为爱,就连吃什么都想和明月保持一致,所以我总是和她点一样的饭。她告诉我吃什么时,会拿起手机把饭钱用微信红包发给我,然后说一声谢谢。

下班后,我就和明月一起去地铁站。我们隔着一尺的距离坐在一节空车厢里,驶向同一个方向。我会在她下一站下车,然后再坐上对面的那趟地铁,朝相反的方向回家。

有时候下了班,谁也不想回家,我们还会一起去吃点烧烤,喝点小酒,或是买些零食看场电影,或是在公园里走一走。很多时候,我总有一种和明月谈恋爱的错觉。

自从那天在"幸福社区"的走廊里见到明月,得知她就是既明招聘的店员后,我一直担心一件事情:明月可能会因为无法整日面对我而离开。然而明月并没有离开,直到这件事被我搞砸。

那天晚上,我和明月下班后一起去吃了点烧烤,喝了点酒。我们在公园里散步时,夜风一吹,酒劲儿猛地往上蹿,带来一种前所未有的想拥吻明月的冲动,一时竟觉得喘不上气。那天晚上,我借着酒劲儿将明月拥在怀里,将脑袋搁在她的肩膀上吸她脖子里洗发水的味道,告诉她我十分想她。那时,已进入五月,夜晚的风十分清爽,我隔着明月的蓝色格子衬衣感觉到恋爱般的温柔。明月也喝了酒,但不多,仍保持着几分清醒。

明月没有拥抱我,也没有推开我,她说,你喝多了。

我说,为什么不来找我,为什么要和别人结婚?

过了一会儿,明月告诉我说,不是不想和你在一起,是不能和你在一起,因为每次看见你,就会想到那个人。

我知道,明月说的是她的未婚夫。那天,明月从车站走后,我回了趟苏庄。

到家时刚九点多点儿,妈妈问我,怎么又回来了?

我说，落下几本书，要带回去写论文用。

妈妈说，你打个电话，我给你快递回去不就好了，非多跑一趟，不够来回路费呢。

我笑笑说，想喝姥姥熬的糊涂。

这时，姥姥端着热好的高炉烧饼和牛肉进屋来了。

姥姥说，晚上熬糊涂吧，先夹个烧饼吃。

我一边吃烧饼夹牛肉一边和妈妈、姥姥闲聊。在苏庄，我没有可以闲聊的朋友，要想知道点儿什么事儿，只能从自家人下手。聊了二十分钟，我总算拐着弯儿抹着角地提起了明月。

妈妈说，明月的未婚夫死了，就昨天的事儿。

我头皮一紧，心里一个激灵，似是被人从背后用匕首穿透了心脏，我感觉到我的额头冒出一些细汗。

我说，怎么死的？

妈妈说，车祸，听说是钻到一辆货车底下，人当时就没了，才二十出头，再过些天就该结婚了。

恍惚中，又听见妈妈说，人这命呀，都是注定好的，谁也躲不过命。

我又去了一趟陈庄村，村子里过年的热闹氛围还没有完全消散。我走在路上，看见我的人向我行注目礼，有几个人认出了我，和我寒暄，我叫不出名字，只能点头赔笑。我家的院子早已破败，围墙的一处已经坍塌，可以看到院子里杂草丛生，一片乱象。围墙塌出的缺口低矮而牢固，脚印杂乱，显然是常有人进进出出。着实想不明白像我家这样一座久无人气、杂乱不堪的院子有何吸引力，竟能使人在墙上走出一条路来。我暂且将心里的一点儿好奇搁在一边，然后向明月家走去。

明月家的大门只开了一条缝儿，我敲了两下，推门进去，明月的妈妈正在洗衣服，我叫了一声姨，她迟疑了几秒才认出我来。她先冲着屋子喊明月的名字，让明月出来看看谁来了，然后开始和我寒暄起来。我一边和明月的妈妈说话，一边瞅着屋子里的动静，明月一直没出来。过了三五分钟，明月的妈妈又冲着屋子喊明月，还说你青云哥来了，快出来。但屋子里一直没动静。

明月的妈妈起身进了屋子，很快又出来了，她说，明月这两天生病了，这会儿睡着了。

我当然知道明月没有生病，她只是不想见我。我说，没事吧？

明月的妈妈说，没事儿，不用管她。

我又和明月的妈妈闲聊了几句，便告辞了。出了明月家，没走几步，又看见了我家破败围墙上的缺口，本已忘了的那点儿好奇心又回来了。我站在缺口处，环视着我童年时期的家，一些模糊的记忆开始在脑子里跳来跳去，有一些是和明月有关的。我本想进去寻找一下曾经生活过的痕迹和气息，让记忆清晰，但刚走了两步，就发现脚下有一坨大便，黑色的，已经风干了。再仔细瞧，又在那些枯萎的杂草中间发现了很多坨大便，不少已经风干了，还有几坨新鲜的。当真是举步维艰，反正那点儿好奇心也得到了满足，至于记忆，模糊点儿也好，便作罢了。

那天，我一边回想明月的点点滴滴，一边出了村子，走在田间的小路上，冷风拂面，四下无人，又想到明月不会再见我了，这辈子都不会再见我了，就忍不住落起泪来。

明月说，你知道他是怎么死的吗？

我看着明月，不说话。

明月说，车祸，他那天是专门到愿城找我的，他是因为我才死的。

我一下明白了明月那流不尽的眼泪，以及对我的决绝，那里不仅包含了对逝者的缅怀和悲痛，还有对自我罪孽的忏悔和救赎。我也感到自己罪孽深重，不是对明月那死去的未婚夫，而是对明月。

明月说，他死的时候，我正和你在床上干那事，家里人给我打了三十多个电话，我一个也没接，我实在不能原谅自己。现在你每次约我见面，我一面感到自己罪孽深重，一面又十分欣喜，因为，我也想和你见一见说说话。这时候，我就会告诉自己，是你联系的我，是你要见我，和我吃饭看电影，我并没有主动做什么，这样我心里的罪孽就会减轻一些。我不奢望，也不能允许自己和你在一起。

我只紧紧拥抱着明月，不说话。

明月说，现在每天能和你在一起工作，一起吃饭，一起聊天，一起回家，我很开心。我知道你其实和我并不顺路，但我强迫自己假装不知道，我很感激你做的一切，很知足，也很幸福。若再进一步，便是罪孽了，别破坏它。

我在夜风中抓住仅存的一点理智，缓缓放开了明月。我看着她微微点了点头说，嗯。

42

那天之后没多久,明月就离开了书店,回到了自己的老本行,但她并没有像当初离开我那样决绝,删除我所有的联系方式。我们偶尔还能见一面,或是微信上聊几句。她从不主动联系我。我呢,只有在忍不住的时候,才会给她发个信息、打个电话,或是见她一面。

为了使自己摆脱对明月的想念,我努力不让自己闲下来,能加班就加班,还养成了去健身房的习惯。健身和工作一样,只要多上点儿心,身体和钱包就绝不会让你失望。除了不能时常看见明月,其他的似乎都变好了。

还有一件事,明月离开书店后,我叫既明和马拉喝酒聊人生。马拉没回我信息,我打电话给他,听筒里竟传来"您拨打的号码已停机"的声音。之后两天,我又给马拉发了几条微信,打了几个电话,他依然没回,听筒里也总是传来"您拨打的号码已停机"的声音,我这才意识到,马拉失踪了。我叫他和既明喝酒前一周,他借了我两万块钱。

这两年，马拉和朋友在一起做餐饮生意，没半年，赔了个底儿掉，还欠下一些贷款。他办理贷款时，紧急联系人写了我的名字，以至于后来银行的人天天给我打电话，搞得我看到陌生电话就想摔手机。

我问他，咋回事儿？

马拉说，没事儿，不用理他。

马拉偶尔会找我借钱，有时候一千，有时候两千。他一向是借了还，还了再借，而且说什么时候还就会什么时候还，从来没失信过。但后来，日子久了，一千两千积攒起来，变成了一万两万，我就没指望他会还了。他退出餐饮行业后，又转行做了微商，卖保健药，进了几万块钱的货，干了半年，没卖出去多少，几乎全砸手里了。

之后，马拉又有一天没一天地干了些别的，但都没常性，又白搭进去许多钱。也因此，他谈了四年的已经谈婚论嫁的女朋友，一气之下，嫁给了一个大她十六岁的离异男人。他只知道男人是她的客户，开一辆黑色保时捷卡宴，他有一次去接女朋友下班时和男人有过一面之缘，别的就一概不知了。

喝酒那天晚上，我和既明去了我住处附近的杨记拉面，要了一盘儿油炸花生米、一盘儿豆腐干儿、一盘儿凉拌黄瓜、一盘儿凉拌牛肉、两碗拉面，对坐小酌。

既明问我，马拉来不来？

我说，不来了。

既明说，这都多久没见了，真不够意思，我给他打电话。

我说，别打了，停机了。

既明还是打了过去，刚将手机放到耳边，就拿了回来。既明说，果然。

我说，咱喝咱们的。

既明玩笑说，他不会犯什么事儿，进去了吧？

我说，他刚借了我两万块钱。

既明说，啥时候？

我想了想说，差不多一个星期前吧。

既明说，他也借了我两万块钱。

再次遇见马拉，已是多年以后的事情了。那时，我正准备去参加朋友的婚礼，叫了网约车，刚坐在副驾驶席上，就看到了马拉。我们只简单寒暄了几句，谁也没有提当年借了钱不辞而别的事。

自我和明月喝了酒，我在公园里抱过她以后，她变得更忙了，也更拼命了，每次给她发信息，总是很久才回，她总说自己在加班。看得出，她做得不错，因为我每次见她，她的衣着、妆容、言谈举止，但凡能看见的地方，都在一点点变化，变得更精致，人也更知性。

明月还学会了旅行。过年时，明月没回家，而是一个人去了海边。上班前，我们见了一次面，聊天时说起过年种种，我才知道这件事。

明月说，这是我第一次一个人旅行。

我说，感受如何？

明月说，第一次看见大海，有种莫名的恐惧感。

我说，为什么？

明月想了想，突然玩笑说，因为我不会游泳。

后来，明月还一个人去了上海和香港。她说，可能是因为待的时间短，又到处是游客和现代商业气息，完全感受不到张爱玲笔下的那种味道。

自从明月第一次见到大海以后，每隔段时间，她都会出去旅行一次，一般是一个人，偶尔和同事一起。后来的那些年，明月去了许多地方，那些著名的旅游胜地，她几乎去遍了。

明月有一点没变，自从她在苏庄同学家的屋顶上借走我的《倾城之恋》，她一直坚持着读书。

每次和明月见面聊天时，我能感觉到她想和这座城市融为一体的愿望，也感觉到她正在变成自己渴望成为的样子。

再后来，我和明月的联系越来越少，直到我结了婚，完全没了联系。